山怪魔鴞

牧童 著

目次

可愛的畢馬龍

第一話

她一定是撞鬼了！

這是當我第一次看到那種極度怪異的肢體動作、口中毫無意識的囈聲時，衝進腦海的想法就是被鬼附身。我相信任何人處在當下，也一定都會這麼認為。

夏芯瑤和我很有緣，從國中時期起就是同學，一直到上大學之前，我們已經同班六年，後來又考進同一所大學的法律系。所以若算到大學畢業，就是同窗十年的好友了。因為這樣的關係，我跟她當然成了無話不談的閨蜜。

大二上學期某天晚上，圖書館響起準備關門的音樂，我才拖著疲憊的步伐返回寢室。推開門，寢室在一片黑暗中，我以為其他室友都還沒回來。把電燈開關按下，我將抱在臂彎裡一大疊的民法實例講義放在書桌上，才返身，就被眼角餘光掃到的黑影嚇了一跳。

有人在床上。

抱膝屈坐在角落，長髮披下，臉埋在膝間，一動也不動。

「嚇死我了。怎麼不開燈呀，搞什麼。」我鬆了一口氣：「妳餓了嗎？我想出去吃宵夜，要我幫妳帶什麼回來——芯瑤，妳怎麼了？」

察覺到不對勁，是因為她沒有回應，反而是床鋪發出格格的聲音。

聲音由細微逐漸變大。抬眼瞄一下掛在枱燈下的小吊飾完全沒動靜，我立即判斷不是地震。但那聲音……

是芯瑤在抽搐、發抖引起的！

我衝上去扶起她。抓住她肩頭的一剎那，從手掌傳來的高溫和汗水溼潤感讓我大吃一驚：「妳怎麼發高燒？哪裡不舒服？」

但她彷彿完全沒聽到我在說什麼，突然坐直，像隻貓般輕盈地跳下床，開始在寢室裡走來走去……口中還發出「哼哼」、「呵呵」、「嘻嘻」的低笑聲。

然後她的身子開始傾斜，頭歪到右肩上，伸直的雙臂開始扭曲，步伐像貓踩在雲端般舉起又像要踩踏螞蟻般用力踏下，一舉一動完全超乎我的意料之外的詭異莫名！

「芯瑤……妳、妳在幹嘛？」手臂上的雞皮疙瘩全部炸開，我戰戰兢兢地問。

她還是沒回應，走到牆邊時還不自覺撞了一下牆壁，然後轉身再走回來。轉過身時抬起頭，長髮散到身後，臉上表情更是把我嚇到背脊沖上一陣惡寒。

嘴角淌著口水，雙瞳已經往後翻到不見，眼眶裡只剩眼白！

接著停在書桌前，開始對放在桌上的枱燈和沒開機的電腦講話。

我忍住尖叫的衝動，悄悄跳下床，從包包裡取出手機，開始攝影。

她口中嘰嚕喳噓，不知是在講哪國的語言，邊講還邊發出陰冷的低笑聲。

「芯瑤，妳在幹嘛？故意演僵屍嚇我呀？別鬧了啦！」一度以為她是故意裝的，我有點生氣地大聲質問。可能是聲音終於引起她的注意，她轉頭朝我，但雙眼裡沒有黑眼珠的模樣真的極度可怕，嚇得我牙齒格格打顫：「別、別鬧了！」
她伸手要朝我撲過來，我閃到一邊蹲下。她似乎沒看到我閃開，仍然直直往前，最後撞到椅子，停住，蹲下，低頭，開始嗚嗚哭泣。
這樣子是不是……被什麼東西附身了啊？
以前聽過的許多被附身的鬼故事情節，猝然浮現腦海……
得要求救才行！我起身衝出房間。
也許是唸法律的關係，讓我在慌亂時還能保留幾分冷靜，所以在衝出房間前，我將手機放在可以拍到室內各處的屋角位置，讓錄影繼續。
「……真的不是為了嚇妳故意裝的？」黎晏昕看完錄影檔，把手機遞還我，仍然是一臉不可置信的表情。
「剛剛就跟你說了絕對不是嘛。」
一個月以來，芯瑤的狀況時好時壞，看過好幾科的醫師也沒改善。她愈來愈消沉，經常不知所措地偷偷哭泣。昨天又發生同樣的情況，想到待會兒回到寢室，可能又得安慰心情低落的她，心情就異常沉重。
在學生餐廳吃著無味的晚餐，我不自覺長嘆了口氣。
這時身後傳來黎晏昕的聲音：「發什麼愁呀？哀聲嘆氣的。」
他放下餐盤在我對面坐下。我搖搖頭，擠出笑容。

他堅持催促我，還說遇到困難，多一個人討論經常會比較快想出解決方法。這樣說也不無道理。既然巧遇，剛好有個人願意傾聽也不錯，所以我把芯瑤的狀況告訴他，並把手機的錄影檔給他看。

黎晏昕是班上人緣最好的男生，所以，應該可以信任吧。

雖然這樣想，但我還是要求他發誓一定要保密。

「這看起來比恐怖電影的畫面還嚇人。難道，真的是中邪嗎？」

「就不知道咩，知道還需要問你嗎。而且我有帶她去宮廟收驚、驅魔祭改，但都無效。」

「是癲癇嗎？」他皺著眉頭問。

「做過檢查，醫師說她腦波正常，完全沒有這方面的跡象。」

「會不會是她天生有精神方面的疾病？」

「她的家族親戚，完全沒有這樣的病史。而且我跟她同學超過七年了，她是很開朗、樂觀的女孩，從不曾見她有過這方面的症狀。」

「也許她不想讓人知道，連知己好友也不想說？」

「不可能。而且我告訴你，前天我陪她去過精神科了，醫師診斷說她沒有精神疾病，心理衡鑑結果，也只有因為這幾次的症狀而出現焦慮情形而已。」

「夢遊呢？」

「腦神經內科有幫她做過全夜睡眠多項生理檢查，醫師從腦電圖、眼動圖等專業設備完全查不出來有這方面的問題。還有，她前後三次發作，都不是在睡覺的時候。」

他抓了抓後腦，顯然也想不出個緣由，幾度欲言又止，才低聲問：「這樣說雖然有點不禮貌，可是……她會不會是吸毒啊？有些人吸毒後也會有一些脫序失控的怪異舉動吧？」

我翻了個白眼，刷開了手機的相片匣，把檢驗報告書點出來放大給他看，這是第一次送她就醫時醫院就為她做的：「看清楚，驗血驗尿的結果，不管是海洛因、K他命、安非他命還是什麼我沒看過的毒品成份，都是呈現陰性反應。再說，她的生活單純，家裡很富裕，又有個很疼愛她的男友平奕宇，有什麼理由要吸毒？如果她真的吸毒，跟她生活在同一個寢室的我怎麼可能不知道。」

「嘖。這樣的話我就想不出來到底是怎麼回事了。」

「這麼快就放棄了？所以，我只能看她每天吃醫師開的鎮定劑、繼續一直這樣愁眉不展？」

「連專業的醫師都說她不是精神或毒品方面的問題了，我們只不過是法律系大二的學生，能怎麼辦。」

「厚，還以為你能想到什麼獨特的見解哩，也不過如此。」想到他剛剛說的情真意切，好像只要說出來他就一定能給個解答似的，不禁歸咎遷怒一番。

黎晏昕聽出我語氣裡的不滿，似乎不甘心於被人看輕，露出有些懊惱的表情。

其實他除了熱心之外，從大一時起我就隱約察覺他對我有好感，才會這般努力想辦法。但當下我更擔心芯瑤的狀況，無心表達謝意，反而嚴厲警告他：「想不到辦法沒關係，可別把我告訴你的事說出去，否則我一定不饒你！」

「獨特的見解我是沒有，不過，」他下定決心般說道：「有一個人也許知道為什麼芯瑤會這樣。」

「誰？」

「文石。」

「文石？」

「就是大一上下學期，成績都是班上第一名的那個男生呀。」

腦海裡快速搜尋這個名字和長相，畢竟原本完全沒想到這個人。貼切一點說來，已經升到大二了，我好像還未曾跟他說過什麼話。

文石雖是我的大學同學，但真正讓我注意到並有機會深入認識他的原因，其實是夏芯瑤的撞鬼事件，否則可能直到畢業那天，我會只知道班上有個男生叫文石而已，連他長什麼樣子都沒特別留下印象。

因為他除了上課現身在教室、被教授點名時會讓人瞄他一眼外，大一的整個學期，我沒跟他交談過半句話。

乘雲而來，隨風離去。感覺上，他就是那種獨行俠型的大學生。

「功課好不一定就——」

「我當然知道，但妳說需要獨特的見解，我認為他一定有。」

黎晏昕說，因為文石本身就是個奇怪的人，奇怪的事由奇怪的人來奇思妙想，說不定會更快有解答。

每個班級都有用功的人、也有混文憑的傢伙。文石不過是個用功讀書的人，我不覺得他有什麼好奇怪的。

「那我問妳，妳知道北韓和芬蘭中間隔著哪個國家？」

「北韓？芬蘭？」雖然不知道為何突然這樣問，我仍然歪著頭認真思索：「中國嗎？好像也不是……烏克蘭嗎？咦……」

「文石當時問我時，我的苦惱就好像妳現在的表情。」他彷彿很開心般，笑著說：「是俄羅斯。」

「哦。」

「再問妳，世上有哪種動物可以用屁股呼吸？」

「蛤？怎麼可能！」

「澳洲的費茲洛河龜。再問妳，天上的星座到底是誰先發現的？」

「星座？呃……中國人？羅馬人？」

「不是。是距今約五千年前，美索不達米亞高原上的牧羊人首先運用想像力，將天空中的星群聯成星座，後來由希臘人發揚光大結合神話故事，才流傳至今。」

「這些都是文石告訴你的？請問一下，這些有的沒的，跟我們的生活、跟芯瑤的怪病到底有什麼關係？」

「妳不覺得他很厲害嗎？」

「只是知道烏龜用屁股呼吸就很厲害？」

「起初我的想法跟妳一模一樣。但跟著他觀察一整天，妳一定會改觀，覺得他真的是一個非常有趣的人。所有的思考模式、甚至有些言行舉止，他都跟正常人不太一樣。簡單說，妳會獲得一整個的療癒。」

「療癒？」

「那時候我為了社團的事跟別人大吵了一架，心情極度惡劣，也是在這裡吃午餐時發現有個人坐在那裏，用望遠鏡在眺望窗外。」他指著學生餐廳大落地窗邊的一個位子；「我原以為是在偷窺女生宿舍，好奇地走近才發現是文石，他是在觀察一〇一大樓。問他在看什麼，他說大樓塔尖上居然有一隻玄燕鷗。我接過他手中的望遠鏡，發現真的有一隻鳥停在大樓的塔尖上。」

「這有什麼奇怪的，鳥飛累了，找個地方歇一下不是天天都有的事嗎。」

「我也是這麼說。但他反而覺得我很奇怪，瞪我一眼說：玄燕鷗會在台灣停留的唯一地方，就是澎湖最西邊的貓嶼，出現在台北市你居然不覺得奇怪！」

咦……原來如此。我心中開始在為文石重新塑形。

「一些平常人不會注意的事、一個大學生不會關心的問題，文石這個人怎麼會這麼關注研究，讓我覺得非常有趣。所以我死皮賴臉，跟在他身邊觀察他一整天，整個心情都變好了。也才發現他的獨特非常自然，因為完全活在自己的世界裡，根本不在乎別人的眼光，只為了達到想要的目的：知道原理和真相。」

「他是……自閉症患者？」

「當然不是。他知道的知識，超乎妳的想像，妳絕對沒發現原來自己是這樣一位高人的同學。」

黎晏昕愈說愈激動，彷彿挖到一顆巨大的寶石般。

「……有沒有這麼神啊？」

「妳會懷疑，很正常。我只問妳有沒有興趣跟他聊聊，說不定芯瑤的問題會意外獲得解決。」
「唔。只要能解決芯瑤的怪病疑惑，什麼蒙古大夫的偏方祕笈我都想試試。」
「妳居然把他當做……哈哈哈哈……」黎晏昕笑彎了腰，同時拿出手機開始搜尋文石的號碼。
低著頭，我把臉躲進大衣領上的帽子裡快步跟著黎晏昕。畢竟自己是女生，進入男生宿舍當然覺得不好意思，萬一被教官撞見，絕對少不了一頓訓話。
文石沒有接電話。黎晏昕說他應該是太專心於什麼事才會對於手機鈴聲充耳不聞，還自告奮勇要帶我進男生宿舍找他。我想到現在回去面對芯瑤頂多安慰及陪伴而已，與其每天憂慮於再次「發病」，不如考慮儘快冒險勇闖男生宿舍，說不定真能找出問題和解決方法。
「到了。」黎晏昕低聲說。我跟在他身後，抬頭望向寢室房門上的編號。
黎晏昕舉起手要敲門，有個男生剛好開門出來，望了黎晏昕一眼：「要找文石？」
「他在嗎？」黎晏昕看來認識這個男生。
「你們自己進去等。」室友趕著去上課沒關上門，揹著書袋就往樓下跑。
門上插著的住宿名卡顯示這個房間只有兩個人住。黎晏昕說有個室友退學了，另一個室友搬出跟女友住了，所以這間寢室只剩文石和剛剛那個男生同住。
我們推門進去。原以為會是很髒亂的男生房間，想不到物品擺設相當整潔。
黎晏昕從書桌旁拉出兩張椅子讓我們坐下，低聲說：「這個位子是文石的。」
房間裡只有兩個書桌及書架上有物品。靠近門口的位子東西比較少，書籍全是社會工作方面的專業教科書，所以室友應該是唸社福系的。窗邊的位子應該就是文石的，因為書桌上擺著法律書籍，但放在書架上的卻是《謀殺診斷書》、《心理諮商百科大全》、《高人一等化粧術》、《一百種植物的栽植》、《台灣高山哺乳動物》、《哲學寶典》、《化學原理》、《服裝心理學》、《初級會計》、《紫微斗數新觀念》、《屍體解剖學》、《五行八卦拳》、《如何成為日本忍者》、《毒品危害防治》、《經濟學原論》、《雷神索爾為什麼永遠打不死》、《變態心理與殺人魔解析》……許多雜七雜八的書。

我回頭往上看，兩個床位上的被褥折疊整齊。牆上掛著一個黑色的大袋子，裡面不知是什麼。黎晏昕笑笑說：「妳看那些怪書。還有，連室友的被褥他都幫忙折疊得整整齊齊，很怪對不對？」

「不會啊。這表示他自律，而且興趣很廣泛。」

「一個想成為忍者的法律系男生？研究服裝和化粧術是要幹嘛？」

我聳聳肩。但直覺告訴自己，好像找對人了。

黎晏昕拿出手機再次打給文石。撥通後，書桌抽屜裡立即有手機鈴聲響起。

然後一個超奇異的景象突然出現，讓我跟黎晏昕都傻眼。

那個掛在牆上的黑袋子這時緩緩打開——不對，應該是展開，緩緩向兩邊展開。接著下方有一顆人頭緩緩抬起來，一對浮著血絲的眼睛緩緩睜開……

「忘了關掉手機，真是失策。」

悠悠的語氣，那個臉是文石的臉！

第二話

不仔細看，根本不知道原來以為的黑色大袋子，居然是文石倒吊在牆上，身上穿著黑色布袋做成的詭異服裝，兩臂抱胸，如果不往左右伸展，頭部就會被黑布袖蓋住，根本無法察覺那是一個倒吊著的人！

問題是，一動也不動掛在牆上到底是為了……？

屈身把綁在腳踝上的黑帶子解開，他從牆上輕盈跳下，才發現了我：「白琳？」

「文、文石，你在幹嘛？」

「我在研究蝙蝠。平常牠們都是倒吊著，為什麼都不會腦充血？」

「你是在學蝙蝠？」我和黎晏昕驚異地互望一眼。

黎晏昕給了我一個「沒說錯吧，他是不是很怪」的眼神。

「是啊。結果還是不行，我整個人腦充血到快中風，蝙蝠為什麼卻不會，真是值得再好好研究一下。」文石把身上的黑布怪衣脫下，露出結實精壯的上半身，我趕緊把頭轉向門的方向，擔心他會不會連下半身的短褲也要脫下，臉上一陣臊熱，視線卻停留在房門後掛著的鏡子裡，發現他換上一件T恤，就從抽屜拿出筆記本，快速記下了剛剛實驗的感覺和結果，其間瞄了一眼手機：「咦，晏昕，剛剛是你打電話給我的？你們該不會是要來問夏芯瑤的事吧？」

我和黎晏昕再次驚異地互望一眼，異口同聲問：「你怎麼知道？」

「喔，這很簡單呀。」文石以手背用力搓揉，舒緩眼睛充血的不適，一邊在筆記本上寫下『蝙蝠特異功能研究心得』的重點，一邊對我說：「平常妳和夏芯瑤總是同進同出，看得出來是感情不錯的好友。昨天上民法課時，我注意到只有妳單獨進教室，後來才到的她眼眶紅紅的，妳問她還好吧，因為妳們坐在我後面，我沒聽到她回答什麼，但我猜她應該是搖搖頭，而且她心情不好應該是跟男友發生不愉快有關係吧。」

黎晏昕望向我。我驚奇的表情告訴他文石說的沒錯：「你是怎麼猜到的？」

「因為她男友平奕宇昨天沒來上課，而且女生心情不好，應該會向男友抱怨或哭訴，兩人感情若是不錯，男友應該會安慰她吧，那她就不會還帶著憂煩的表情進教室嘛。這只是很簡單的推理。」

我記得文石平常上課總是很早進教室，而且一定是坐在靠近門口第二排第一個位子。這位子雖然可以觀察到同學的進出，但第三排以後同學動向在他身後，除非特意回頭，否則無法觀察。「喂，你平常就特別注意芯瑤嗎？」

「沒呀，只有異於平常的狀況才會吸引我的注意。像晏昕今天會跟妳一起出現，也是異於平常，而妳會跟他來這裡，不是跟芯瑤一起來，加上妳的表情除了覺得我是個怪胎外，皺著的眉頭表示還有其他煩惱，那應該就是為了芯瑤的事而來了。」

我吁了口氣，心中佩服他細微的觀察與推理能力。

黎晏昕告訴他我們的來訪的目的。我把芯瑤的異狀及醫院的檢查結果再詳細描述一遍，並將手機的錄影檔拿給他看。

他仔細看完，眼瞳裡綻出極感興趣的光芒：「這麼說來，就只有兩個可能了。」

「什麼可能？」

「一個可能是被鬼附身，一個可能是被鬼附身以外的原因。」

「如果被附身，那該怎麼辦？如果不是，那又是什麼原因？」

「要查證確定原因是什麼，才能決定該怎麼辦。」他把手機還給我：「我能跟芯瑤談談嗎？」

「好啊好啊，你願意幫忙就太好了。」

「順便提醒一下，如果可以，讓她自己來就好。」

「什麼意思？」

「先不要讓她男友知道我們在幫她，可以嗎？」

「是……怕他誤會嗎？」我小心翼翼地問。

「不是。」他神祕地微笑，就低下頭認真寫蝙蝠的特異功能，不再理我。

該不會是……他對芯瑤原本就有好感，想要趁機橫刀奪愛吧？

在返回女生宿舍的途中，我不禁這樣胡思亂想著。

回到大慈館女生宿舍，芯瑤還沒回來。

用Line傳簡訊問她今晚是否會在平奕宇那邊過夜。她回訊：「我快到了。」

我拎著換洗衣物去淋浴間，洗完澡回來，她已經坐在書桌前發呆。擔心地問是不是又發作了，她搖搖頭，一臉鬱悶。

我用毛巾擦著頭髮，若無其事地說：「也許以後都不會再發作了呢。」

「希望是吧。」抬眼望我一眼，她欲言又止。我握住她的手：「還在擔心？」

「……妳說，我跟奕宇會不會因為這樣就——」

「你們吵架了？」

「沒有。他知道後就很心疼我，關心我，在一起時也一直逗我開心。」

「傻瓜，那妳還擔心什麼。」

「如果我的病一直沒好怎麼辦……我甚至想到，如果穿上婚紗那天突然發病的話，會不會嚇到所有的人……」說著說著，淚水就從眼角流下來了。

我趕緊抱住她，拿面紙幫她擦淚：「我們去找人幫忙好不好？」

「醫院已經跑了好幾家了，不是都查不出來病因嗎。」

我說了下午去大倫館男生宿舍找文石的事。她對於平日在班上沉默寡言、少與同學互動的文石願意幫忙，也露出意外的神情，但表示願意一試。

第二天是星期六，我們都沒有課，所以我用Line傳簡訊跟文石約在大雅館學生餐廳碰面，他回訊說不要約在中午，希望提早到早餐時候。

幹嘛這麼急呀，難道真的是對芯瑤有意思……

不過這種猜想，在第二天早上見到文石時，又覺得好像多慮了。

端著早餐入座後，彼此先簡單寒暄幾句，文石就進入主題：「妳的狀況白琳已經跟我說了，原因是什麼還不明，我們姑且先說是一種病好了。我想知道的是，妳在發病前和發病時，有什麼感覺？」

也許是彼此不是那麼熟悉，芯瑤聽文石這麼說，顯得尷尬。但文石嚴肅的神情表示他非常認真，我和芯瑤互望一眼，芯瑤才似乎放下心防般說：「一開始覺得眼前看到的東西變得五顏六色，天旋地轉，整個人好像浮在半空中，眼睛看到的空間全都扭曲變形，還一直流口水。」

「這是發作前？」

「嗯。之後開始覺得全身無力，很恐慌，想要起身或行走，動作完不協調，然後就……看到不存在的東西。」

「不存在的東西是什麼？」

芯瑤低下了頭，似乎難以啟齒。文石追問：「想查出原因，任何細節都很重要。」她才垂著目光小聲說：「嘴邊淌血目光凶惡的黑色大狗……正在唱歌的李蕾她們……張牙舞爪的披髮女鬼……沒有穿衣服的奕宇跑向我要吻我……」

文石微微一怔，隨即望向我。我趕緊搖頭：「當時寢室裡真的只有我們兩個。」

「妳每次發作都是在寢室？」

「嗯，幸好是在寢室，才不會嚇到太多人。」

「發作前會覺得噁心嗎？」

芯瑤語氣顫抖地說：「會。」

「根據許多宗教方面的書籍記載，被附身的人都會覺得噁心想吐。」

我想起許多好萊塢的電影，被惡鬼附身的被害人的確都會瘋狂嘔吐。

「每次發作時間多久？」

芯瑤發作時會失去時間意識，所以我幫她回答：「不一定，都是大約兩、三分鐘而已。」文石振筆疾書，把我們所說的記在小筆記本裡，然後把原子筆和筆記本推到芯瑤面前：「請妳回想一下，寫下發作之前，妳人在哪裡、跟什麼人在一起、做了什麼事。請愈詳細愈好，那會有助儘快找出妳發病的原因。」

望著芯瑤認真地回想，文石把吸管插入花生米漿杯裡，狠狠吸了一大口。

星期一上課時，我一進教室就注意到文石沒有在他喜歡的固定座位上，而是在李蕾旁邊；所以我也刻意坐在他和她的後面。

這堂課是行政法，許多冷僻的專業法律名詞很難理解。李蕾對於身邊剛好坐著上學期全班成績最好的文石好像感到慶幸，不時和他交頭接耳。

下課後，她和文石討論剛剛課堂上老師提的問題，文石很細心解說，連原本一知半解的我，坐在後頭偷聽，都能立即融會貫通。

李蕾的表情看起來滿是崇拜。

趁李蕾去洗手間時，我故意酸他：「看她好像很欣賞你唷。喂，李蕾長得不錯吧。」

文石頭也沒回：「別亂說話。我是為了幫夏芯瑤。」

我瞥了一眼坐在教室後方的芯瑤；她和平奕宇不知在聊些什麼。

第二堂課老師講了更多艱澀的法律觀念，我聽得滿頭霧水。

前面的李蕾也是不時輕輕發出「嘖」的不耐聲，顯得心焦。

文石把筆記遞到她面前。她看了一會兒，微微頷首，顯然大惑已解。

下課後李蕾與他相偕步出大賢館教室，兩人有說有笑。

原來文石也會說笑話逗女生，不是想像中那般孤僻古怪嘛。正當遠遠跟著的我這麼想的時候，突然發現文石腳上有個奇景：褲角與鞋子間露出一小截襪子，為什麼左邊是黑色，右邊卻是白色的？

果然是個怪人。

下午在系學會與學長、學姊討論系刊編排時，接到文石傳來的簡訊：「晚餐時可以討論一下嗎？學生餐廳。六點。」

因為系刊會議開到六點才結束，所以我在六點十分進到餐廳，一時卻找不到他。正想撥手機，眼前有兩個人卻揮手叫住我。

「白琳！妳也來吃晚餐？」是同學章千琴，她和朱又菱坐在一起。

「這麼巧？」

「要一起吃嗎？」

「呃，我約了人。」

「誰呀？」章千琴左顧右盼。

我心想難道只遲到十分鐘他就等得不耐煩先走了嗎。

這時手機傳來訊息聲。我滑開來：「妳馬上答應，跟她們一起吃晚餐。」

我四處張望也沒見到文石的蹤影，只好尷尬地笑笑：「他臨時決定不來了。那我們一起吃吧，幫我占一個位子。」

點餐時，手機又傳來文石寄發的訊息，要我問她們請芯瑤喝咖啡的事，看得我一頭霧水。

端著排骨麵回座，很快就跟她們熱絡地聊開。

章千琴和朱又菱都是開朗的女生，記得在班上也很常跟芯瑤互動。

邊吃邊聊，時間過得很快。餐後，我問：「喂，妳們想喝咖啡嗎？我請客。」

她們互看一眼，我鼓吹：「走嘛、走嘛，我很難得請妳們耶。」

我們從學生餐廳穿過通道來到咖啡廳，各自點了不同口味的咖啡。

我特意多叫了一盤鬆餅：「吃鬆餅嘛。妳的熱美式好喝嗎？」

「還不錯。」千琴點點頭道。

「妳的咧？」

「我的拿鐵很好喝，鮮奶很夠味。」

「咦，我的摩卡好像普普。」我啜了一口摩卡，故意這樣說。「啊對了，千琴，上次妳的那杯摩卡真的很好喝。」

「我的摩卡？」她一臉茫然。

「就是妳請芯瑤喝的那杯呀。她後來沒喝完，帶回寢室請我喝，厚！那應該是我喝過最好喝的摩卡了吧。」

「咦……」她歪著頭想了半晌；「我不記得有請她喝咖啡呀。」

「有啦，她說那天妳們好幾個人去華風堂看電影，是妳請她的。」

「喔，原來——那天是我生日，大家幫我慶生，我不好意思，就請大家喝飲料，可是咖啡不是我買的，是我出錢請李蕾去買的。」
「是哪家的？星巴克嗎？」
「我不記得了耶，要問李蕾。」

第三話

「我還在餐廳這裡等妳。」

與章千琴、朱又菱在餐廳門口道別後，我的手機又傳來簡訊聲。

還在？所以他始終在餐廳裡？剛剛怎麼沒看到。我返回餐廳四處張望，身後這時傳來：「白琳，我在這裡。」我回身，看到一個在拖地的服務生，抬起頭對我傻笑。

「你、你在這裡打工啊？」

「沒啊。」他迅速將帽子和工作服脫掉，把拖把還給坐在旁邊喝著紅茶的男生，還遞給對方一百五十元。那男生把帽子和工作服穿上，笑逐顏開地說：「同學，下次你又想懷念小時候做家事的感覺，記得找我呀。」

「怎、怎麼回事？你花錢幫人家做事還請人家喝紅茶？」我驚異地低呼。

他拉我找個角落的位子入座：「怎麼樣，妳照我說的去問，結果如何？」

「章千琴說她請芯瑤喝的那杯咖啡，是李蕾去買的。」

「哦？」他趕緊拿出口袋裡的小筆記本，在上面記錄些什麼。

「你叫我問她們這些，到底是為什麼？」

「妳先看前天芯瑤寫的。」他把筆記翻轉，放在我面前。

11月1日：白天上課。晚上為章千琴慶生，之後到大忠館華風堂看電影。同行的人有平奕宇、李蕾、黎晏昕、章千琴、朱又菱、嚴哲。送一個可愛的熊娃娃給千琴當禮物，千琴請我們喝咖啡。

11月15日：因為是星期天，睡到中午才起床。中午和白琳下山去東區逛街。晚上和平奕宇、李蕾、章千琴、林曼彤、郭一銘、白琳一起去錢櫃KTV唱歌。

11月29日：上午上課。下午到大恩館201教室參加社團大眾小說研究社的社課活動。講師是牧童老師，講題是「為什麼推理小說這麼難寫」。一起上課的有社長王吉娜、系上同學李蕾、林曼彤、朱又菱、薛子博、艾啟宏及別系的其他社員共10人。

「看完了。然後？」

「妳沒發現什麼嗎？」應該是還沒吃晚餐，他趁我在看筆記時去點餐檯買了一顆粽子，上面的花生粉堆灑成小山；用叉子一戳，花生粉就像土石流般崩落。

「發現什麼？這些都是芯瑤的日常。一個大二女學生的日常吧。」

他的表情有點洩氣失望，但隨即振作說：「這裡面，有她發病的線索唷。」

我盯著芯瑤的字，滿心困惑問：「蛤？喝咖啡就會引發類似鬼附身的反應？」

他定格愣住，已經舉著近嘴邊的咖啡杯不知該不該喝；猶豫半晌還是決定放下：「是也不至於啦。應該說，她的狀況不是生理方面的疾病引起，這點，妳陪她去醫院經過詳細的專業診斷確定了，而毒品可能引發的狀況，也有檢查過可以排除了，對吧？」

「嗯。」

「剩下的，就只有兩個可能了。」

「哪兩個可能？」

「第一個是超自然因素，就是所謂的被鬼附身，俗稱被髒東西跟上了。」

「能確定是這個原因嗎？」我的背脊一陣寒涼。

「另一個可能就是人為的。」

「人為？怎麼可能？」

「如果不可能，那就真的是被鬼附身了。事實上妳拍到她異於常人的舉動、加上她說當時幾乎完全無法自主，真的很像被鬼上身。」

「那該怎麼辦？你有認識的法師或神父嗎？要有驅魔經驗的對不對？」

「呃，那等確定是鬼上身了再說好了。」

「你有方法確定嗎？」

「用排除法。只要排除是人為造成的，就能確定是鬼上身了吧。」

「那該怎麼排除呢？芯瑤所寫發病前她的活動，有什麼線索嗎？」

「排除法就是在兩個以上的狀況中，找出相異點與共同點。從芯瑤這三次發作前的一些活動，當然可以看出一些端倪。」他用筆尖指著筆記上芯瑤的字：「妳發現了嗎？」

經他這樣提醒，我再仔細觀察：「……啊，11月1日和11月29日這兩天有上課、11月15日沒上課。還有，這三天都有李蕾。難道芯瑤的病跟她有關？」

「嗯。不過，有上課和沒上課芯瑤都有發作，所以我們可以把上課這個因素排除。至於李蕾都在這三天出現確實有點可疑，但不能預設立場認為一定跟她有關。」

「三次發病前她都有跟芯瑤互動，一定是她搞的鬼！難道是對芯瑤施了什麼蠱……真可惡！」忽然一肚子火氣冒上腦門，我忍不住罵道。

「白琳，我們是唸法律系的，將來會被人稱為法律人，對吧。」

「所以要有正義感嘛，對於那些害人的傢伙怎麼可以放過。」

「好，妳說李蕾害了芯瑤，請問動機是什麼？」

「動機是……」

「方法又是什麼？下蠱？」他又挖了一口粽子往嘴裡送。「證據又是什麼？」

「……」

「也有可能不是她吧？如果不是她，我們現在就斷定，不就冤枉了人家。」

「我知道她對你有好感，你才幫她講話的。」已經開始感到羞愧，但我仍然不甘心，故意這樣說。

「帶著主觀成見看事情，就永遠沒法看到真相。這一點，妳認同嗎？」

「……嗯。」望著他認真的表情，我不得不低頭，但也更確信找他幫忙是對的選擇。因為冷靜理智、保持一個客觀第三者的角度觀察，才能察覺常人無法注意到的地方，這正是探求真相的必備條件。

「我們回到剛才的討論。妳能發現三次發作前的共同點是都有李蕾在場，已經很厲害了。這一點很重要，所以我才會開始接近她，希望從她口中調查得知一些和芯瑤發病事件有關的事實，畢竟，當時我都不在場，三次都不在。」

「對不起，我剛剛不該那樣說你。」

「但11月15日去唱歌那天，妳在場，對吧？」

「咦，對喲。」

「妳能回憶一下，當天曾發生什麼特別的事嗎？」

「當天……」腦海中的回憶馬達轉速全開，我努力回想著：「就大家聊天、唱歌，好像……沒什麼特別的事發生……吧。」

當天是為了抒解期中考的壓力，我和芯瑤下山去東區逛街吃東西，到下午四點多本來準備要回山上了，手機這時接到章千琴傳來的簡訊，說她們在KTV門口了，想說多一點人唱會熱鬧些，也可以分攤費用，問我們要不要一起來。芯瑤說好，我們就搭捷運過去。開唱時大家在包廂裡輪流點歌，說說笑笑，吃吃東西，大約晚上八點多散場，我就和芯瑤搭公車上山返校。

想不到才進寢室，她就發作了，發作時還把晚上吃的東西都吐了寢室一地。

文石靜靜聽我說著，把最後一口粽子吃完。「那晚她吃了些什麼？」

「蛤？這我怎麼記得。」

「在包廂裡的桌上，大家都點了什麼？」

「唔……牛肉麵、披薩、炸雞、黃金泡菜豆腐、花枝丸、洋蔥圈、炸薯條。飲料有可樂、抹茶、綠茶、桔茶、礦泉水……好像就這些吧。」

他瞪大了眼：「妳們去KTV是為了唱歌還是為了吃呀？」

「喂，在場還有平奕宇和郭一銘兩個男生好嗎，你這樣說好像都是我們女生吃的一樣。」

他把我說的記在筆記裡。「當時妳們有發生什麼讓人生氣、尷尬或是氣氛不好的事呢？」

「氣氛很歡樂呀。大家是去唱歌，又不是去吵架。」

「那不論是什麼話題，只要是跟芯瑤有關的，都告訴我。」

「跟她有關的……就是她和奕宇放閃，惹得大家虧他們囉，例如奕宇會幫她挾菜、她會用面紙幫奕宇擦嘴角之類的，這都像平常一樣啊。而且大家嘻嘻哈哈，她和奕宇也一臉幸福模樣，從大一起就知道他倆是班對了，有什麼好生氣尷尬的呢。除此之外，實在想不起來有什麼是跟她有關的了。」

他振筆疾書寫下。「接著，希望妳能幫我做幾件事。」

「等一下。你剛剛說想從李蕾那裡調查一些線索，有發現嗎？」

「嗯。聽說，班上還有其他女生也喜歡平奕宇。」

「咦？」

「高個子的平奕宇長得帥帥的，笑起來很陽光，講話有禮貌，很有教養的樣子，聽說父親是一家上市公司的董事長，家境富裕，所以有其他女生喜歡他好像也很正常。」
「這和芯瑤的事有什麼關係？你未免太八卦了吧！」
「哈哈哈哈哈哈，被妳發現了！」他抓抓後腦，大笑道。
「什麼嘛！既然打聽八卦你這麼厲害，就自己去問嘛。」
「唉呀，可是我平日疏於經營人際關係，而且有些事呢，我們男生不便跟女生談，勉強談了女生會有心防，所以還是要請妳幫忙。呵呵，不好意思。」
「是我找你幫忙的，只要是跟芯瑤的事有關，我都願意。」
望著他時而認真嚴肅，時而發傻憨直，我真懷疑他的小宇宙裡住著兩個性情南轅北轍的人。一個痴愚短路，一個智慧過人。
「那太好了。我請妳去找她們，問她們這些事。」他遞給我一張從筆記本上撕下來的紙，上面寫著問題和詢問的對象。

第四話

三天後的一個晚上，接到文石的簡訊，要我去聽大眾小說研究社舉辦的一場演講。來聽的人不多，三三兩兩進場。我不斷往門口窺瞄，發現朱又菱進來時，立即上前向她打招呼，就跟她坐在一起。

「千琴會來嗎？」平常總是跟章千琴形影不離，今天卻只見她獨自一人。

她搖搖頭笑著說：「這種靜態的活動，千琴不喜歡。要去熱舞社的活動妳才比較容易遇到她。」

「真的喔？結果妳們兩個卻能成為好朋友？」

「喜歡的東西、彼此的興趣嗜好完全不同，也可以成為好朋友呀。」

「這麼說也是。」

「倒是妳，想不到妳也喜歡研究小說啊。」她眨了眨眼，好奇地問。

其實對於小說談不上什麼興趣，若非為了芯瑤，我大概一輩子不會來參加這麼文青的活動。「還好啦，想說今晚沒事，就來聽聽看囉，說不定會因而喜歡上小說創作也不一定。」

「妳沒有男朋友喔？」

「沒呀。」既然她提及了，我就順水推舟把那張筆記紙上的問題技巧性融入聊天的話題：「哪像芯瑤和奕宇那麼幸福。」

「真的嗎。」她的右眉不自覺挑了一下。

「不是嗎？」

她聳聳肩，不置可否。

「前兩個禮拜她和奕宇不是也來上社課，好像是講什麼推理小說的。」

「有嗎？那天只有夏芯瑤來而已吧。」

「咦，為什麼？」

「男朋友的興趣不一定跟自己都一樣吧。」她把視線掉開，翻開桌上的演講大綱，好像不想再交談了。我只好摸摸鼻子：「說的也是。」

完了，該如何再把文石的問題帶入話題裡，我開始頭疼了。

——11月29日當天為何只有夏芯瑤一個人來參加社課？

這個問題，上個星期六在學生餐廳時芯瑤已經說了，11月29日平奕宇原本要陪她一起去的，但臨時有事，所以只有芯瑤自己去了社課。為什麼還要再向當天有上課的李蕾、林曼彤或朱又菱查證？難道文石認為芯瑤沒說實話？

照朱又菱的說法，平奕宇對小說沒興趣，也不是沒道理吧。

——11月29日社課時誰坐在夏芯瑤旁邊？

芯瑤說她不記得了。連本人都不記得了，朱又菱會記得嗎？不管，不問白不問，問了沒結果也不會有損失。所以我又問：「上次社課時是誰跟夏芯瑤坐在一起啊？」

她抬起視線：「怎麼了嗎？問這幹嘛？」

「沒、沒呀，只是好奇。想說如果平奕宇沒陪她的話，會不會有其他男生……」

「喂，白琳，看不出來妳也這麼八卦耶。」她別具興味地瞥我一眼：「很抱歉，是我坐在她旁邊唷。」

「不是艾啟宏嗎？我聽說他對芯瑤有好感，那天他不是也有來嗎。」

「艾啟宏？妳的消息來源真的很遜。艾啟宏那麼娘，一看就知道是Gay，哪會對女生感興趣。」

「啊，我記錯了，應該是薛子博吧。」

她露出不屑的表情：「妳是不是很少跟班上同學互動？妳不知道李蕾跟薛子博是一對嗎？」

居然被誤會是人緣差的傢伙！人緣差應該是文石這種怪咖，為什麼變成我在揹黑鍋？所以我不甘心地硬拗：「是、是一對又怎樣，就不會有人變心嗎？」

當時心裡想的是李蕾對文石崇拜的表情，還有他們下課後有說有笑的樣子。

「我告訴妳，李蕾跟薛子博感情好得很。」她用疑惑的目光盯著我：「該不會是妳對薛子博有意思吧？」

「別胡說！」我趕緊嚴正否認。幸好這時講師進來教室，全場響起熱烈掌聲，這段誤會來誤會去的恐怖交談才被打斷。

但朱又菱的八卦表情顯示，她已認定我就是個心機女了。可惡的文石！

沒關係。為了芯瑤，就算千夫所指萬人所唾我也可以忍。

學校是在台北的陽明山上，在秋冬季節交替時分經常會有大霧籠罩。演講結束後走出教室，戶外已是一片煙籠霧鎖，五公尺外的人都只聞人語聲，不見人蹤影。校園路燈在濃厚嵐靄中也只呈現出一團團白茫光暈。我快步走在往校外的小徑上，正想著要買些什麼宵夜回寢室，身後有人輕拍我的肩。

轉頭發現是文石。我問：「你去哪裡？」

「我要回宿舍。剛剛跟李蕾去吃湯圓。」

「吃湯圓？蠻幸福的嘛。」

「我的調查蠻有收穫的。」

「哼哼。」

「妳去聽演講，又有什麼收穫？」他不理會我的輕蔑，直接就問。

我將與朱又菱的對話告訴他，最後不忘提醒：「人家李蕾有男朋友了，不要讓別人誤會你是有意介入成為第三者。」

「我知道她男友是薛子博，我也沒有要介入的意思。妳想太多了。」

「最好是。」

「如果按照朱又菱所說的，那麼當天就只有兩個人可能跟——咦！」話說到一半，他突然像被電到般停下腳步，整個人定格在當下。

「跟什麼？你怎麼了？」我也不由得停下腳步。

「噓！」他側頭出聲制止，專注在聽著什麼。

我摒住呼吸傾耳細聽，發覺在前方的濃霧裡傳來兩個人的談笑聲，那個男生的聲音好像在哪裡聽過——才剛這麼想，下一秒文石像盯上兔子的獵犬般倏地往前衝，還來不及出聲喚他，就已完全消失在大霧裡。

「是見鬼喲，跑那麼快幹嘛。」不知道發生什麼事，我只能自言自語。

拎著鹽酥雞和珍珠奶茶回到寢室，芯瑤正好抱著烘乾的乾淨衣物走進來。

「咦，沒跟奕宇出去玩？」

「今天沒有。他下山去幫我買東西，而且文石跟我先約了一起吃晚餐。」

「蛤？」

「是因為要討論我的怪病。」

我遞給她一杯珍珠奶茶。「他一定又問妳發作時的狀況吧。」

「這次不是耶。」她接過吸管插入杯中，吸了一口。「他問我11月29日去小說研究社參加社課時，有沒有吃了什麼、喝了什麼。」

「只關心吃喝是怎樣，肚子那麼餓喔。」

「我發現他真的很好笑又很詭異，吃什麼東西都要加花生。」

「妳沒問他為什麼？」

「他說吃花生可以抒壓，有助思考。」

「神經病。」

「還有，他說，我一定會再發作。」

「真的？」我放下咬到一半的雞排，擔心地問：「那怎麼辦？」

芯瑤反而好像不太緊張：「不過，他說那將是最後一次了。」

「他怎麼知道？」

「他沒說。只說除了妳以外，只會再發作一次這件事不可對別人說。」

「妳不會擔心嗎？」

「如果真的是最後一次，只要不發生危險，總比原先不知道這輩子還會發作多少次要好多了吧。」

「那他有告訴妳什麼時候？會在哪裡發作嗎？」

「他說會事先告訴我。」

「有沒有這麼厲害啊。」

「我原本也很懷疑，到底什麼原因發病都還沒確定。可是他說：『只要妳相信我說的，我說的就會發生』。還很靠近的注視著我的眼睛，連續講了十遍。」

「精神勝利法？」

「我相信他。」她擠出笑容。有點淒楚的笑容。

不知道她是受文石的精神勝利法影響，還是溺水時見到浮木就抓，我只覺得很心疼，不自覺摟了一下她的肩。

「另外他提醒我，從現在開始一直到他許可為止，有關鬼怪靈魂的任何故事、書籍、電影都不可以再看或再聽。」

「為什麼？難道他覺得妳有靈異體質？」

「不知道耶。他有問我這三次發作前，有沒有接觸有關妖魔鬼怪的事。我想了半天，才想起我們去唱歌的前一天，下課時有幾個人在閒聊鬼故事，有人說大仁館電梯鬧鬼的故事，有人說大雅館跳天井的鬼故事。我當時在旁邊聽了心裡還毛毛的。」

「可能是希望妳不要胡思亂想、有助於改善妳的病情吧。對了，那妳11月29日上社課時，有吃了什麼嗎？」

「中間休息十分鐘，吃了社團準備的點心。起司蛋糕和一杯熱巧克力。」

「妳那天又經痛了？」芯瑤有經痛的毛病，每當經痛她就愛喝黑糖薑茶、熱巧克力之類的東西以求緩解。

「嗯。」她想到了什麼，突然臉色很沉重地問：「琳，我問妳，妳覺得我有得罪什麼人嗎？」
「得罪？沒吧。妳那麼可愛，人緣也不錯——幹嘛這麼問？」
「我覺得文石好像在查，有沒有人要害我……」
「他說過要排除是人為造成的，難道是懷疑有人要害妳？」
「問題是，我不覺得身邊有誰對我有敵意呀，而且，怎麼害的呢？」
「這就……不知道了。妳覺得文石查得出來嗎？」
「他說一定可以查清楚，但目前不能向可疑的人直接質問，會打草驚蛇。」
原來如此。不過，那條蛇究竟是……

這天只有兩堂課，下課後我到校外的超市購買日用品。在陳列商品的貨架走道間挑選洗髮精時，聽到貨架後方有人在講手機。
我聽出那是平奕宇的聲音，他應該是在跟芯瑤聊天吧。
拿著洗髮精和香皂到櫃檯結帳，另外兩個排隊等待結帳的人隔在平奕宇和我之間，他歪著頭從口袋裡掏出皮夾取錢，頸子上還夾著手機跟對方講個不停，沒有注意到我。其間平奕宇還不時露出笑容，顯然雙方正在調笑著。
這時候他的支持和安慰，對於芯瑤來說應該是最重要的吧。心中對於芯瑤能有這麼好的男友感到欣慰，不知為何也因自己到現在還沒找到相知相守的伴侶覺得有些小淒涼。
午餐後帶著書籍資料到圖書館寫報告。過了半小時後，芯瑤才進來。

我們一起用功了一下午，才起身去洗手間，並在走廊上喝水休息。

「妳家奕宇也喜歡吃罐頭鰻魚。」我隨意找話題聊。

「他最討厭鰻魚了。」

「我記得妳還蠻喜歡吃罐頭鰻魚的。」

「是啊。怎麼了？」

那麼在雜貨店結帳時他在櫃檯上放了兩個鰻魚罐頭，是為了買給芯瑤吃的囉。「沒呀，只是覺得其實妳很幸福。有奕宇這樣的男友。」

「妳呢？」她的笑靨裡有著嬌羞，趕緊轉移話題。「黎晏昕？」

「幹嘛提到他。」

「他好像對妳不錯齁。」

「哼哼。沒感覺。」不知為什麼，腦海裡浮現一隻黑色蝙蝠展開翅膀準備飛翔的怪異景象。我一定是太過用功做專題研究報告，才會頭暈生幻覺了。

「把握眼前可遇的幸福是最重要的，因為許多的幸福稍縱即逝。」

「唷，什麼時候講話變得這麼有哲理？」

「這話不是我說的，是文石跟我說的。」

「蛤？他跟妳講這種話？」

「不要看他好像很怪，其實他有一種看穿人心的能力。我是這麼覺得。」

「意思是，能夠很容易知道別人在想什麼？」

「嗯。像奕宇就沒有，常常我已經明白告訴他了，他還神經大條到有些白目，有時會被他氣死。」

這時樓梯間傳來腳步聲，出現在眼前的是班上的郭一銘和艾啟宏。

他們發現是我們倆，過來打招呼。

「哇，兩位美女居然在這裡聊天，報告寫完了？」郭一銘笑嘻嘻道。

「還沒啦，題目範圍很大耶。你們兩個被分在同一組？」

「我們也要加油了，不然被當掉就麻煩了。」

「嗯。」

他們往資訊檢索室方向走，艾啟宏這時回頭望著芯瑤說：「披肩還不錯吧？在新光三越天母店的專櫃，最後一件唷。」

芯瑤肩上新的駝色披肩，是幾天前平奕宇專程下山買給她的。那天芯瑤因為怪病的事跟文石相約討論，並在一起吃晚餐。

我們互望一眼。艾啟宏笑笑說：「是平奕宇送妳的禮物，對吧。好幸福喲。」

從圖書館出來已經夜幕低垂，整個校區霧嵐如紗如幕，空氣中還飄著細雨，讓鼻腔中浮著溼盈。我們低頭撐傘，往宿舍方向走去。前面也有兩個女生共撐一支紅傘走著，因為是上坡路，加上細雨直往臉上打來，我們必須將傘朝前方斜頂，步子因而沒有太快。

這時有個身影快步超越到我們與紅傘之間，和我們及前面兩個女生都維持約五步距離。我瞥了一眼，從只戴著外套領上的帽篷遮雨及身形辨識，那個人應該是文石。

我正準備快步上前叫他，他卻半舉左手——那意思是制止我。

這引起我的好奇心，他顯然在進行什麼不能張揚的事。

我和芯瑤彼此互看一眼，維持一定速度跟在他後頭。

前面兩個女生有說有笑在聊著什麼。我們距離有點遠，聽不清楚交談內容；其中身著有紫色四葉草圖案外套的女生不時發出高音量的笑聲，綠色外套的女生則小聲回應著。

「喂，那個是文石吧？」芯瑤小聲問我。「他喜歡千琴？」

「前面是章千琴？」原來芯瑤聽得出來，我問：「另外一個呢？」

「林曼彤。」她指了一下紫色外套的女生說。

「咦，我以為他喜歡的是李蕾……」

「蛤？」芯瑤睜大了眼驚訝地低呼：「真是天大的八卦！」

「噓！我還不確定，先不要傳出去。」

她們沒有察覺，走到候車亭等公車。文石選擇她們身後的位子，悄悄坐下。

我拉著芯瑤往宿舍方向走。芯瑤一路上越來越興奮，不斷問：「他到底是在跟蹤誰？」、「是在暗戀千琴還是曼彤？」、「確定他喜歡的是李蕾？」

晚上熄燈睡覺，腦海裡開始重組這幾天看到的景象，益發覺得其中必有蹊蹺。

要我幫忙接近朱又菱……和李蕾一起吃湯圓……單獨約芯瑤，還對芯瑤催眠要芯瑤相信他……花錢扮成別人還幫別人做工作……跟蹤章千琴和林曼彤……平常不與班上同學互動，活在自己世界裡的男生，坐在教室會偷偷觀察別人……搞半天也講不出來到底芯瑤是什麼原因發病……

自己會不會找錯人了。會不會找到一個死變態啊？

「那個會把自己當蝙蝠倒吊著的文石，」我跳下床，拿出手機傳訊息給黎晏昕：「你到底為什麼相信他？」

「妳跟我去找他時，期望什麼？」

「期望能得到解答、能幫助芯瑤。」

「只要相信，就會得到妳期待的。」

第五話

第二天我們要進教室前，在走廊上文石突然從旁邊竄出來，把我們拉到角落。

「那個……嗯，」他好像在索思該用什麼詞彙來表達，偏著頭支吾半晌：「這該怎麼說呢，呃——芯瑤，平奕宇是妳男友吧？」

「嗯。」芯瑤反而大方點頭。

「妳很愛平奕宇吧？」

「嗯？」

「那，妳和他平常應該會有一些比較親密的舉動吧。」

芯瑤的臉頰泛著紅暈，看我一眼，臉上浮著疑問。我想我也是。

「我的意思是，妳待會兒可不可以……就是，找個機會，跟他……親密一下。」

「蛤！」慘了，昨天的擔心成真了。這個文石果然是個死變態！我忍住怒氣：「你是為了要滿足你的偷窺慾？」

「不不不，我的意思是，妳能不能跟他有比較親密的舉動……讓大家看。」

「說什麼！你除了自己想看，還想要跟大家分享！」我已經捲起袖子準備打人，卻被芯瑤拉住。

他竟還忝不知恥地說：「而且愈大膽愈好，最好能引起大家驚呼的那種。」

「你這個該死的變態——！」我卯起全力，往他身上狂踹。「到底想幹什麼！變裝癖！偷窺狂！跟蹤女生是為了露什麼嗎？蛤！」

他邊閃躲邊說：「不然至少要親吻一下臉頰，看看反應如何。」

「能有什麼反應啊！能有什麼反應啊！這樣你就能有反應了喔！」我追著猛踢。他四處逃竄：「拜託了芯瑤。」

「芯瑤不要理他！」我氣得大喊。

那節課前半小時，完全不知老師講授些什麼，生著悶氣不時偷瞪坐在前方第二排的文石，內心對於芯瑤愧疚極了。

老師開放發問時，坐我右邊的章千琴舉手提問。坐我正前面的黎晏昕轉頭望著聽她的問題，視線有意無意移向我。我還給他一個凶惡的狠瞪，把他嚇了一跳，趕緊返頭正襟危坐。

誰叫他把一個死變態吹噓成什麼世外高人，害我信以為真。

後半小時我逼自己專心，決定下課後再好好警告文石。

下課鐘響大家起立敬禮後，老師抱著教科書正要離開。教室左邊角落忽然揚起尖叫和喧嘩，一股莫名興奮與驚異的氣氛蔓延開來，還爆出掌聲和議論紛紛。

我隨著大家的目光望去，整個人傻眼。

芯瑤攬著平奕宇，兩個人忘情地擁吻在一起。

有人已經開始拿出手機在拍攝。

臉上一陣臊熱，我移開了視線，怒瞪文石一眼。文石面無表情、冷冷地注視這一幕，心裡不知在想什麼。他到底是怎麼給芯瑤洗腦催眠的，竟利用芯瑤徬徨無助的心理，滿足自己變態欲望，真是可惡極了。

怒氣沖沖地走向芯瑤，一手將她從平奕宇身上拉起來，一手抓起她的書本和包包，連推帶拉把狀極狼狽的她帶離教室。

「瑤！妳在幹嘛！」把她拖到校園裡才放手，我忍不住質問。

「我一定要知道自己的症狀到底是怎麼回事。」

「妳不要相信文石那個死變態。」

「為什麼妳要這樣說他。」她撥理一下零亂的長髮；「而且，我主動吻奕宇，不完全是因為文石的要求。」

「那是為什麼？妳知道剛才有多少人誤會妳是一個隨便的女生。」

「別人怎麼看我已經不在乎了。與其不知道明天會變成怎麼樣，不如豁出去搞清楚真相，否則那種懸著心的感覺真的會把人逼瘋。」

還想跟她爭辯，眼角餘光瞥見文石步出大賢館大門，鬼鬼祟祟跟在林曼彤和章千琴後面。我氣到衝過去，往他腳背上狠狠踩下去。

晚上在寢室裡，因為另外兩位室友也在，所以我們沒有再談這件事。

快十點時，芯瑤的手機忽然響起簡訊聲。她拿起來滑了幾下。

隨即我的手機也傳出簡訊聲。我點開，發現是文石傳寄的：

「從明天開始與芯瑤形影不離，注意她的安全。」

芯瑤表情木然地盯著手機。我立即起身到她身邊看她的手機：「芯瑤，明天開始的三天內，妳會再發作一次。我會請白琳注意妳發作時的安全。不必擔心，這是最後一次了。」

有些尷尬。若相信文石說的是真的，現在就必須要安慰及鼓勵芯瑤，那我白天對他動怒就太衝動了；但若只是膨風吹牛、胡謅瞎說的，那豈不是又被那個變態利用了？

倒是芯瑤，大吁了一口氣：「最後一次終於到了。」

「瑤，妳覺得他說的是真的嗎？」

「那天他跟我說發作前可以預先告知我時，我也是這麼懷疑。」她給我一個微笑，貌似努力振作：「但是他跟我說：只要相信，就會是真的。」

「不論是真是假，這三天我們形影不離，小心一點總是沒錯。」

問題是，第二天我們兩個原本預定的活動比平常多。

早上我們沒課。系學會辦了一場專題演講，我身為活動執祕，必須負責招待和督場。雖然芯瑤對這類學術活動不感興趣，但還是被我帶在身邊，跟上跟下，以免有突發狀況。因為要隨時注意她，整個人處於半分心狀態，開始體會昨晚她所說一顆心懸著的滋味。

接著換我陪芯瑤去彩妝研習社上社課。雖然平時出門沒化妝習慣，只有在睡前擦一些保溼的晚霜或貼一片面膜，但化妝品應該是全天下女孩都感興趣的，而且今天的課題是韓系妝，正是時下最流行的，所以原本緊繃的神經因而稍稍得以紓解。而且許多非社員的女同學也很感興趣，臨時繳費報名參加；班上的李蕾和林曼彤也來了。

上課時我們聚精會神，聽著彩妝老師教我們如何用幾支眉筆、眼刷，畫出好看的漸層眼影。每個人都手持眼影盒，學習沾刷眼影膏由淺色打底、珠光打亮、到深色上妝，每層暈染疊擦，最後刷上鼻影，看著鏡中自己眼睛逐漸立體明亮，心情就超好的。

中場休息時，李蕾和林曼彤也靠過來跟我們交換心得。我發覺她們兩個其實已經很會畫了，尤其是林曼彤，本身的五官就很漂亮立體，彩妝後眼睛看起來就像那些古裝劇裡的女主角一般，超級漂亮的；不像初學的我，怎麼看怎麼怪。所以我連忙請教她，她也很熱心地指出我犯的錯並指導如何修補。

然後我的眼角餘光就看到一個大體。

對，所謂大體就是人死之後的遺體。

「妳可不可以也教我一下如何修補？」大體還對林曼彤這樣說。

她們三個回頭，發現是文石，先是一愣，然後同聲爆笑。

因為文石把自己的眼睛畫成入斂白，顯然打亮後暈染失敗，所以看起來一副厭世的妝容，法相有夠肅穆莊嚴。

等我們笑到彎腰，他才冷冷地說：「笑夠了沒啦。」

林曼彤抹去眼角的淚，強忍笑意幫他修，還告訴他步驟和訣竅。

然後我忽然想到一件事。

這個怪怪的宅男跑來學什麼化妝呀？彩妝眼影在一張有著濃眉和人中下巴都有鬍渣的臉上，超級突兀。我把芯瑤拉到旁邊，用氣音小聲問：「一個大男生跟人家學化妝是怎樣。我看他才有病，恐怕病得不輕，這樣妳還相信他嗎？」

芯瑤體貼地說：「會不會是因為我的事啊。如果這樣，就太不好意思了。」

「哪是啊，搞不好他本來心理就有毛病。」

林曼彤也好奇地問文石。他居然很認真說什麼是想要了解為什麼化妝可以把一個龍妹變正妹，以及預慮畢業後司法特考若沒考上，還可以有一技之長轉行當遺體化妝師，才來報名參加。這種說法被當成笑話引來大家的訕笑，但好像他也不以為意。

社課結束後我們一起去吃午餐。芯瑤用簡訊通知，平奕宇也現身和我們同桌。

「人家奕宇就是個正常男生。不像某人。」我小聲揶揄坐在身邊的文石。

「我哪裡不正常了？」

「你的睫毛膏沒有完全卸下，看起來很噁。」

他連忙拿餐巾紙往眼上胡亂擦拭。結果兩個眼圈黑掉，活像熬夜五天沒睡，引來大家一陣取笑嘲諷。

「難得大家今天一起吃飯，我請客喝飲料。」林曼彤從點餐檯提著六杯奶茶過來，分給每個人。文石居然伸長了手臂越過我把芯瑤眼前那搶過來：「這杯好像比較好喝哩。」

「喂！」奕宇有點生氣地喝斥。但文石毫不在意，馬上就把吸管插下去大啜一口，還無所謂地說：「你們可以一起喝呀。」

「沒關係啦。」芯瑤真的把放在奕宇面前的那杯拿過來。

「超沒禮貌。」我把文石的那杯移過去給奕宇。

不過芯瑤把自己和奕宇的吸管都插進手中杯子，顯然有意與他共飲。

大家嘻嘻哈哈談笑著。我察覺都沒人再跟文石交談，他只是靜靜地把奶茶喝完，彷彿只是餐廳客滿情形下、不得不與別人併桌的過客而已。我有點同情他，卻又找不到適當話題，只好趁別人不注意，低聲隨口問：「到底最後一次發作在哪一天？要我三天都提心吊膽，很累。」

「今天一定會。」

「你該不會是隨便說說的吧。」

他聳聳肩，沒回答我。

下午的課結束後，班代和康樂股長上台要求大家先別走，要舉辦這個月的慶生會。一個漂亮的豪華生日蛋糕被推出來，引來驚呼與輕鬆的氣氛。

芯瑤也是這個月的壽星，她和幾位同學一起圍在蛋糕前接受大家祝福，一起吹蠟燭。望著臉上掛著可愛笑容的她，我真心希望以後的她都能平安喜樂，那個怪病永不再發。

在大家的掌聲中班代請壽星切蛋糕，並請坐在前面的朱又菱、嚴哲、章千琴、林曼彤幫忙端盤分給大家。芯瑤回座，章千琴遞過來給她的蛋糕和可樂，卻立刻被文石搶走，讓人傻眼。平奕宇非常不滿，怒瞪文石，文石竟然聳聳肩，對他扮了個鬼臉，惹得奕宇起身就想上前找他理論。然後文石就逃出教室，從窗子可看到他靠在走廊的欄桿邊，捧著那小塊蛋糕配著可樂狂嗑。

因為奕宇高大英偉，站起身就比他高出一個頭。

「算了啦。」芯瑤拉住奕宇，自己到講桌上再切了一塊，回來和他分食。

我愈來愈討厭文石這傢伙。

奕宇對芯瑤說：「他最近經常騷擾妳，那天他還邀妳吃晚餐是怎樣！」

「就跟你說是因為我的那件事嘛。」

「屁啦，根本是對妳居心不良。」

「沒有啦。你想太多了。」芯瑤用小湯匙挖了一口蛋糕，送到他嘴邊餵食。

但奕宇臉上表情，任何人都看得出來不是在吃蛋糕，是在吃醋。

麻煩的是，文石三番兩次的舉動已經惹出奕宇的不安全感，誤會他是要搶走芯瑤，所以他要帶芯瑤下山去逛街。

芯瑤顯然相信文石所說這三天內一定會再發病，所以她以有點累了為由，表示不想去。想不到這更引起奕宇的危機感，變得很臭臉。

芯瑤為了安撫他，只好勉強同意，並給我一個「應該沒關係吧」的眼神。

所以五點半下課後，她就跟著奕宇下山去東區了。有奕宇在身邊，就算再度發作應該也會獲得很好的保護吧。我內心吁了口氣。晚上去參加同濟社迎新的相見歡茶會，心情相對輕鬆不少。

十點多進寢室，發現芯瑤在我剛剛去淋浴間洗澡時已經回來。

「妳跟奕宇去哪裡玩？」我還毫無警覺地問，直到發覺她坐在床沿發呆，神情有異，內心一驚丟下手中的盥洗用具：「瑤，妳該不會剛才——？」

她點點頭。兩行眼淚立即滑下臉頰。

第六話

「什麼時候？」

「剛才我和奕宇去ＫＴＶ唱歌。唱到一半就……」

「還好吧？」

「奕宇嚇壞了，還叫救護車把我送到醫院。」我想起之前三次都是在寢室發作，所以奕宇應該是第一次當場目睹她發作時的恐怖景象。她深吸一口氣後繼續說：「我被送到急診室時已經清醒。我騙醫師說從小就有癲癇，剛才應該是沒按時服藥的結果，才得以倖免於整個晚上都耗在做一些查不出病因的重複檢查。」

「當時只有妳跟奕宇兩個人？」

「黎晏昕、李蕾、薛子博、林曼彤、朱又菱、章千琴他們六個也在包廂裡。我和奕宇是最後才到。」

「你們不是去逛街嗎？」

「是林曼彤打電話給我，說大家已經準備開唱了，問我們要不要加入。我本來不想，奕宇說他想去。結果……把大家都嚇死了，每個人都傳簡訊勸我去找高人祭改趕髒東西……我是不是真的被鬼附身了？」

「別哭了。」我心疼地幫她擦去眼淚：「也許像文石說的，這是最後一次了。」

沒想到她哭得更厲害，抽噎地說：「我、我……覺得該跟奕宇……分手了。」

「傻瓜，妳回來的路上沒跟他說其實妳不是得了癲癇？」

「……我說了……他也一直安慰我，可是……嗚——」她哭到說不下去。

「好了，我們不說了、不說了。」我摟著她制止她繼續說下去，擔心她太過激動萬一又發作。

「奕宇那麼愛妳，妳不要擔心。他只是嚇到而已。」

聽我這麼一說，她更放聲大哭。

我以為奕宇因為她對醫師說謊生氣，兩人吵架。好不容易安撫到她情緒平穩哄她去淋浴時，才打電話問奕宇。但奕宇發誓說他們沒吵架，還要我幫他好好照顧芯瑤。

她洗澡回來放下待洗的衣物，情緒較剛才平靜許多，只不過哭過的眼睛紅腫得厲害。坐在書桌前她拿起手機點了幾下：「喂，文石？」

打給那個變態幹嘛？

「嗯，我真的發作了……剛才真是對不起你，你要不要緊？有沒有受傷……喔。我沒事。」接著就把剛才跟我說過的情形，再對手機那端的文石說一遍。

今天一定會發作。居然如文石所說！這……是巧合吧？

還是他有什麼辦法事先得知？

咦，會不會其實就是他在搞鬼害芯瑤？不然哪有可能如此神預測？

終止通話後放下手機，芯瑤嘆了口氣，拿起毛巾擦頭髮。

「妳剛才問文石有沒有受傷？」

「唔。文石偷偷跟著我們下山，在逛街時被奕宇發現，以為他要破壞我們的感情，當街抓著他的衣服打了他幾拳。後來我接到曼彤的電話，本來不想去，奕宇聽到了說他想到文石就沒心情再逛街，想去人多的地方唱歌，我想轉移他的心情也好，才去ＫＴＶ的。」

「打得好。」

她睜大了眼睛：「妳怎麼這樣說。他是關心我才跟蹤的吧。」

「他怎麼知道妳一定會在今天發作？」

「他一定有他的辦法。」

「妳這麼相信他？」

「不然我還能相信誰。」

「可是之前我們和他都沒什麼互動，對他的了解也很有限。也許黎晏昕只是為了面子隨便吹捧，害我們誤信文石多厲害。」
「那妳怎麼解釋他說我今天會發作，結果真的發作了呢？」
「說不定就是他害妳的。不然他鬼鬼祟祟跟著妳和奕宇幹嘛？」
「我發作時他並不在場，而且發作離他被奕宇毆打扔在路邊，已經是一個小時之後的事了。」
「這……說不定他學了什麼妖法，養了什麼小鬼，對妳施加咒詛！」
「真這麼厲害的話，也不會被奕宇打到痛得蜷縮在路邊站不起來吧。」
「……看來奕宇是真的生氣了。」
辯不過芯瑤沒關係，我直接打電話問，不就一清二楚了嗎。
「喂，文石嗎？」
「白琳？」
「你今天為什麼去騷擾芯瑤和奕宇？」
「騷擾？哼哼。夏芯瑤有這麼說嗎？」
「不然你無故跟蹤人家，居心何在？」
「若不是妳白小姐，我也不必這樣。」
「我有叫你當個變態跟蹤狂嗎？」
「我有請妳形影不離保護她吧？」
「那平奕宇保護她不是一樣嗎？」
「如果一樣的話我會請妳保護？」

「不早說！」旁邊的芯瑤見我們快吵起來，皺著眉連忙比手勢制止，要我冷靜，但我心中的怨氣和疑惑忍得難受：「你現在給我說清楚，她發病到底是什麼原因？」
「想知道原因啊，後天下午就知道啦。」
「為什麼要後天下午？」
「因為今天晚上就會開始下雨，會一直下到後天清晨。」
「你怎麼知道？」
「看氣象局的天氣預報不就知道了嗎。」沒等我反應，他切斷了通話。
我正要開罵，就聽到窗外傳來嘩嘩嘩的聲音。
真的下雨了。

這場雨忽大忽小，但一直到第三天清晨之前都沒停過。
第三天上午上課時，文石依然坐在第二排第一個那個固定的位子，不時望著窗外。我順著他的視線往外看，發現陽光終於露臉，校園裡金燦朗照，空氣中瀰漫著溼氣與熱度的分子。
下午的刑法分則課程結束，已經是黃昏了。我終於忍不住，在走廊上堵住他。
正要發問，他卻往我身後瞄了一眼，食指在嘴前比了個噤聲的手勢。
我回頭，不知他的視線是投在人群中的哪個人。
接著他就快步往樓下走。我緊跟在他身後。
下課時間，校園裡從各個大樓湧出來的學生熙來攘往，我完全看不出他跟著誰要往何處去。步出學校後門，他從一大排的機車裡牽出自己的機車，我沒經他同意就急忙往後座跨上去：「我也要跟！」

因為從文石的凝重神情與綻出光芒的眼瞳，我有預感什麼事情正在發生。

而且是跟芯瑤的怪病有關。

他不發一語，直接把安全帽給我，自己往臉上頸部圍著單車騎士的黑色遮陽巾、戴上一頂鴨舌帽，只露出銳利的雙眼，彷彿電影裡的銀行劫匪打扮，就啟動機車往前衝。

機車在山仔后的仰德大道往右轉，又馬上往左轉進入菁山路。這時前方只有一輛白色的機車隨著山路彎度在路端忽隱忽現；文石也機警地操控尾隨，與對方保持相當的距離。

催油聲隨著不停往上坡路段行駛而愈加劇烈，許多急彎處又必須煞車控制速度，非有相當的騎術無法安全駕駛。但前方那輛機車騎士顯然駕馭熟練，文石也不遑多讓。我發現這條路是往金山方向行駛，腦海中快速搜尋班上同學有誰是家住金山或基隆的。

山上的天氣變化莫測，轉眼橙色暮光籠罩，淡水河方向的天邊已灑滿夕陽的低靄霞光。前方那輛機車行經冷水坑並未往左朝馬槽方向，反而是往右。

往右到路的盡頭是擎天崗。那裡機車無法進入，只能步行上去大草原，要再往金山，只能步行小徑走魚路古道穿過台北與新北交界線，找到陽金公路才能下山吧。可是，誰會捨機車摸黑步行下山哪？太奇怪了吧，又不是日據時期。

咦，那也就是說，前方機車的目的地……就是擎天崗了？

文石將機車停在角落位置的停車格裡。我也下車。停車場裡尚有其他四輛機車，文石不發一語，步向其中一輛白色機車輕輕觸摸，由溫度確定沒有跟丟。

四下張望，在往草原的階梯上發現了那個身影。我們快步跟上，並在往擎天崗大草原的步道上，與那身影保持相當距離。

草原上天色已逐漸陰暗，不時飄來的濃霧讓視線更模糊，步道上只有往回走的幾個登山遊客，往前走的方向只有我們三人。

那個身影身高約一米七，穿黑色連帽的斗篷大衣，單從背影看不出來是男是女。我小聲問：「那是誰？」

文石還來不及制止，那個人聞聲已突然止步。

還回頭往這邊看。

下一秒發生什麼事我完全不知道，只覺得自己往草地上摔，嚇到尖叫——卻發不出聲，只發出「嗚——」的低鳴。我的嘴被文石的手掌摀住。

文石的臉極為靠近，只有十公分左右的距離讓我能感受到他的氣息。

他的眼色嚴厲，顯然警告我不准再出聲。

事後問文石，他說草原上雖然遼闊，但人煙稀少，只要有人講話，加上繚繞的霧氣為媒介，平常聽不清楚的距離都有可能聽到。

回過神來，我發覺雖然摔倒，後腦卻枕在他的臂彎裡，加上草地柔軟，自己完全沒有受傷。

不對。枕在他的臂彎裡。呃，不對，枕在他的臂彎裡是因為被他推倒的吧。可是兩人這樣的姿勢不是會讓不知情的人以為我們是……在……

不行不行，太曖昧了！我不自覺搖搖頭，禁止自己再想下去，但頸子一陣臊熱火速往上竄至腦門，中途還燒燙了臉頰。

因為這麼近盯著他的臉看，覺得他其實有點……好看。

就在心臟狂跳不止時，一陣冷風吹來，我又倏然被一股力量從地上拉起身。他瞄我一眼，就拉著我邁步往前，然後選擇一處地勢較高的地方坐下，接著直接取下我身上的背袋，從袋裡拿出女生習慣用的小鏡子，從鏡子裡窺察對方。

那人在前方的草地上彎腰，站直往前步行一段距離，又彎腰，似乎在觀察什麼，就這樣在草地上重複了幾次，最後的動作因為距離太遠，而且霧氣太濃，加上天光已剩一抹夕陽餘暉而已，根本看不清楚。

那人掉頭往回走，其間還往我們這邊望了一眼。我們假裝成情侶且背對著那人，應該沒被察覺有異。等那人走遠，文石立即起身：「妳在這裡等我。」

「我也要去。」我跟上去，才知道為什麼他要我等他。

因為走沒幾步，忽然察覺腳下一軟，似乎踩到了什麼。

一陣臭味襲來，我低頭張望，老天鵝呀，踩到屎了！嗯——！

極目四望，原來草地上好多地方都有牛屎啊！

草地的地平線上，許多緩慢移動的黑色物體，原來是水牛。

擎天崗草原自清朝末期形成草原以來就是放牧牛隻的牧場，農民稱為牛埔，為台北盆地及金山、萬里等附近農家農閒時耕牛寄養處所，草原面積最大時北達磺嘴山、頂山，南達七星山等附近地區面積達千餘公頃，寄養牛隻曾多達千隻；現今因為農業衰微，草原面積約只剩四百餘公頃，放養的水牛約數十餘隻。草原上除類地毯草、假柃木等主要植被外，還可見許多成堆的牛糞、飲水沐浴的水潭窪地以及清代以來殘留的牛舍遺跡。這樣的景觀，也成為陽明山國家公園裡特殊的生態，在假日時吸引不少遊客來此一遊。

現在的我不是來觀光，卻像許多觀光客一般一個不留神就踩爆牛屎地雷！我急於為可憐的球鞋脫離屎海，拼命在草地上亂跑狂跳，根本不管文石跑去幹嘛了。

好不容易將沾在鞋底大部分的牛屎抹掉，接著拿出面紙蹲在步道上猛擦鞋邊，大嘆自己倒楣。但不知為何，已經擦的差不多了，還是覺得很臭。舉頭一看，原來文石已經回到我身旁——臭味是從他身上傳來的！

「啊——！」我驚叫一聲，慌忙跳開：「你不要靠近我！走開！走開啦！」

他興奮地望著我，雙手還捧著一大坨牛屎！

剛剛躺在草地上的粉紅小泡泡，就在驚嚇與惡臭中瞬間烟消雲散。

第七話

耳畔響起的鬧鐘聲，對我而言真是一大救贖。

幽幽醒來，發現自己大汗淋漓，恐怖情景造成的心悸從剛剛的夢境裡持續到睜眼後猶存，真是嚇人。

好多的牛屎。在屎海裡載浮載沉的經驗，世上空前絕後。就在我快溺斃在屎海裡時，耳邊聽到有人說「屎海無涯，回頭是岸」，就有一股力量把我從中拉起身，回頭一看拉我的是文石，他的氣息一下子就把我身上的污穢吹乾淨了。臨走時還送一片面膜給我。我開開心心回到宿舍，想要好好保養一下，所以洗完臉上床前貼在臉上。十分鐘後覺得房間內有股怪味道，愈想愈不對勁，把面膜撕下才發現有精華液的那面不是白色的，趕緊拿起外包裝仔細一看：「原料：新鮮牛嗯嗯精華提煉」、「功效：保溼美黃」

新鮮牛嗯嗯？保溼美黃？噁——這是什麼亂七八糟的噩夢！

我坐起身，按下床頭的鬧鐘，心情極度沮喪。跳下床，發覺芯瑤床單整齊，被子依然整齊疊好，沒有睡過的痕跡。顯然昨晚她沒回來。

我正在發怔時，她正好推門進來。

她手上拎著早餐，卻放在書桌上沒打開吃，反而盯著小梳妝鏡發呆。

「妳怎麼了？」

她搖搖頭，把其中一份早餐移到我桌上：「沒什麼。」

這麼說就一定是有什麼。我試探著問：「是因為文石？」

「當然不是。」她意外地望著我，旋即轉移話題：「說到文石，他有寄簡訊來。」並把手機點開給我看：今晚七點，大賢館209教室，務必出席。記得把照片上傳妳的臉書和Instagram。

今晚七點？記得好像有什麼活動，我連忙從抽屜取出小日誌本，翻到明天的日期……啊，是民法個案專題討論。老師指定的題目要做分組討論並提出報告，當做學期成績的一部分。

唔？因為怪病的事，他和芯瑤有比較多機會接觸。不然為什麼只提醒她……

芯瑤似乎看出我的疑惑：「妳別誤會。我有打電話問，他說今天應該就能確定我發病的原因。」

「是嗎。」我半信半疑，不願再回想關於牛大便的事。「那跟上傳照片有什麼關係？」

「我不知道。文石叫我把這些照片上傳而已。」她點入臉書和Instagram。

上傳的照片，都是與奕宇出遊時的開心合照。

晚上七點，我們準時到大賢館２０９教室。

芯瑤和我是被編在Ａ組，成員還有平奕宇、黎晏昕、章千琴和林曼彤。而李蕾、薛子博、朱又菱、艾啟宏、嚴哲及郭一銘六人則編在Ｂ組。我們分別在教室的前後各自討論被分派的課題。至於文石則被編在Ｃ組，但聽說Ｃ組選擇的地點在圖書館的團體討論區，而且昨天就已討論結束甚至報告都快寫完了，所以文石今天跟黎晏昕一起出現時，還被大家半開玩笑虧說是吃飽太閒、要他不要故意刺激別人；他被大家揶揄到臉紅耳赤，幸好黎晏昕幫他緩頰，說什麼有些比較艱澀難懂的學說多一點人加入討論，有助於大家的報告能獲高分，才平息眾人不滿。

不過討論過程，他只是坐在Ａ組旁邊的位子上不停地吃著自己帶來的花生米，未發一語地看著我們討論。只有在討論到民法上「不完全給付」的概念時，大家七嘴八舌意見不一，無法得出結論，黎晏昕才想起他還被晾在旁邊：「喂，文石，你有什麼看法？」

文石微微一笑，提醒我們不完全給付包括兩種型態，除了我們所執著討論的加害給付外，尚包括瑕疵給付。如果把這個觀念帶進老師出的課題……大家沉默著思索了一會兒，臉上不約而同都有了認同的變化。

原來答案就在想法的轉彎之處。

接下來討論就順暢多了，對於結論很快就達成共識，再分配書面報告各章節由誰負責，幾分鐘內就結束，比預期所需時間還早了半小時。反觀B組那邊，抓頭苦思的猛抓頭、查資料找答案的狂翻書，不知還要討論到何時。

「我們A組提早解脫了，真棒。啊，我請大家喝星巴克咖啡。」平奕宇語氣輕鬆地提議，贏來一陣歡呼，讓B組那邊的人臉都臭了。黎晏昕自告奮勇要幫大家跑腿去買，看來他的好人緣來自於他的好心腸。

李蕾和艾啟宏聽見了，跑過來說也想要喝。平奕宇大器地說包括B組在內在場的人他都請客，同時再加請三明治，又贏來更大的歡呼聲。林曼彤也熱心地幫忙登記每個人想要喝的咖啡種類，隨後並與黎晏昕一起跑去山仔后買。

等待咖啡的時候，芯瑤和奕宇閒聊，我和章千琴以筆電開始寫大綱。文石則被B組的成員拉去諮詢討論。

黎晏昕和林曼彤提著咖啡和三明治回來時，大家都開心地擁上來。

這時候我無意中瞥見超傻眼的事：文石用極快的手法，將自己點的摩卡跟芯瑤的卡布奇諾互換。芯瑤好像視若無睹。但林曼彤不知怎麼察覺了：「咦，你拿錯了吧？」

芯瑤笑笑道：「沒關係。卡布就讓他喝吧。」

平奕宇聽到了，轉頭望向這邊：「怎麼了？」

「沒事。」芯瑤可能是怕他又生氣，趕緊澄清：「文石拿錯咖啡而已。」

「哪是，我明明是拿他點的摩卡給他，但是他卻故意調換的。」林曼彤唯恐別人誤會般強調說。

「你幹嘛？」平奕宇的怒意已經在語氣裡。

文石摸摸鼻子，毫不在意地勾勾嘴角。

事後我回想起來，他的那一抹微笑，真是生平見過最瀟灑坦然的笑容。

但當下，我真心害怕平奕宇一時衝動又一拳揍過去。

「沒什麼。幫你保護你女友而已。」

「芯瑤有我保護，不必你多事！」

「是嗎？」文石看看芯瑤。芯瑤打開杯蓋就啜了一口：「奕宇，沒關係啦，反正摩卡我也喜歡喝，不必介意啦。」

「為什麼妳老是要幫他說話？為什麼他老是要吃妳的東西？」

「唉，我也不想呀。」文石拉了張椅子坐下，把那杯熱卡布奇諾放在桌上。「因為這杯咖啡喝了會出事啊。」

「蛤？」

「芯瑤在KTV發作怪病的事，相信早就傳開，大家都已經知道了吧。在此之前，她曾在寢室也發作過三次。」文石把玩著那杯咖啡，冷笑道：「不過，她奇怪的症狀不是生病引起的，而是喝了不該喝的東西。」

不知為何，在場所有的人都靜默下來，把注意力投向這邊。

芯瑤睜大了眼：「我……喝了什麼？」

「前三次發病，分別喝了咖啡、抹茶和熱巧克力。至於最後一次和奕宇去東區的ＫＴＶ唱歌，在包廂裡喝了什麼我就不知道了，其實也沒有知道的必要了。」

「三種不同的飲料，都會造成被鬼附身的症狀？」我忍不住問。「這三種飲料都有含有咖啡因，難道是因為咖啡因？」

「當然不是。是因為她喝的飲料被人放了奇怪的東西。」

大家面面相覷，現場的氣氛馬上變異。

平奕宇不以為然：「你現在好像在指控有人對芯瑤下毒要害她嗎？如果是，請你講清楚，而且最好能提出證據。」

「說下毒太嚴重。」文石偏了偏頭，笑著說：「可以稱為不潔之物——」

「處女的指甲？童男的頭髮？還是蜈蚣的腳？」艾啟宏語氣顫抖，忽然插嘴。

「如果她是因被降巫術、或是被下蠱，那些也許還有可能；但不是，是一種會讓人心智混亂、產生幻覺的不潔之物。」

「是這樣嗎？」平奕宇問芯瑤，但劍指文石，語氣根本充滿懷疑。

「我、我不知道啊。」

「喂，芯瑤前後發作四次，你都不在場吧？既然不在場，說什麼她的飲料被人放入什麼髒東西的，我們怎麼知道是不是你編的？」

「那趁大家都在場的這個機會，就求證一下好了，以免被說成我沒有證據什麼的。」文石從口袋裡取出那張從筆記本撕下的紙：「芯瑤，這是我請妳回憶妳前三次發作前的經歷，妳邊回想邊寫下來的，沒錯吧？」

芯瑤點點頭。大家湊過去看了一眼。

「根據妳的這些記錄，我用刪除法，就能縮小範圍，找到在妳飲料裡放東西的人了。」文石走到講台上，將小紙條的內容逐一抄錄在白板上，接著轉身說：「要在妳喝的飲料裡放東西，一定要接近妳才有機會下手，對吧？11月1日、15日、29日這三天，都有出現在妳身邊的人，原則上就是嫌疑最大的人，我們這樣假設合理吧？」

大家微微點頭表示認同，但旋即陷入一片靜默，顯然望著白板上的名字在找那個三天都曾在芯瑤身邊的人。接著，大家都將目光轉向李蕾。李蕾一陣錯愕，慌張地大喊：「可、可是不是我啊！」

「既然只是假設，是否是妳，當然要經過查證，否則就容易冤枉人了。所以我找了很多理由接近妳，跟妳聊天，對吧？」

「你——原來是這個目的！」李蕾的臉色一陣青一陣白。

「不好意思，請多包涵。幸好查證的結果，不是妳。」

「呼！」她大呼一口氣，猛撫胸口慶幸自己沒被冤枉。

「如果這樣，就該再把調查範圍擴大一點。也就是說，這三天在芯瑤發作前，至少曾出現兩次的人可能與芯瑤互動，也就是比較有嫌疑的人了。如果這個方向是對的，換另一個角度來看，那麼這三天只與芯瑤接觸一次的人，就可暫時先排除在疑犯的名單外，這樣推理，大家不知是否能接受？」

大家一致點頭，接下來又是一陣靜默，因為每個人都注視著白板上的名字，拼命想找出誰是三天內兩度在場的人。文石見這場景覺得好笑，直接將整理好的答案寫在旁邊：

三天的活動，曾兩度在場與夏芯瑤互動的人：

11月1日大忠館看電影：平奕宇、李蕾、章千琴、朱又菱。可疑飲料：咖啡

11月15日KTV唱歌：平奕宇、李蕾、章千琴、林曼彤。可疑飲料：抹茶

11月29日社團教室上社課：李蕾、林曼彤、朱又菱。可疑飲料：熱巧克力

黎晏昕、嚴哲、郭一銘、薛子博、艾啟宏和我則是三天內只出現一次的人。

也就是說，曾兩度可能與芯瑤有接觸的人只剩平奕宇、李蕾、章千琴、朱又菱及林曼彤五人。若依文石所說，他已經先排除掉李蕾的嫌疑，那麼就是其他四個人了。

第八話

「等、等一下，」朱又菱顯然推想出與我一樣的想法，不滿地問：「你的意思是芯瑤發病是我害的？」

「還有，為什麼我也有嫌疑？」平奕宇也不滿地質問。

「所謂嫌疑，只不過是依目前可觀察到的客觀事實呈現的可能性而已，並不表示一定是最後的真相或真凶，否則法院何需開庭調查證據。」

要證據來證明事實，也是平奕宇剛剛的要求。此時每個人臉上都浮現贊同表情，所以他與朱又菱不再有何反彈的意見。

文石接著說：「朱又菱所以有嫌疑，是因為11月29日在小說研究社上社課時，她就坐在芯瑤的旁邊，要下手是絕對有機會的。不過，若是她所為，就沒辦法解釋11月15日她並未與芯瑤接觸，為什麼芯瑤還會發作的事實。」

「對對對，11月15日我在小說研究社參加幹部會議，所有出席的人都可以為我做證。我沒有下山，沒有去唱歌，更沒有遇到芯瑤。」

「也許是她託別人把那個什麼不潔之物放進去飲料呢？」黎晏昕已在安全名單之列，似乎就放心看好戲了，也開始動腦推理起來。朱又菱氣得翻白眼瞪他。

「也許。但找不到動機。」

朱又菱聽了趕緊跑來芯瑤身邊坐，還挽著她的手臂：「是啊是啊。人家跟芯瑤情同姊妹，有什麼理由害她呀。」

章千琴也聽出箇中道理，立即舉一反三：「同理可證，因為11月29日我在熱舞社練舞，也不在場，就算你能證明我與芯瑤有什麼仇怨，也不可能有機會放什麼紙人鬼符之類的髒東西在飲料裡。所以，我也應該排除在嫌疑人之外吧？」

「嗯。妳說的我完全無法反駁。」

「耶！」章千琴喜上眉梢，趕緊跑到芯瑤身後攬著她。

那不就剩下平奕宇和林曼彤？他們彼此互看一眼，表情都很僵硬。不過林曼彤旋即笑了起來：

「依你的說法來看，11月1日當天我不在場，就如又菱、千琴一樣，也不可能有機會對夏芯瑤下手對吧。」

平奕宇顯然不甘心，提高語調問：「為什麼李蕾沒有嫌疑？她是三次都在場應該嫌疑最大，你不會是跟她比較要好故意偏袒她吧？」

「前幾天我跟妳還有薛子博在吃圓湯時，我問過妳的問題，妳的答案能再說一遍嗎？」文石沒有直接回答平奕宇，而是問李蕾。但李蕾一頭霧水的樣子：「什麼問題？我只記得我有問你為什麼一碗十顆湯圓，你全部都要點花生的。」

文石只好重問一遍：「章千琴生日那天有請妳去幫她買咖啡來請大家吧？」

「嗯。她給我錢，我跑去學生餐廳買的。」

「妳買回來直接拿給千琴分給大家？」

「對啊。」

「當時同學有七個人在場，每個人喝的咖啡都一樣？」

「喔，沒有一個人是一樣的。七個人居然點了七種咖啡。」

「那妳有用筆記本、便條紙或什麼方法記住誰要喝哪種咖啡？」

「點的時候沒有，只在心裡記著，結果跑到餐廳時，開始有點混亂了，幸好遇到有人幫我，用麥克筆在杯子上註記咖啡名字。」

「什麼意思？」

「我在櫃檯點咖啡時遇到那個人，而且靠過來跟我講話，我怕一聊天就忘了剛才哪個咖啡是誰要喝的，就打斷對方說等一下，對方看出我在記東西，建議可以在杯身上註記才不會搞錯，所以向服務生借了一支麥克筆，當咖啡送上來時幫我把名字寫在杯身上。例如拿鐵是朱又菱要的，就在紙杯上寫一個菱字、美式是章千琴點，就寫個琴字。」

「那個人好心幫妳寫，那當時妳在幹嘛？」

「我一邊告訴對方誰點了什麼咖啡、一邊拿錢給服務生買單。發現結餘的錢還夠買一些點心，就照千琴拿錢給我時的吩咐，加點了一些手工餅乾。」

「所以妳的注意力曾移轉到玻璃櫃裡的各式手工餅乾上？」

「手工餅乾的種類也很多啊，總要選擇一下嘛。」

「妳不是有選擇障礙嗎？」薛子博是她男友，顯然了解她的個性：「我們每次出去吃飯，妳光看菜單就可以猶豫個十幾分鐘還下不了決定。」

「上次一起吃湯圓時，妳也是最後一個才決定要五顆紅豆、五顆芝蔴的。」

李蕾對薛子博和文石露出不好意思的表情：「一下看到很多好吃的東西，人家就很難決定嘛。」

「妳為什麼沒寫當天還有吃手工餅乾？」文石轉問芯瑤。

「我完全忘了當天李蕾還有買手工餅乾回來，因為我沒有吃，只有喝咖啡。」

藉由這段對話，我聽出文石的用意。

那個好心幫忙寫名字在咖啡紙杯上的人，趁著李蕾在結帳和選購手工餅乾時，大有機會在芯瑤的杯子裡放入異物。

文石再轉問李蕾：「所以，那個幫妳寫名字的人是誰？」

「是妳。」

李蕾看向林曼彤。

林曼彤臉上綻出意外：「我幫妳寫名字在杯子上，跟芯瑤的病有什麼關係嗎？就趁機下藥在咖啡裡？妳提著咖啡從餐廳到華風堂的途中，不是更有機會做這件事嗎？」

李蕾臉上露出尷尬，望向文石。文石從口袋裡掏出一小包花生，又開始嚼了起來：「妳說的，不是沒有道理，所以當朱又菱告訴白琳11月29日是她坐在夏芯瑤旁邊時，我能懷疑的人只剩妳和李蕾兩個人而已。」

「那不是應該懷疑又菱嗎。」

「那妳要承認11月15日是妳幫朱又菱在抹茶裡放不潔之物嗎？不然她那天沒在KTV如何下手？」

「你這樣講，對我公平嗎？」林曼彤漂亮的臉上漾出可人的笑容：「對千琴、又菱你就用不在場的事實排除嫌疑，對我你就跳脫這個推理模式，採信李蕾的說詞，用兩套標準判斷事實，將來如果你是法官，判決如何能讓人信服？」

坐在我身邊的黎晏昕、嚴哲和郭一哲立即點頭表示認同。

「最重要的，我跟芯瑤也很要好，有什麼理由要害她。」林曼彤又搖搖頭，用無奈的語氣為自己辯解。

「因為嫉妒。這是妳跟李蕾、章千琴、朱又菱不同的地方，也是動機。」

文石兩眼直視著林曼彤，毫無遲疑地說。

「嫉妒？她有什麼好讓我嫉妒的？」

「因為他。」大家順著文石的目光，轉而投向平奕宇。

「……我？」平奕宇的臉瞬間爆紅。

「因為妳喜歡平奕宇，想要把他從夏芯瑤身邊搶過來。」

「我喜歡平奕宇？你是胡猜的吧。」林曼彤的臉上仍然看不到一絲驚惶，絲毫未露任何心虛。我不禁擔心文石若不能提出服眾的說法和證據，恐怕他的人緣將永無從谷底翻身的餘地。

畢竟，林曼彤的美貌，除了班上幾個男生私約不斷的八卦早已不逕而走，也吸引理工科系男生的目光，所以下課時經常可以看到別系的男生在走廊上等她。而她也是班上人緣最好的女生，不僅講話溫柔，也非常體貼，像李蕾所說在餐廳遇到班上同學立即上前打招呼、熱心幫忙，更是大家認為理所當然的日常。

這樣一個好女孩，被文石說成因嫉妒就耍心機害別人的女生……

我偷偷環視一下在場的人，沒有人不用質疑的視線盯著文石。

「那我就證明給妳看。」從容有餘，文石的眼瞳晶亮銳利：「千琴，前幾天晚上，妳曾跟林曼彤一起搭公車下山回家對吧？」

「哪天晚上？」章千琴忽然被點名，有點錯愕。

「那天霧很濃、下著小雨，妳穿著一件綠色外套，而林曼彤則是穿有四葉草圖案的紫色外套，妳們兩個共撐一把紅傘——」

「啊！是啊。」

「還記得在等公車時，林曼彤跟妳說她不喜歡吃鰻魚，但居然有男生送她鰻魚罐頭的事？」

「喔，有啊。因為喜歡曼曼的男生很多，送早餐、送玫瑰、送首飾的一堆，從沒聽過居然有人送鰻魚罐頭的，所以覺得很好笑。」

「也就是說，她其實不喜歡鰻魚吧。」

「呃……」她瞄了林曼彤一眼，好像突然想到如果說錯話會不會害了林曼彤。

「她不是說了：『林曼彤吃鰻魚，好像自己吃自己的感覺』的笑話嗎？」

章千琴笑了出來：「她覺得很好笑，我也覺得很有趣。咦，你怎麼知道的？」

對，我記得那時紫色外套的那個女生還笑的很大聲。

誒？鰻魚罐頭？和芯瑤互望了一眼，我心頭一驚，那天在超市——

這時文石突然衝到平奕宇面前，一把抓住他的手喝斥：「你想幹嘛！」

平奕宇的手上握著手機。兩人一陣拉扯，文石用力掰開他的手指：「手機借我一下！你要刪掉簡訊或通話紀錄等我講完再刪！」

手機被文石搶下，點出幾則通話紀錄。來電號碼是林曼彤的手機號碼。

「不過，同學間有事，彼此用手機聯絡，很正常吧，不能就認為曼彤喜歡平奕宇吧。」黎晏昕提出疑問：「而且，從剛剛千琴的說法，和奕宇的舉動看來，似乎只能證明奕宇對曼彤有好感而已，就不要說是什麼嫉妒了。」

我偷瞥了芯瑤一眼，她居然沒有什麼反應。反而是平奕宇，臉色鐵青。

這是怎麼回事……

第九話

「『宇，你不覺得芯瑤最近怪怪的嗎？』、『聽說她好像有精神方面的疾病。』、『精神方面的疾病？聽說很難醫而且還會遺傳，不知是不是真的。啊，你不要誤會，我沒別的意思，是真的很關心她。』、『我知道。』」文石彷彿說相聲般用一人分飾兩角的聲音說出這段對話，然後回復原聲：「這是她跟你的對話吧？」

平奕宇的視線移向芯瑤：「你休想破壞我跟芯瑤的感情。」

芯瑤目光低垂，不知在想什麼。

林曼彤攤攤手：「所以，原來這是一齣文石想搶芯瑤、卻栽贓我的鬧劇。」

就此眾人紛紛對文石投以不齒的冷笑時，我忍不住站了起來：「這不是鬧劇。文石說的是事實。因為妳和平奕宇那天在校園裡聊天談笑的時候，我就在你們身後，只是當時霧太濃，我沒看到你們、你們也沒注意到我，但妳聲音有獨特的清亮，笑聲更像雨後的陽光，是不會有第二個人擁有的。」

那天在大眾小說研究社聽完演講後、在校園裡遇到文石的情景，以及那個在我們前面談笑的兩個人，現在想起來，確實就是平奕宇和林曼彤的聲音沒錯！

眼中閃過一絲意外，林曼彤隨即恢復原來的笑容：「聽說妳曾去過大倫館文石的房間？」

教室裡馬上傳來驚呼與竊竊私語。

笑容甜美的背後，竟是辛辣的惡毒！我睜大了雙眼，完全沒想到林曼彤居然是這樣的女生。問題是，誰告訴她我曾去過大倫館男生宿舍？這件事包括文石那個社福系的室友在內，只有五個人知道……我的眼刀立即射向黎晏昕！

他頭低低的，根本不敢看我。

「是黎晏昕帶她來找我的，目的是協助夏芯瑤找出發病的原因。」文石為我澄清道；不過，看大家的表情，還是半信半疑。

「這是你的片面之詞。」林曼彤的聲音怎麼可以這麼溫柔。溫柔的令人不寒而慄。

文石在平奕宇手機上，點出林曼彤與平奕宇在Line群組裡的對話：

——人家也喜歡吃鰻鰻

——想不到妳也喜歡，我現在正在超市，幫妳買一個鰻魚罐頭吧

——好唄

「這樣，妳還要說我講的是片面之詞？」

語氣維持一貫的輕鬆，她聳聳肩：「這也沒什麼呀，同學間閒聊，他主動表示願意幫我買一個罐頭，有什麼嗎？」

剛剛章千琴明明不是這樣講的。不過，有些男生的臉上還露出「美女跟男生講話時會有撒嬌的違心之言，不是很正常嗎，好像還好吧」的表情。

「黎晏昕，是這樣嗎？」文石調轉視線。

黎晏昕迎上他的視線，露出笑容：「今晚進這間教室前文石跟我說，等一下他會宣布請大家吃宵夜喝飲料，拜託我要自告奮勇幫忙去買，他要請我做一件事。想不到平奕宇主動說要請客，他給我使眼色，我知道他要我依原計畫進行。」

「我請你做什麼？」

「你跟我說，林曼彤一定會熱心表示要去幫忙提宵夜，你要我不要拒絕。但當她開始接觸宵夜，特別是飲料時，我一定要將鏡頭對準她。」

鏡頭？

我瞥見林曼彤的臉上乍現一抹陰晴。

黎晏昕從他外套內側的口袋裡取出手機，手機下方的USB插槽上接著一條黑線，他緩緩把黑線拉出來，黑線另端是穿過他長袖裡的一顆攝像鏡頭，隱藏在他手腕的袖口裡！他把那個袖珍攝像鏡頭還給文石。

也就是說，剛才在買咖啡過程中，如果林曼彤曾在誰的杯裡做手腳的話……

大家圍上去看黎晏昕手機的攝影檔。

他不在畫面裡，但從聲音可以聽得出來是在櫃檯前結帳。

畫面裡林曼彤臉上是甜美的笑容，一邊跟他說話一邊整理提著的咖啡。

這時畫面突然被暫停，黎晏昕把檔案拉回一點再放，接著迅速停格，把畫面放大：林曼彤的兩根手指伸進一杯咖啡的蓋子與杯緣縫隙間！

再回放。雖然動作精巧，只是一秒的瞬間，每個人應該都看到了她確實有個手指在杯縫邊緣的動作。

大家抬起頭來，一起望向林曼彤。

林曼彤維持甜美的笑容：「服務生沒將那杯的蓋子蓋密，我發現了立刻把它蓋緊，這有什麼問題？每個人發現了這種情形，不是都會這樣嗎？」

「但若妳趁蓋緊的機會，把這個東西放進去了呢？」文石從外套口袋裡拿出一個透明夾鏈袋，袋裡是……一株白色的菇。

「這我知道！這是鴻喜菇，我最喜歡吃我媽做的鴻喜菇燴豆腐了。」艾啟宏興奮又天真地叫道。

「如果這是鴻喜菇就好了。」文石笑笑說：「這是外形酷似鴻喜菇的野菇，叫裸蓋菇。」

「這就是你說的那個什麼不潔之物？」

「裸蓋菇是俗稱迷幻魔菇的一種，內含西洛西賓也就是裸蓋菇鹼，還有裸頭草辛等成分，對人類而言是一種神經毒素，如果吃下肚，生理上可能出現會抽搐、高燒、意識不清、心律不整、噁心反胃、肌肉無力、大量流汗的反應，這些都還好處理，最可怕的是腦海中會出現不尋常的幻覺，眼前的東西變得五顏六色、天旋地轉，有脫離現實的感覺，覺得世界變得抖動扭曲，看到不存在的東西，例如看到固定物體會移動、物品的形狀忽大忽小、不能正確感覺物體的高度、覺得自己能和物品對話等，對外界的感受有障礙，思維活動非常跳躍，因為腦神經被裸蓋菇鹼影響，有人就會手舞足蹈卻肢體扭曲，做出許多類似活屍或被惡靈附身的動作，嚇到自己也嚇到身邊的人。」

文石解釋到此，教室裡連空氣流動都變得很大聲，因為每個人都盯著夾鏈帶裡的白菇默不作聲，也許都在想像發作時的恐怖模樣。

文石接著注視著林曼彤說：「如果希望夏芯瑤的身上出現這些症狀，讓平奕宇看到，讓他誤以為夏芯瑤得了什麼難治的怪病，夏芯瑤也因一再發作查不出原因而情緒失控，這時妳就有機會趁虛而入。不過，裸蓋菇鹼如果吸收過量也會致死，妳利用裸蓋菇只是想要搶走平奕宇，不是要害死她，所以只把裸蓋菇磨成細粉，找機會放入少許在她的飲料裡，也因為量輕，無法控制發作的時間，以致前三次都是在她回寢室後才發作。直到最後一次，在KTV唱歌時，妳見機不可失，又在夏芯瑤的飲料裡放了裸蓋菇粉，這次的量較多，她就當場發作了，而且被平奕宇目睹全部發作過程，想必內心的驚疑不在話下，他是怎麼想的？聽說很難醫而且還會遺傳？妳跟他說的這些話，應該會在他的心裡衝撞著他對這段感情的信心吧。」

平奕宇不滿，大聲回嗆：「我和芯瑤的感情才不會這麼不堪一擊！你講這些話才是在破壞我們吧！」

文石苦笑，沒有回應。林曼彤也回擊道：「我要是像你說的那樣，前幾天我們六個在餐廳吃午餐時，我有請大家喝奶茶，也應該很有機會下手吧。我記得芯瑤那杯還被你搶過去喝呢，還有那天下午班上的慶生會，我也有幫忙切蛋糕和倒可樂喔，而且芯瑤那份好像又是被你搶去吃掉了，請問你有被鬼上身的幻覺舉動發生嗎？如果沒有，剛剛對我的指控是不是就太失禮了，不應該向我道歉嗎？」

「很簡單，因為兩個原因。第一，妳想起這兩種飲料是甜的，如果放裸蓋菇粉末進去，恐怕會被喝出稱怪怪的菇味，所以沒放。而先前芯瑤喝的咖啡、抹茶和巧克力，因為味道偏苦比較不容易喝出來。」

「對，我在KTV包廂裡發作前，喝的是啤酒……啤酒也是苦味的飲料。」芯瑤恍悟，訕訕自語道。

「還有另一個原因，就是妳留有的裸蓋菇粉末量已經不足。妳無法確定需要讓她發作幾次才能讓平奕宇決定跟她分手，必須省著點用，放多了怕會出人命、放少了她發作的時間會延後、症狀可能很輕微，沒能達到妳想要的效果，所以也可能這兩次妳恰巧都沒放或放的量不足，我才能倖免於難。但是只要看到芯瑤和奕宇有一些放閃行為，妳就受不了。所以我認為妳一定會再出手。」

怪不得他要芯瑤主動對平奕宇表示一些親暱的舉動，原來是要用晒恩愛來釣出幕後的藏鏡人……這也就是何以他能掌握芯瑤最後一次發作的原因吧：只要觀察嫌疑人在目睹親暱舉動時的反應，就知道妒火是否已經燒得夠旺了……真是聰明。

「裸蓋菇是什麼我可不知道喔，那種東西在菜市場有在賣嗎？我家是開醫院的，可不是種香菇的菇農，怎麼可能有這麼怪的植物。」

「我也好奇妳到底是用什麼方法取得裸蓋菇。但是，大前天開始下雨了，一直下到昨天對吧？」

「下雨？」林曼彤提高語調，不知是否聽錯，她的聲音居然有些顫抖。

「西洛西賓蕈類的迷幻魔菇的種類很多，喜歡濕度高的低溫環境，繁殖方式是孢子隨風飄落。如果孢子落在草上，被牛馬羊等草食性動物吃下肚隨著糞便排出，遇到適合的溫度、濕度就很容易長出來。低溫、高溼度、有牛馬等草食性動物，我們學校附近哪裡符合這三個條件都具備的生長條件？」

「擎天崗大草原！」我失聲叫出。他捧著牛屎的恐怖畫面又浮現腦海。

「不止擎天崗，高濕、低溫有草食動物的山區，像清境農場也可能會有。」文石再次盯著林曼彤：「妳昨天下午去擎天崗採菇時，我跟白琳在妳身後，都有看到喔。」

林曼彤不語。原本只要大聲否認就好，但文石提到白琳也在場，萬一白琳具體指證，那該如何辯解？也許是這樣思忖如何應付我這個突然出現的目擊證人。

「可是，照你的說法，誤食裸蓋菇的人會出現的反應好像不只一種，她又怎麼能控制芯瑤一定會出現被鬼附身的反應？」黎晏昕好像很感興趣，但表情顯示是純粹基於聽八卦看好戲的心態，真令人討厭。

「所以，事前要讓她多聽一些鬼故事啊。不管是出於心理暗示或是日有所思夜有所夢，總之非自主意識的幻覺與舉動一定會受到印象、想像、記憶的影響。也就是說，食用裸蓋菇後會出現的意識錯亂反應，跟當事人之前的遭遇、經驗、記憶有關，只是在神經被干擾情形下發生幻覺而失控，以致舉止變得怪異。」

「你說的這麼奇幻，到底夾鏈袋裡真的是會讓人產生幻覺的裸蓋菇、還是單純只是一株普通的鴻喜菇，又該怎麼證明？」平奕宇也質疑地問。

「而且，就算你手中真的是裸蓋菇，也不能證明她今天有放在芯瑤的卡布奇諾裡吧，畢竟我所拍到的畫面，看不出來她放了什麼東西呀。」

其他幾個男生也紛紛附和黎晏昕。看來人緣好真的很重要，黎晏昕的人緣很好，林曼彤的人緣更好。

「你一定要把我逼到這個絕境就對了。」文石瞪了黎晏昕一眼，隨即將目光掃向每個人：「那你們有誰願意喝一口這杯卡布其諾？」

空間裡，立馬變成互覷的視線亂射戰場。

空氣裡，瞬間只剩玻璃窗外風的偷笑聲。

「沒半個人？哼哼。」文石勾了勾嘴角，從背包裡拿出兩條長長的童軍繩，遞給黎晏昕和薛子博：「你們把我綁起來吧。」

他們兩個傻眼。但在文石的堅持下，真的把他五花大綁。

第十話

在驚呼聲中，文石把那杯卡布奇諾一飲而盡。

望著他抹去嘴角的咖啡液，我和芯瑤都傻了眼。

如果那杯卡布奇諾裡真的如他所說，被林曼彤偷偷放入裸蓋菇的話……

我擔心不已，問他：「這樣真的沒問題嗎？」

「不要報警，不必送醫。如果太失控，背包裡還有兩條繩子，請男生拉住就行了。」他這是在說什麼，我聽得一頭霧水。

「看過今天夏芯瑤上傳在臉書與ＩＧ的照片，妳放的量應該會比之前的多吧。」面色蒼白的林曼彤木然望著文石；文石語畢就低著頭坐著，眼神低垂，不再多說什麼。

大家開始爭辯文石剛才所說關於林曼彤偷放裸蓋菇的事。幾個男生都在幫林曼彤說話，有人甚至質疑文石是不是因為追不到林曼彤懷恨在心，才編出這套說詞。但在李蕾突然冒出：「那你們誰有看到文石曾追過林曼彤」這句話時，卻又都噤聲不語。因為文石從大一起就是個獨行俠，誰也沒跟他有什麼深談交集吧。

女生的臉上都是半信半疑表情，不過我想大家對於林曼彤的印象應該都有變化，畢竟，對於她的辯解和質疑，文石都能提出證據。

有人滑手機上網搜尋有關裸蓋菇的知識，有人安慰已經落淚的林曼彤。究竟文石所說是真是假，大家七嘴八舌爭論著，意見分歧。

我小聲問芯瑤的意見。她沒回答，但表情已經寫著她相信文石。

這時一陣巨響在教室裡爆開，把所有人都嚇了一大跳。

椅子翻倒在地上，一頭猛獸突然往牆上衝撞，一次、兩次……連續無數次的衝撞，碰撞水泥牆面造成肉體骨頭的迸裂聲令人驚悸，把女生都嚇得放聲尖叫，蜷擠在教室角落。

似乎不覺得任何疼痛，肩頭與額頭的滲血已濺染到牆面上了，那頭猛獸還死命往牆上狂掄狠撞，並發出可怕的低吼，狀極駭人！

章千琴已被嚇到奪門而出。黎晏昕和艾啟宏跌坐在地上無法動彈。

這到底是怎麼回事！因驚嚇而亂跳的心臟讓胸口又緊又悶，異常難受，我和芯瑤不禁抱在一起，同聲尖叫。猛獸往自己身上瘋狂抓扯，除了衣服旋即殘破外，原本綁住的繩子居然快被掙脫，他到底是哪來的神力啊！

猝然想起剛才文石的話，我強捺慌亂的呼吸，大聲說：「你們男生快點制止他呀！他的背包裡還有繩子！」

薛子博和郭一銘這才從錯愕中回過神，跳上去想拉住文石卻被他撞到摔得踉蹌狼狽。黎晏昕連滾帶爬翻找文石的背包拿出童軍繩，與嚴哲、平奕宇一擁而上。五個男生合力仍無法立即制住，一堆人吶叫嘶吼推來拉去，好不容易才壓制在地上，文石還不斷扭曲掙扎，發出如野獸般的吼叫……

「放我出去」。「開門」。仔細聽，他的低吼原來是在講這兩句，但語調聲音聽來彷彿被惡靈纏身後的邪異囈語。

因拉扯已半裸的上半身，他背部的陳舊傷痕更是嚇人。

那是上次他在寢室換衣服時，我基於禮貌移開視線所沒注意到的圖騰。

散著亂髮的髮隙間，翻白的眼球上佈滿血絲，文石的臉猙獰扭曲，青筋爆浮，狀極恐怖，如果有人此時進來撞見，一定會認為他被鬼附身而嚇到閃尿。

十幾分鐘後，文石逐漸安靜下來，大口喘氣，並幽幽醒來。

「妳拿熱巧克力給我時，我是真心感激妳的。」芯瑤走上前對林曼彤說。

說完，她給了林曼彤一記清脆的耳光。

和煦的日陽經由葉片間隙篩漏灑下的光點，落在身上，讓原本寒風的砭骨逐漸退潮。我坐在校園百花池畔的長椅上，望著悠閒游晃的鯉魚，想著那天在大賢館２０９教室裡的情景。

「食用裸蓋菇後會出現的意識錯亂反應，跟當事人之前的遭遇、經驗、記憶有關，只是在神經被干擾情形下發生幻覺而失控，以致舉止變得怪異。」

若如此，那麼文石把那杯卡布奇諾喝下後神經錯亂，失控地撞牆及低吼著「放我出去」、「開門」，還有他背上可怕的傷痕，是否與他過去的什麼遭遇有關……

從圖書館的方向安步當車、從從容容地走來，我讓出長椅上的空間讓他坐下。他遞給我一瓶罐裝咖啡。

「這裡面該不會放了什麼菇吧？」我開玩笑問。

「妳可以仔細檢查一下。」挑了挑左眉，他很認真問答。

我毫不猶豫拉開拉環，啜了一口。「其實那天你可以不必喝那杯卡布奇諾的。」

「我想喝。」他也打開自己手上那罐。

瞄了一眼他額頭上的疤痕，我搖搖頭：「其實芯瑤和我只想弄清楚真相，而且你已經證明了事實。我們都相信你。」

「只是想體會一下西洛西賓的威力，印證那些毒物書籍的理論，我並不在乎在場的人是否都相信。」

「你真的有病。你應該多與大家相處，不然病情會愈來愈嚴重。」

「與其花時間在人際關係，我寧願研究蝙蝠與地心引力的關係。」

「林曼彤的人緣比你好，所以到現在還是有人相信她而認為你是在演戲。」

「這就是所謂畢馬龍效應吧。」

「畢馬龍效應？」

「心中怎麼想、怎麼相信，就會如此成就。你期望什麼，你就會得到什麼，你得到的不是你想要的，而是你期待的。許多人相信美貌、溫柔、體貼的人是個好人，也期待好人就是這種條件的人，當這樣的人出現在身邊，就根本忘了這樣的人可能只是象牙雕像而已。」

聽他這樣一說，我想起那天芯瑤說的：「但是他跟我說：只要相信，就會是真的。」原來他還蠻懂心理學的，結果卻……

我忽然哈哈大笑起來。一直笑，笑到跺腳，笑到彎腰。

不理會他的疑惑眼神，「喂，你知道我今天找你來是要幹嘛？」

「妳電話裡說有件怪事要討論。我想，該不會又是誰遇到什麼怪病了吧。」

昨天下午我步出大慈館要去社團，在門口被平奕宇拉住。原以為他是要找芯瑤，正要轉身回寢室幫他叫人，結果他說是要找我。

他說那件事之後芯瑤對他變得很冷漠，疑似想要分手，讓他很痛苦，希望我幫他安撫芯瑤，居中說說好話。

從社團回來後，見芯瑤哼著歌在滑手機，心情好像不錯，我就試探性問她為何沒跟平奕宇出去玩。她聳聳肩：「他去找他的曼曼玩就好了啊。」

我想到在超市見到平奕宇買鰻魚罐頭的事，又想到之前她曾經說：「別人怎麼看我已經不在乎了。與其不知道明天會變成怎麼樣，不如豁出去搞清楚真相，否則那種懸著心的感覺真的會把人逼瘋。」，就豁然明白了一切。

原來她和平奕宇之間的感情早就出問題了。

「他真的……劈腿？會不會只是林曼彤單方面勾引他而已？」

「妳還記得艾啟宏說過的話吧？為什麼他會知道駝色披肩是在哪家百貨公司的最後一件？因為平奕宇根本沒有去幫我買，他是拜託艾啟宏順便替我買的，但平奕宇卻告訴我是他為了我專程下山去買的，請問，當時他跑哪去了？去送鰻魚罐頭給那隻騷曼了吧。」

「若是這樣，他還拜託我來安撫妳，好像他並不想跟妳分手。」

「如果不是文石揭發了騷曼，他們倆也許在一起了，下場就是我被他甩了。」

「文石揭發裸蓋菇的事，他們一樣可以在一起呀。」

「騷曼要面子啊。她愛自己勝過愛任何男生，如果真的和平奕宇在一起了，豈不坐實了文石所說的一切，那會被人如何指指點點。」

我吁了一口氣。原來這裡面還有這麼多曲折啊。

咦，男友腳踏雙船劈腿，但是芯瑤看起來並不特別傷心嘛。

「平奕宇這樣對妳，妳……不難過？」

「幸好有文石，才能讓我提早認清渣男的真面目，所以有什麼好難過的。」

「沒有吧，文石可從來沒說平奕宇變心呀。他是說林曼彤因為——」

「妳不覺得文石真的很厲害嗎？連那個什麼裸蓋菇他都知道。」

「妳不覺得他很蠢嗎？既然知道咖啡有問題，幹嘛自己還喝下去啊。」

「無論別人怎麼想都要把真相查清楚、付出任何代價也在所不惜，妳不覺得這樣的文石很帥嗎？」

「很帥？」我怔怔地望著臉頰緋紅的她，訕訕問：「芯瑤，妳該不會……」

「嗯。所以我決定向文石告白。」

「蛤？」眼睛不自覺睜得太大，眼珠差點掉出眼眶：「妳要不要想清楚，他真的很怪呀。」

「我已經告白了啊。但是被他無視了喔。」

「欸？」我必須努力控制眼瞼，眼珠才不會掉出眼眶。

「不過沒關係，還有兩年的大學生活，我還有機會讓他注意到我。」

不論如何，芯瑤能從疑似惡靈附身事件的陰影走出來，而且比以前更堅強，至少文石施展的畢馬龍魔法，應記上一功。

思忖至此，我笑笑對文石說：「那件怪事就是，芯瑤居然向你告白了。你說這是怎麼回事？」

望著像被電到一般跳起來立即逃走的背影，和他那個在地上如陀螺般打轉的空咖啡罐，我又笑了出來。

對於文石的無視，不知為何心中好像有些小慶幸。

（本篇完）

海豚的守護

第一話

初次見到莫巧綠是在一個下著大雨的午後。

跑去法院遞狀回來途中，遇到突如其來的雷陣雨，我像許多沒帶雨傘的路人一樣倉皇奔跑，衝到騎樓下時身上已經溼了一半。望著淅瀝啪啦的水幕與遠方傳來的悶雷聲，暗忖雨勢一時不會停歇，所以我步入超商買了咖啡和草莓蛋糕，打算暫時放下辦公桌上的煩累，享受天賜的短暫下午茶時光。

想不到才在玻璃窗前坐下，就看到一輛白色轎車停在路邊等候紅燈，車窗降下，探出熟悉的臉龐。我不禁嘆了口氣。

那輛車的外號叫小白。文石律師在車內向我招手。

「雨下這麼大，我又坐在店裡，你居然也能看到我，就不能睜一眼閉一眼嗎？」我拎著咖啡和草莓蛋糕衝進車裡，立馬抱怨道。

「我知道妳是被大雨所困，但不知道的人會以為妳是在偷懶。」

「每天做牛做馬，在超商喝杯咖啡就是偷懶，多沒人性的職場。」

「因為牛和馬只會吃草喝水，不喝咖啡。」

「這誰不知道啊，要你廢話。」

「哈哈，我以為妳不知道嘛。」

「就算不知道又不會怎麼樣。」

「不知已之無知，雙倍無知。」

「不知已之將死，雙倍該死。」我一拳往他手臂上搥過去。

就這樣一路上嘴砲抬槓垃圾話到進事務所，一進門就瞧見當事人等候區有個頭上綁著雙辮的小女孩坐在那兒。我以為小女孩的家長是許律師還是白律師的當事人在裡面會談，獨留她在沙發上，所以和她大大的烏瞳對望一眼，就逕自走進自己的辦公間。

過了一會兒，鄰座同是助理的小蓉從隔間板上探頭問：「沙發上的紅衣小女孩是找誰？」向她確認，才知道原來許律師和白律師都不在。

我跳起來，小跑步到女孩面前：「妹妹，妳媽媽呢？」

小女孩居然賞我一個白眼，就把視線移向門外。

蛤？生平第一次遇到小孩見到漂亮的大姊姊居然是這種態度。

我到茶水間打開冰箱，拿了兩杯進口冰淇淋再回到她面前坐下，自己先打開其中一杯舀了一口：「哇，好香喲。好好吃的冰淇淋。」

她的臉上立馬出現變化。小孩就是小孩。

「可是我一個人吃好無聊呀。」我把另一杯和小湯匙移到她面前：「妳可不可以陪我一起吃啊？」

望了冰淇淋一眼，再望望我，她猶豫著。我給她一個親切的笑容：「我請妳吃呀。一人一杯，很公平對不對？」她才垂著視線說：「是妳自己要請我的。」然後快速伸手拿起，舀了一口，綻出滿意的表情。

「我叫鈴芝。妳叫什麼名字啊？」

「莫巧綠。」精緻小臉，大眼長睫，明明天真可愛，卻有著警戒的眼神。

「原來是小綠。那，能不能告訴鈴芝姊姊，小綠怎麼來這裡的？」

「搭捷運來的。」她用湯匙挖著冰淇淋，吃得很快。

「妳自己來的？」

「當然。」

這小丫頭，還當然咧！我很懷疑，但沒說破：「那，小綠來是要找誰？」

「妳們這裡不是律師事務所嗎？來這裡當然是要找律師的嘛。」

說得好像我很沒常識、問了廢話一般，真是人小鬼大。不過她故作大人狀的模樣挺可愛的，把我逗笑了：「那妳有認識的律師嗎？還是需要姊姊介紹？」

本以為會說好啊，想不到烏溜溜的眼瞳一轉，她望向裡面的辦公室：「那個叫文石的律師好像不錯，就他吧。」

差點沒大笑出聲，我憋住笑意問：「小綠妳唸幾年級？」

「小學三年級。」

我起身步入文石的辦公室。他正在用電腦打著訴狀。

「你在外偷生小孩對不對？」

「胡說什麼。」

「女兒都上門找爸爸了。難道要人家驗ＤＮＡ你才承認嗎？」他抬起頭瞪我一眼，可能見我態度堅決發現有異，趕緊按下存檔鍵起身：「妳一定要這樣作弄我才開心嗎。」

望著他一頭霧水步出辦公室的背影，我跟在後頭笑到發抖。

文石在小女孩旁邊的沙發落坐：「妹妹，妳找誰？」

「找你。你不是文石律師嗎？」

「是啊。妳找我……有什麼事嗎？」文石一臉疑惑，小心翼翼問。

「我有個案件要委任你。」

「妳要委任？」文石挑了挑眉頭：「等一下，妳應該才八、九歲吧？以妳的年紀，是不能委任律師的唷，必須要爸媽以法定代理人的身分同意才行啊。」

「法定代理人是什麼？」她舔舔湯匙，睜圓了眼問。

「妳爸爸或是媽媽沒來嗎？」

我插嘴：「她說她叫莫巧綠，還說是自己搭捷運來的，指名要找你。這可不是我掰的。我都叫她小綠。」

從來沒有這麼年幼的當事人自己上門找律師的，文石怔了半晌，吁了口氣自暴自棄般說：「那，請問小綠小姐，是什麼樣的案件要委任呢？」

「保護我媽媽。」

「……」文石又怔了，也許應付這麼小的當事人是前所未有的經驗，必須耗費更多腦力。「妳媽媽怎麼了？」

「有人要害她。」天真無邪的表情，與她所說的話完全違和。

「害她？」文石望我一眼，害我也不由得緊張起來。「誰？」

「我不知道。我就是想請你幫忙找出來。」

「那妳怎麼知道有人要害她？」

「我想知道就知道了啊。你到底要不要接我的案子？」

「那我的律師費誰付呢？」文石伸直了身子往後靠在沙發裡，顯然不想再和她糾纏了，所以拿費用當理由推搪：「很貴的喲。妳媽媽不會付的吧。」

「我會叫我媽媽付。如果她不付，我長大了一定會給你。」

「喔。」文石挑挑眉，笑著說：「妳媽媽人那麼好，怎麼會有人要害她呢。」

「……因為我。」她好像憂心忡忡。「我不想這樣。」

到底在說什麼？跟孩子溝通好像就是這樣，孩子的世界跟成年人的世界畢竟長得不一樣。

「小綠如果真的想委任，那下次請媽媽帶小綠一起過來。」文石起身：「小綠還想吃冰淇淋的話，請鈴芝姊姊拿給妳，冰箱還有。」

「我知道你們律師都是要錢才會辦事的。」她噘起嘴，不滿地說。

已經往辦公室走的文石停下腳步，返頭說：「不是喲。如果真的有人要對妳媽媽不利，妳應該告訴媽媽，媽媽就會去報警，警察叔叔會保護她。而且妳年紀太小，按照法律規定是沒有能力委任的，所以跟有沒有付錢是沒關係的。」

「意思是，沒錢也可以委任囉。」她歪著頭，從放在沙發上的書包裡取出一本繪本：「可是我不會讓你做白工，所以這本書先押在你這裡當費用吧。」

文石對我使了個眼色。我正想問電話或家住在哪以便通知家長領回，門外傳來白琳律師和一個女生交談的聲音。

她們推門進來。那個女生長髮紮成馬尾，粉色圓領衫配長褲，打扮相當樸素，一見到莫巧綠就問：「妳吃什麼？」

「鈴芝姊姊請我吃的。」

她對我微笑示意。我問：「小綠的媽媽？」

「是啊，她沒有吵到妳們吧。」她對小綠說：「來，東西收一收回家了。」

我忽然有些不放心：「莫太太，妳還好吧？」

「嗯？」她有些意外地看著我。

我小心翼翼地問：「小綠好像很擔心您的安全啊。」

「這孩子，老愛胡思亂想。」她摟摟小綠的肩：「一定是她又亂說話了吧。」

原來如此。我搖搖頭，笑著向她欠欠身：「沒有，她很可愛。您慢走。」

白琳再跟她叮嚀幾句，就送她和小綠到電梯間。

小綠進了電梯站在母親的身後，望了我一眼，就消失在關閉的電梯門後。

下班前，我整理一下等候區被當事人弄亂的報章雜誌，在報紙下發現一本童話繪本《圈圈的故事》。

小綠身上的紅色衣著和在電梯裡看著我的樣子，瞬間浮上腦海。

我有點不放心。正好白琳步出辦公室，我就拉著她問了關於小綠媽媽的事。

譚靜是小綠媽媽的名字。今天帶著小綠來找白琳是討論離婚手續。

譚靜和小綠爸莫東豪感情失和已經好幾年。據譚靜的說法，是男方早有外遇，只是她認為孩子還小，維持一個完整的家對小綠的成長很重要，即使只是表面上的完整而已。但最近似乎是小三開始要求名份，不斷吵鬧要莫東豪跟元配離婚。莫東豪受不了，開口向她提離婚的事，讓她心理難以平衡，自認默默守著這個家庭守護孩子，對於老公在外偷吃選擇隱忍，卻因小三無恥地侵門踏戶而必須退讓，自是憤恨難耐，先前已經來找白琳諮詢相關法律規定好幾次。

在白琳的勸導下，譚靜考慮接受莫東豪協議離婚的提議。為了避免小綠面對父母的衝突，譚靜獨留小綠在事務所，自己和白琳前往莫東豪所請的律師的事務所討論離婚條件。

不過，雙方對於離婚後小綠的監護權歸誰行使，爭執不下，談判宣告破局。

「這麼說來，小綠的父母都很疼愛小綠囉？」

「如果真的疼愛她，就應該理性討論出一個對孩子傷害最少的監護探視方案，而不是互相指責對方吧。」

大人之間離婚所產生的憎怨嫌隙，經常會把孩子的幸福當籌碼在對賭。我將小綠與我們的對話告訴白律師。白律師輕嘆了一聲：「也許小綠已經察覺父母間的異樣，才會對妳和文石編出那些自己想像的情節吧。」

離婚會帶給未成年孩子的心理陰影，還真不是一般人所能想像。

「那現在該怎麼辦？」

「譚靜說她認清了這個枕邊人已經無情無義，所以決定主動出擊，要向法院訴請判決離婚。」

「既然都要離婚，簽字不就好了嗎？至於孩子的監護權再請法院裁定嘛。」

「不知道是談判離婚條件時賭氣、還是只不過為了給外遇對象一個交代，我這麼提議時，莫東豪居然說要再考慮看看，好像又不想離婚了。」

「考慮什麼？難道忽然良心發現，想起自己的行為會對小綠造成傷害？」

「不知道。反正譚靜已經和小綠搬出去住了，而且決定要抓姦蒐證告莫東豪和那個小三了。」

「莫東豪沒有家暴吧？」我想起小綠說有人要害媽媽的事。

「沒有。他的律師應該有再三提醒他。所以，譚靜這場官司也不容易打。」

「因為男方有所防備了？」

「嗯。」

我把那本《圈圈的故事》收進櫃子裡，心裡不禁重重嘆了口氣。

小綠的家庭和生活都要有變化了，她的心情能承受得起嗎……

但後來事情的發展，卻完全出人意料之外。

再次見到譚靜和莫巧綠，居然是在醫院裡。而且譚靜瀕臨死亡。

第二話

那天已經是晚上七點半，事務所裡只剩文石辦公室和我辦公桌上還亮著燈，其他人都已經下班了。我們正為明天上午要出庭的工程糾紛案件準備書狀文件，因為資料太龐大，我們決定儘快整理完成再出去吃晚飯。但電話就在這時響起。我無奈地拿起話筒：「法律事務所。您好。」

是一個女生的聲音：「請問白琳律師在嗎？」

我告訴她白律師已經下班，並請她有急事的話可以直接撥白律師的手機。

對方語氣開始緊張起來，說白律師的手機不通，問是否有什麼方法可以聯絡上她。我想起白琳今晚搭機去香港，也許因而收不到訊號，建議她用簡訊。

「呃，請問，有沒有其他的律師可以協助？我有很重要的事。」

唉，當事人永遠認為自己的事最重要。心中嘖聲和腹部咕聲交錯，我仍以溫柔的語調問：「請問您是哪位？」

「我叫譚芙，是譚靜的妹妹。」

譚靜？一個月前那個三年級小女孩的媽媽？

我請她在線上等一下，立即起身步入文石的辦公室。

文石花了幾分鐘靜靜聽對方講完，放下話筒。

「妳要一起去嗎？小綠和她媽媽都在醫院。」

「醫院？」

小白奔馳在趕往醫院的路上。我把白琳先前所說有關譚靜和莫東豪協議離不成的經過，跟文石講了一遍。文石聽完說：「很普通的案子，很常見的狀況。」

「但現在譚靜卻因為被人襲擊躺在醫院？」

「妳想說什麼？」

「是莫東豪下的手？」

「不知道。譚芙已經報警了。」

「那，我們現在趕去醫院是為了──？」

「到了妳就知道。記得錄影。」

停好車，文石往醫院大門急奔。我滿頭霧水地跟在後頭。還在轉角前，遠遠就聽到有小孩的哭聲。哭得聲嘶力竭。

一群人在加護病房門前大聲喧吵著，還有人出現肢體動作。兩個身著制服的警察忙著把有動作的人拉開，並嚴厲警告斥責。

我擠進人群，循聲找到那個哭聲……果然是莫巧綠。她被一個中年婦人緊緊擁在懷裡，哭得涕泗滂沱，滿臉驚恐，讓人好生心疼。

對立的兩方人馬又是一陣互相叫罵和推擠，我趕緊退離，遠遠站在牆角用手機錄影。因為喧鬧已經造成醫院的困擾，且在場的警察似乎無法達到制止效果，兩分鐘後電梯門打開，又有三位警員趕來支援，警方帶隊的小隊長揚言再不克制要辦人了，雙方的怒火才稍稍平息。

經由醫院行政人員的帶領，警方把雙方帶到一間會議室協商。又聽過雙方一陣叫罵指責後，我終於搞清楚狀況。

譚靜不知為何被人襲擊，頭部重創昏迷，經搶救後目前人在加護病房觀察治療，尚未清醒。譚靜的丈夫莫東豪和妹妹譚芙接到通知，趕來醫院。但從剛才雙方的火爆場面看來，表面上是來關心譚靜的傷勢，卻演變成搶小孩大戰。

對，搶莫巧綠。

莫東豪的律師曹玉涔在場說，母親有事實上或法律上不能行使監護權的情形時，未成年人的法定監護人當然就是父親，所以莫東豪要把莫巧綠帶回家照顧，不僅是天經地義，也是法律規定的。

但是譚芙認為監護應以最符合孩子的利益為考量，譚靜和莫東豪正要打離婚訴訟，且兩人已經分居，分居後莫巧綠始終和譚靜共同生活，顯然因莫東豪是個不適任的父親，說白了她是擔心莫巧綠被莫東豪帶回家，會因莫東豪的不負責任而被疏忽甚至被加害，無法獲得應有的照顧。

曹玉涔要譚芙說話小心一點，在公眾場合若對莫東豪有任何一句不實的指控或人格羞辱，都可能涉及妨害名譽，只要莫東豪決定追究，她一定幫莫東豪提告，她並強調如果譚芙認為莫東豪真的有何不負責任、致莫巧綠沒受到應有的照顧，歡迎她檢附相關證據去家事法庭聲請停止莫東豪的監護權，但在法院還沒裁定認為莫東豪的監護權應停止之前，莫東豪是莫巧綠唯一的合法監護人，譚芙是無權阻止莫東豪把莫巧綠帶回家的。

對方抬出律師當先鋒，譚芙不知如何應對，記起姊姊說過已委請白琳律師幫忙處理離婚的訴訟事宜，趕緊打電話討救兵。想不到白琳因洽公已前往香港，她只得轉而向尚未下班的文石求助。

令人驚訝的是，為了搶莫巧綠，雙方居然各自動員了多名家族親友到場聲援，以致加護病房前的走廊上會有剛才的混亂。

「譚小姐，曹律師說的不是沒有道理，既然莫先生是小孩的爸爸，合法的監護人目前就是莫先生。除非妳能出示法院的保護令，否則他要帶小孩回家，屬於正當權利的行使，妳應該不能拒絕。」小隊長試圖勸服。譚芙聽到警方這樣說，向坐在一旁的文石投來求救的目光。

除了曾向譚芙自我介紹以外，始終冷眼旁觀的文石這時才開口：「按照民法的規定，警察先生和曹律師說的原則上都沒錯。不過，既然今晚的爭執是因兒童的監護權而起，兒童的阿姨譚小姐又質疑莫先生行使監護權可能有違反兒權法的問題，那麼，是否應請主管機關的人到場了解一下，再做決定比較妥適。」

那位小隊長怔在當下，一時無法理解文石在說什麼。也許病房裡常見到這類家庭問題，且大醫院裡也有專屬的社工人員，所以站在旁邊那位醫院的行政人員立即小聲與小隊長交頭接耳，告訴他文石所說的是指應通知社會局管理兒少保護業務的人到場。

曹玉涔律師馬上回嗆：「除非現在有人能證明莫巧綠曾受莫先生虐待、家暴或其他安全上立即危險的對待，否則就算社會局的社工來也一樣，不能置莫先生是莫巧綠父親的事實於不論，任何妨礙莫先生基於父親身分行使監護權的行為，都將構成妨害家庭罪和侵權行為。」

曹玉涔連嚇帶嗆的聲勢，壓得會議室裡面面相覷。文石卻維持一貫平和無波的語調：「這樣吧曹律師，如果孩子願意跟爸爸回去，我負責勸譚小姐不要堅持。」

譚芙露出意外的表情，文石給她一個「放心吧」的眼神。
因為從剛才到現在，莫巧綠始終緊緊抱住譚芙的腰不放，臉也埋在她的身上。莫東豪叫喚莫巧綠過來，跟爸爸回家，又用溫柔的語氣說了一些哄勸的話，莫巧綠居然始終不願看他一眼。曹律師也加入哄勸之列，還幫忙想把莫巧綠的手從譚芙身上拉開，結果莫巧綠反而放聲大哭說不要，抱得更緊。
場面頓時變得很尷尬。文石說：「唉呀，看來是孩子不想，不是阿姨有意阻止或妨害莫先生吧。」
莫東豪急了，語氣變得嚴厲：「巧綠，聽話！媽媽已經住院了，快跟爸爸回家媽媽才會好起來呀。」
巧綠聽到媽媽，哭得更厲害：「哇──我不要媽媽死掉──嗚嗚……」
譚芙看來很心疼，也含著淚說：「孩子不要就不要勉強她嘛，這樣多可憐。」
莫東豪伸手要強拉，巧綠掙扎的更激烈，雙方大人又開始拉扯起來，曹玉涔不滿地大聲指責：「天下哪有孩子不願跟自己的爸爸要跟阿姨的道理？一定是事先被大人洗腦了才會這樣！」
「曹律師，請注意妳講的話，也許有侵害譚靜或譚芙小姐名譽的問題。」文石仍然用無波的語調說道，讓曹玉涔臉色一變。文石不再理她，大聲叫道：「現在誰敢再強拉小孩，我就告發他強制罪！」
莫東豪一聽，趕緊放手，惱怒地瞪著文石。

裴憶雯。社會局派來的女社工。

她聽過警方告知雙方與小孩的關係與各自的主張，又看過我手機裡所拍剛才莫巧綠的反應，蹙著眉頭似乎覺得問題很難處理。

曹玉涔在她面前喋喋不休地揚言如果處理不妥，侵害到孩子父親的監護權，一定會代表莫東豪追究社會局和承辦社工的法律責任。

「如果照現在的狀況看來，只有孩子的情緒問題，似乎無法進行安置。」她對文石這樣解釋，似乎在尋求譚芙這方面的認同。

「有沒有法定安置的事由我們是不知道，不過正常情形下應該不會有孩子不願跟自己的爸爸回家的吧？現在小綠的反應，才是讓阿姨不放心的原因。」文石這樣提醒。裴憶雯微微頷首，要求單獨和孩子面談。

她安撫莫巧綠後，讓醫院人員把她和莫巧綠領到醫院社工室去。

半個小時後，醫院人員獨自回到會議室，跟那位警方小隊長交頭接耳了一會兒，小隊長眼睛一亮點點頭，隨即宣布：「社工決定緊急安置莫巧綠，她已經把孩子帶走了。你們可以回去了。有意見的話去找社會局。」

莫東豪低聲叱罵三字經。譚芙也錯愕地不斷問到底發生什麼事。

文石領著我們步出醫院，在路邊向譚芙解釋法律程序，並強調這是目前最好的處理方式，否則單憑她只是莫巧綠阿姨的身分，確實無權帶走小綠。

譚芙垂眼回想剛才的衝突，也許體悟到文石所說的困境，無奈地點點頭：「現在只好祈禱姊姊趕快清醒。」

文石向她詢問譚靜遭人襲擊的經過。她說不知道，趕到醫院時譚靜已經在加護病房，經主治醫師的解說，才知道她的後腦被人以鈍器擊傷，有出血情形，目前腦壓很高，有生命危險。

這樣看來，也許只有當時跟媽媽在一起的莫巧綠有目擊案發經過。

回事務所的路上，我問文石的看法。他聳聳肩：「真相不明，跟白琳聯絡討論一下，也許比較能掌握狀況。」

「還好那個裴小姐決定安置，否則剛才的局面，我們似乎比較吃虧。」

「重點是小綠跟她說了什麼。」

第二天下午，裴憶雯居然來事務所找文石。

恰巧文石沒去出庭。他和裴憶雯客套幾句後，裴憶雯表示莫巧綠現在暫時被安置在寄養家庭，等候調查結果。為了能準確判斷是否要聲請法院強制安置，今天來是要訪查昨天莫巧綠跟她說的事。

「巧綠說，她大約在一個月前曾對你說，有人要害她母親？」

「是有這回事。但她沒有說是誰要害譚靜。」文石將當天的情形詳述了一遍，並強調當時譚靜也說那只不過是孩子的想像，所以當下不以為意，想不到如今真的發生不幸。「重點是，她也不知道是誰要害譚靜。」

「嗯，我問了，她也說不知道。」裴憶雯翻看了一下手中的記事本：「不過，早上帶她去接受心理師的評估，心理師認為因為目睹母親被加害，飽受驚嚇，所以她現在有創傷後壓力症候群，可能有解離性部分失憶現象。現在的問題是，我必須在三天內查清楚到底她之前是否也有遭到什麼樣的不當對待。」

「否則就無法聲請強制安置，對吧？」文石頷首表示理解。

我在旁邊聽了有些不太明白，悄悄在電腦上搜尋兒童及少年福利與權利保障法的規定。原來主管機關發現兒童有未受適當之養育或照顧、立即接受診治之必要而未就醫、或遭受其他迫害，非立即安置難以有效保護時，雖然應給予緊急保護安置，但同時應即通報法院及警察機關，而且緊急安置不得超過七十二小時，非七十二小時以上之安置不足以保護兒童的話，還必須聲請法院裁定才能繼續安置。也就是說，七十二小時內必須評估決定是否有繼續安置的必要，否則就必須讓孩子回到父母身邊。

而譚靜能否在七十二小時內甦醒，尚在未定之數。萬一無法確定莫巧緣拒跟父親回家的原因是什麼，就勢必要讓她回到莫東豪身邊。

可憐的巧緣到底是遇到了什麼事……

第三話

「但是，巧緣只說爸爸在外面有個阿姨，經常不回家，似乎沒辦法再具體指出爸爸有什麼對她不適任監護的事實。而她媽媽被人毆打的部分，目前警方調查的方向，好像也傾向在路上遇到搶奪皮包的歹徒而已。如果沒有其他進展，依現有訪查結果，會傾向讓巧綠回到爸爸身邊。」

我忍不住插嘴：「莫東豪每天跟小三抱在一起，會好好照顧小綠嗎？那個小三不會虐待小綠嗎？如果他有在關心家庭和妻小，小綠會把擔心媽媽被人加害的事情跟不認識的我們講嗎？小綠一定很害怕爸爸，昨天才會不願意跟爸爸回家的吧？這些都不能作為安置小綠的事實嗎？」

裴憶雯望著我，苦笑著說：「單純懷疑和預測，是不能做為保護安置的事實。」

「不是還有兩天，應該可以查到什麼吧。」我不死心地嘟囔道。

她的表情發生變幻，欲言又止，最後低下頭在筆記本上寫著什麼。

文石從口袋裡掏出花生，邊嚼邊望向落地窗外的遠方，在思索著什麼。

須臾，文石沉靜自若地說：「所以，今天妳來找我，應該不只是想問小綠先前告訴我她覺得媽媽會被人加害的事而已吧。」

「我一直奇怪，是不是譚靜委託你幫她，但巧綠說她媽媽委託的是白琳律師，是她自己委託你的。一個九歲小女孩竟然會委託律師保護自己的媽媽，到底是怎麼回事。和巧綠會談相處幾個小時後，我發現她其實是個很早熟的小女孩，對於父母有離異的可能，早有危機感，情感上不希望發生，卻又無力處理。」裴憶雯抬起頭，露出異常期待的眼神：「所以，她才會選擇你吧。」

「為什麼不選白琳呢？」

「對她而言，白琳是幫助媽媽跟爸爸分開的人，她的印象不好。但她說看到你進事務所時，居然被鈴芝姊姊又踹又搥的，還閃躲不開直叫痛，就覺得你應該可以幫她。」

「……」互望一眼，文石和我的臉上應該都寫著尷尬。「小孩子的邏輯真是難以理解啊。呵呵。」然後他偷瞪我一眼，意思是誰叫妳總是對上司沒大沒小。

「不要小看小孩的直覺。雖然我即將離職，但做了三年兒童保護的工作，我看過太多受虐、家庭遭逢變故或在單親家庭裡成長的孩子。為了自保，他們的觀察力比成年人還細緻、感覺力比成年人還敏感，畢竟，那也是人類求生存的一種天賦。」

「等一下，妳說妳即將離職？」我又插嘴問。

「是。准職令隨時會下來。」不知是否錯覺，她的表情看不出放鬆，反而有些黯然疲憊。但在小綠遇到什麼事都還沒弄清楚之前就要走了，我內心不禁咂了一聲，有些難以諒解。

「這樣說來，妳其實是相信小綠所說有人要害她媽媽這件事，而且也希望知道是怎麼回事。只是，在小綠說不清楚的情形下，妳根本不知從何查起。畢竟，就算是莫東豪搞的鬼，在有防備的情形下，從他口中也問不出個所以然。對吧？」

對於文石好像讀心術般說出心中想法，她睜圓了眼，微微頷首。

「可是，我完全沒線索。」

「依規定，我所知道關於個案的資料必須保密，所以不能提供給你。」

「那可以透過妳，問小綠一些問題嗎？」

「只要是與保護她的利益有關的，當然可以。」

「喔。那我同意接了。」

等、等一下，同意接了？我沒聽錯？完全沒線索、人家也不提供線索還接，又不是刑警又不是調查員，怎麼查？頭殼壞掉了吧！而且律師費咧？難道真的要等小綠長大有收入了以後再收？文旦哥哥您別鬧了吧。
文石的石是破音字可唸成旦，我老愛叫他文旦。
「我只剩兩天的時間對吧？」
「是。」
接著文石取來一張便條紙，寫下要問小綠的問題。
——小綠是聽到誰說要害媽媽的？
——小綠認識那個打媽媽的人嗎？
——小綠喜歡鈴芝姊姊給妳的冰淇淋嗎？

我望著窗外街道上的車來人往，想著那天小綠離開事務所時，在電梯裡望著我的眼神。那眼神是不是有點哀怨啊，好像在埋怨「鈴芝姊姊，妳和文石葛格為什麼都不相信我」、「難道小孩講的話大人都不相信嗎」一般。
小學三年級的小綠。原來是心理上早熟的小綠。
三年級啊，距離現在的自己已經十幾年之遙了。三年級的沈鈴芝是在幹嘛啊。
記得那時的自己好像每天都在玩呀。
父親經商很成功，所以我的家境算是富裕。母親是小學老師，所以很注重子女的教育，偏偏自己不太愛讀書，老是被母親責罵。不過即使這樣，小學三年級留下的似乎仍僅是終日玩耍的回憶。
父親每回從國外回來，總是會帶給我各地的文具、娃娃、髮帶飾品等禮物當做無法常常在家陪伴的彌補，也會給我比同齡孩子還多的零用錢。加上小時候的我就是個漂亮的小公主，因此，我的人緣從小就一直很好。

也許以貌取人本就是人的天性，從小孩子選朋友，都喜歡先找高顏值的人就可證明。呵呵。

在考大學時，父親建議我選擇國貿系或是企管系，我知道他希望有人能承接他的事業。母親則期待我走上教育的路，將來像她一樣謀個生活穩定的教職，也比較能找到條件中上的對象。偏偏我的志願卡是把國內所有大學的法律系都填進去，所以放榜時，差點沒把雙親氣到吐血身亡。

「妳什麼時候喜歡法律？唸法律以後要幹嘛？專門管別人閒事嗎？」

「從事法律工作，難免處理一些三教九流或黑道流氓的案件吧？那多危險！不用說了，妳給我重考。」

「伸張正義？妳聽我說，妳還沒有出社會，不知人心險惡，伸張正義不就是強出頭嗎？那不是有可能被人懷恨陷害？我們小老百姓平平安安過日子就好，不必逞強當英雄。妳如果不重考，大二還是參加轉系考好了。」

「女的檢察官都恰杯北、女的法官常被罵不知民間疾苦、女的律師都咄咄逼人斤斤計較，妳唸完法律變成這種樣子，誰要娶啦。」

各位司法人員，特別是女性，請原諒我這對疼愛女兒而誤會各位的雙親吧。

父母把我狂唸一頓，唸到我超想離家出走；但我不曾告訴他們，從事法律工作是我從小學三年級就決定的事。

對，三年級。就是在莫巧緣這個年紀的時候。

為什麼？只因為一個人。

現在想想，是那件事和那個人，影響了我。

「妳今天好像特別安靜。在想什麼？」方向盤轉向，文石熟練地把小白停進停車格裡。

「沒什麼。」從回憶的時空裡回過神，看了一下路牌：「就是這裡沒錯。」

我們下車步入巷口，核對了門牌後按下電鈴。對講機傳來譚芙的聲音。

她引我們在客廳入坐，並客氣地端來兩杯咖啡和甜點。

來找她的重點，在確認如果莫巧綠讓莫東豪監護，她認為會有什麼不利。

譚芙說，約在半個月前，她帶著自己的孩子筱涵去找姊姊譚靜。筱涵和巧綠表姊妹自己在房間玩，她則和譚靜在廚房聊天。其間譚靜接了一通電話，她聽出來是姊夫莫東豪打來的。譚靜和他在電話中又吵了起來，從譚靜的對話聽得出來是莫東豪要求她回家，或至少讓他帶巧綠回家。不過譚靜一再回嗆，說什麼要他不必再耍心機玩手段，她知道他的目的，平常對巧綠的死活不聞不問，現在她帶孩子離家了才一副慈父模樣是要演給誰看之類的。

掛電話後，譚芙問是什麼情況。譚靜告訴她小三都已經肆無忌憚登堂入室搬進家裡了，莫東豪還在裝模作樣演戲，令人噁心。譚芙要她小心應對，因為莫東豪可能用電話錄音的方式蒐證，作為將來離婚訴訟的武器。譚靜當時不以為然地撇撇嘴角，說她也已經請人蒐證了，到時候誰輸誰贏還不知道。

「然後還有聊什麼嗎？」文石想著什麼，問道。

「也許是不想提不愉快的事，姊姊講到這裡，嘆了口氣，就聊別的事了。」

「她說她知道他的目的，是指什麼？」

「當然是想搶巧綠的監護權！連巧綠感染了腸病毒住院都沒來看過女兒，現在老婆要離婚了他卻要搶監護權，真不要臉。」

「是喔。那她是請誰幫她蒐證？」

「是一家徵信社。」她起身從電視櫃下的抽屜裡取來一張名片，讓我抄下地址電話。「她說花了很多錢。」

「聽來都是大人的紛爭，莫東豪也許不是個好丈夫，但離婚後善盡人父責任的男人也不是完全沒有。所以，一定有什麼具體的事讓妳這麼擔心才對吧？」文石偏著頭思索了半晌後問道。

「那天我們回家後，筱涵告訴我，在房間時巧綠突然對她說：『我爸爸才不愛我，如果我跟他住，以後一定會死掉』，還問我這是什麼意思。文律師，你聽到孩子這樣說會不擔心嗎？我只是沒有證據而已，我甚至懷疑是莫東豪叫人把我姊姊打傷的。」

「如果姊姊短期間內沒醒來，而法院要酌定巧綠的監護人，妳既然認為莫東豪不適合擔任巧綠的監護人，那誰適合擔任呢？」

她沉吟了一會兒，抬起頭：「就由我來擔任，一直到姊姊復原為止。」

離開譚芙家之後，我們直接驅車前往那家徵信社。

它是藏身在外表看來掛滿五花八門七顏六色廣告招牌的綜合大樓裡。我們搭上嘎嘎作響又生銹晃動的電梯上了七樓，步入滿是黴味的走廊，來到徵信社的門口，按下電鈴。

門被卡啦嘎呀掛著安全鍊打開一條縫，一個沙糙難聽的聲音粗魯地問：「找誰？」

門縫中沒見人影。我故意用嬌媚的聲音問：「我們是來找錢德樂大偵探，有事想要請教。」

「你們要問什麼？」

文石和我對望一眼後說：「有案件想要委託錢神探。」

「進來吧。」門被完全拉開。我還是沒見到說話的人，正在左顧右盼，尋覓對方時，眼角餘光瞄到文石低頭，我也循著調低視線，才發現門後有個形貌猥瑣、正瞪著我們的矮子。

矮子把椅子上的蟑螂趕走，再用辦公桌上散亂的報紙拍掉椅背上的灰塵，才讓我們落座。我望著堆到天花板的雜亂物品，擔心剛才那隻蟑螂再飛回來，雙手不禁握拳抱胸，神經始終維持警戒狀態。

矮子的嘴角和手臂上有一些血腫痕跡，我懷疑他是否常跟人打架。他向裡面的房間喚了一聲。一個身著花襯衫、鬈髮凸肚的中年大叔從房間裡探頭探腦、鬼鬼祟祟地溜出來，還檢查了一下門是否鎖好，才在辦公桌後面的太師椅上坐下清了清喉嚨：「呃哼。兩位是想抓猴還是跟拍？」

望著他臉上的瘀青和歪掉的鼻樑，文石說：「我們是想了解譚靜女士來委辦你什麼案件。」

「譚靜？誰啊？」大叔的鼠眼咕嚕嚕的賊轉幾圈，用拙劣的演技裝不知道。

「準備跟老公離婚的那位。她還有一個叫莫巧綠的女兒。」

「沒聽過。而且我們要遵守個資法，不能隨便透漏客戶資料。」

「我是她的律師，她被人打傷住院，目前不方便親自前來，但她的委託費已付給您了，所以她應該有權拿回調查結果吧。」

「當時約定拿調查資料還要付一筆費用喔。」他打量我們身上的穿著，馬上忘了剛剛說要遵守個資法的事。

「能給我看一下契約書嗎？如果有約定，我也要知道金額多少啊。」

「三十萬。」

「她不是已經付給你四十萬了嗎？」

「那是調查費。三十萬是資料費。」

「喔。那就沒辦法了。事先又沒講清楚，事後才立名目收費。走吧，資料我們不要了。」文石起身要走，我也站起來。凸肚大叔露出鑲金門牙笑道：「年輕人不要衝動，我話還沒說完，因為譚小姐是老客戶，當然有優待，打八折。」

文石撣撣衣服上的灰塵，推開椅子轉身走向門口。身後的大叔又說：「本社周年慶，可以再打到六六折，二十萬就好。」

文石已經走到門邊，握住門把。大叔趕忙又說：「大家交個朋友，半價優惠！」

文石一隻腳已經踏出門。身後傳來：「十萬就好！」

「什麼東西都還沒看到就要十萬？牆上連一張營業證照都沒有，我先去請教國稅局看看檢舉獎金能拿多少再說好了。」

「五萬！你真的不要調查文件了嗎？」

「不必了，」文石和我來到電梯前面，按了下樓鍵。「我直接去找那些打你的人要就好了。」

就在電梯門即將關上的那一秒，一隻手抓住了門縫把門推開。

矮子的手中握著一個黃色紙袋：「免費送你。拜託你不要告訴那些昨天打我們的傢伙。」

我們回到車上，文石把紙袋裡的東西抽出來。

兩張彩色影印的照片。

一張是在街上拍的。街上都是人，根本看不出來是在拍誰。

一張是拍坐在咖啡廳裡的一對男女。正在聊天。

「這樣就能控告莫東豪和小三通姦嗎？還敢開價三十萬。無賴。」我不屑地罵道。文石搖搖頭，把照片塞回紙袋裡。

第四話

手機鈴聲這時響起。我拿起來看。是在市警局擔任刑警的邱品智。

文石先前接辦的一些案件，警方負責偵辦的刑警是邱品智，雙方因而接觸、結識。文石認為他辦案積極認真，但常有一些偵查的積習，以致錯過真相甚至冤枉當事人。而邱品智認為移送檢察署的案件最後卻被律師利用辯論技巧翻案，因立場對立原本對文石非常不屑，但幾次接觸後發現，文石辦案常能查出警方沒注意到的事實，態度才有轉變，雖然還是不時一副「律師不過是鑽法律漏洞的傢伙」的表情，不過遇到困難時卻總愛利用文石的智慧助自己一臂之力。

簡而言之，他們是時而彼此敵視對立、時而互相協助幫忙的詭異關係。

離開事務所前，文石請我拜託他打聽譚靜案件的進度。

因為他知道邱品智對我有頗有好感。

我接起來。跟邱品智聊了約十分鐘。

他說譚靜的案子，綜合莫巧綠和路人目擊者的說法，譚靜帶著莫巧綠去超市買東西後回家，剛從大路轉進小巷就遭人持鐵條從身後偷擊，譚靜頭部受創不支倒地，嚇得莫巧綠放聲持續尖叫，吸引了附近居民衝出來察看。歹徒原本還想撿起掉落的包包，見狀趕緊逃跑。

但警方檢視過附近大樓裝設的監視器錄影畫面，發現案發當時譚靜肩上的包包雖然掉落在地，但並不是原先以為歹徒行搶時發生拉扯所致，而是她察覺有人從身後接近，閃躲對方的襲擊時掉落。警方研判歹徒彎身的動作也不是搶走譚靜的包包，而是太過緊張差點摔倒時用手支撐，因為與地上的包包有些接近，所以目擊者誤以為目的是在行搶。

也就是說，警方的偵辦方向，從原先搶奪或強盜案件調整為單純傷害案件。

「這麼說，譚靜當時應該有看到歹徒的臉？」

「戴著帽子、口罩，就算看到也無法指認。」

「可能的動機是什麼？」

「那得等她醒過來警方才能問她。」

「就不能先詢問她的親戚朋友或調查可疑的人？」

「程序上必須先等她提告吧。」

「因為傷害罪是告訴乃論之罪？但如果，譚靜在五個月後才醒來決定提告，嫌犯是否已逃逸無蹤了？到時再蒐證會不會太晚了啊……」

「如果她的傷勢變得嚴重，承辦單位就會更積極偵辦了。因為歹徒就涉嫌非告訴乃論的重傷害或殺人罪。」

「是喔。」

「明天晚上有沒有空？上次妳說想要看的那部電影聽說已經上映了。」

「如果有空，到時再跟你聯絡。」

掛上電話，轉述一次他說的情形。文石靜靜聽著，只有微微點頭而已。

「這麼說來，歹徒預謀的可能性不就很高了嗎？」我問。

「就目前所知，這個案子有三個可能性。第一，這只是件單純的搶奪案或強盜案，也就是譚靜運氣不好，被起意劫財的歹徒選上。第二，譚靜有跟什麼我們不知道的人結怨，遭對方下手報復。第三種想法比較邪惡，就是如妳所想，是莫東豪為了搶小綠的監護權，才自己或唆使他人下的手。」

「我覺得第三種可能性比較接近事實。」

「但不合理。有人會因為搶小孩而對配偶下毒手，尤其是在雙方撕破臉後？那豈不是形同直接告訴別人我就是凶手嗎？」

「男人衝動起來，打老婆殺小孩很常見，社會新聞三不五時都可見吧。」

「不過，白琳說過莫東豪以往都沒有家暴情形，顯然他不是個衝動型的人。而且他若有家暴傾向，譚靜大可聲請保護令堂而皇之以此為由訴請離婚，也就不必花錢找徵信社了吧。再說，小綠應該也會在裴憶雯調查時說出來才對。」

「可是，光看莫東豪的嘴臉就知道他不是什麼好東西。」

「先入為主的觀感，常常會蒙蔽看清真相的眼睛。」他頓了頓，瞥了撇著嘴角的我一眼：「妳再想想，如果莫東豪真的疼愛小綠到非搶到監護權不可，會忍心小綠因離婚而受傷害嗎？」

我思忖了一會兒，覺得他講的很有道理：「如果真的只是單純遇到搶匪、或是自己的仇人報復，那麼小綠的監護權是不是真的會被莫東豪搶走？」

「看情況了。如果雙方可以協商，未必不能共同監護。如果無法達成共識要爭個非你即我，那麼就得看社工師的訪視報告和法官的調查結果。」

「但如果譚靜始終醒不過來，譚芙又有爭執，案子到了法院法官還是會把監護權判給莫東豪吧？」

「譚靜事實上不能行使監護權、或法律上無法行使權的話，的確如此。」

「都怪你啦！那時候如果答應小綠接下案件，也許就不會變成今天這樣的局面。」明知自己所說的於法不合，但這時候就是想要遷怒一下。

他苦笑：「妳要我答應一個三年級小學生的委任？」

「你怎麼可以小看一個小三學生，你也曾有過小學的人生吧！」

收起笑容。他忽然變成一臉嚴肅。

認識他以來，從來沒見過的嚴肅。

我老愛對他沒大沒小，吐槽嘲諷捉弄口洗從沒少過，也未見他生氣過，怎麼提到小時候就生氣了……

「你一定有小學畢業吧。」

「嗯。」
「如果沒唸過三年級，可以唸四年級嗎？」
「不行。」
「那也就不能畢業了，對吧？」
「妳到底想說什麼？」
「你到底在氣什麼？」
「我哪有在生氣啊。」
「那你怎麼一秒厭世呢？」
「哪有？」
「明明臉一下子就臭了還說沒有。」
「是嗎……」趁等紅燈的片刻，他瞄了一眼照後鏡。「明明很帥啊。」
「那你說，你小學唸哪裡？發生了什麼事？」
「……這跟莫小綠的事有什麼關係？」
「咦，這麼說，你小時候真的有發生什麼事囉。」仔細想想，跟他同事這麼久，好像對他的過去完全不了解，我一個拐子馬上架在他後頸上：「快說！是爬牆蹺課逃學還是偷掀女生裙子？」
「放開啦！我在開車！」他死命掙脫我的糾纏。
車子停在機場的臨停區。白琳把行李箱拎進後車廂後，鑽進後座。

本以為會想跟我們哈啦一下香港行的，所以我問：「維多利亞港的夜景很美吧？有沒有去吃什麼美食？」

結果白琳似乎完全沒這個心情：「香港的街景照片都在手機裡，有空再看。譚靜的事到底怎樣了？她女兒現在在哪裡？」

我們把目前的進展詳述了一遍。聽到巧綠目前暫時被社會局安置，她才鬆了一口氣，但隨即蹙起眉頭：「可是扣掉社工已花掉一天的調查，我們只有兩天？」

「嚴格講，不到兩天了。」文石問：「妳知道譚靜找徵信社蒐證的事？」

「她說要提離婚訴訟，我跟她說不論是她提告或男方提告，她都需要證據證明婚姻破裂的原因是男方造成的，官司才有勝訴機會。」

「妳認識照片中的任何人嗎？」文石問。我把矮子給的黃色紙袋裡遞給她。

她抽出照片，仔細看了半天：「沒有。這對男女是誰？」

「他是因為怕又被打，就隨便丟兩張不相關的照片給我們。可惡！」我罵道。

「看來如果錢德樂有找到關於莫東豪外遇的證據，恐怕已經被人捷足先登搶走了。」文石搖搖頭道。

我把上午去找錢德樂時，發現他身上有傷的情形告訴白琳。

白琳洩氣地說：「會去搶這種證據的人，除了莫東豪還會有誰。」

「所以毆打譚靜的人也有可能是他啊。」我叫道。

「證據沒了，不要說離婚訴訟，莫東豪現在當然就是巧綠的監護人了。」

「也許譚靜就快醒來了也不一定。」文石安慰她道，隨即又問：「譚靜跟妳會談時，有沒有提到任何關於小綠的事？」

白琳沉吟了一會兒，斜著頭說：「譚靜曾說小綠很有藝術天分，唸幼稚園時就很喜歡畫畫，還得了獎。小綠也是個很堅強的孩子，她認為小綠已經察覺父母失和到即將離異的程度，但從未表現出不安、沮喪，讓她很心疼，卻不知如何跟小綠討論這件事，只是主觀的認為到了必須選擇的時候，小綠一定會希望跟媽媽同住。」

「小綠為什麼知道有人將加害譚靜？」

「不知道。」白琳一臉苦惱：「以我的觀察，小綠覺得自己將來若跟著莫東豪住，一定會很不幸，所以她很排斥父親。」

返回事務所的途中，我們在車上又討論了許多可能性，但都無定論。就在車子快進入台北市區時，文石的手機有簡訊聲響起。他正在開車，我幫他點開來看，是裴憶雯傳來的：

「文律師，我幫你問了小綠，以下是她的答案：

小綠是聽到誰說要害媽媽的？答：媽媽。

小綠認識那個打媽媽的人嗎？答：不認識。

小綠喜歡鈴芝姊姊給妳的冰淇淋嗎？答：喜歡。希望下次還可以吃到。」

咦？咦咦咦咦！小綠是聽媽媽說有人要加害自己？難道譚靜事先就預知自己將被加害？那她為何沒跟白琳說這件事，還說這是小綠自己的想像？

還有，小綠是在什麼情形下聽到的？是譚靜直接跟小綠說的、還是跟什麼人講的時候被小綠無意中聽到的？我們又是一番討論與揣想，仍然沒結果。

回到事務所，白琳進到所長林律師的辦公室報告香港洽辦業務的結果；文石則拎起塞著卷宗的公事包，就衝去法院出庭了。

面對滿桌的文件信件，必須專心處理，所以我暫時把小綠的事放在一邊。忙到忘了經過多久，事務所玻璃門上的風鈴聲響起，我聽到鄰座的小蓉起身出去招呼；直到她又回到我身邊：「是找文律師的。」我才抬起頭來。

一位長直髮、身形高挑、穿著ＯＬ套裝的女生站在沙發區前望向這邊。

「他去出庭耶。請問您有和文律師預約嗎？」

我跑到她面前問。覺得好像在哪裡見過她。

「沒有。」聲音很好聽，但毫無顧忌地打量我。

「那，您是要等候一下，還是先留下方便的預約時間我們再通知您？」

「沒關係，我等一下好了。」她瞇著眼睛，綻出可愛的笑容。

我請她坐，並為她端來一杯紅茶。

和直勾勾的視線對上，發現她始終目不轉睛盯著我。

啊是沒看過美女嗎，還是我臉上有三隻眼睛……

我欠欠身，正要轉身返回座位。她忽然說：「妳是沈鈴芝小姐吧？」

「……是啊。」是文石曾跟她提過他的助理吧。

「唔，妳真的很漂亮。」

「謝謝。請稍坐一下。」

「妳覺得文石怎麼樣？」

什麼怎麼樣？我遲疑了兩秒：「文律師很優秀，您可以放心委任他。」

「我不是問這個，」她維持著笑意：「妳覺得他這個人怎麼樣？」

邏輯很強但個性孤僻。相貌堂堂但言行怪異。辦案像獵犬吃東西像豬隻。追查真相奮不顧身但面對告白卻逃之夭夭。身為助理的我這樣講不會出事嗎？

所以我也維持著笑意：「很優秀負責任。單身喔。」

她聽了立刻格格格笑了起來：「我知道。」

門上的風鈴聲又響起。「妳來了？幹嘛？」

她移開視線望向一頭亂髮的文石：「我來欣賞你美美的助理呀。」

「進來吧。」她跟著文石步入辦公室，關門前還眼角帶笑望我一眼。

她誰呀……文石跟她講話的態度語氣，感覺上彷彿、好像、似乎……很熟。

咦！難道是……我端起那杯紅茶到文石的辦公室，原想直接推門進去，想到萬一推門進去撞見抱在一起擁吻的畫面，豈不尷尬死了，伸出的手就在半空中煞車，變為拳頭握住，在門上敲了兩下。

門立刻被拉開。她笑盈盈地站在門後。我連忙將手中的茶杯放在小茶几上。

我的視線在他和她身上掃來掃去。不時和她的視線對上。文石則死盯著電腦手指在鍵盤上狂跳，顯然在趕什麼案子的訴狀。

「阿芝妳在看什麼？」他忽然問。眼球沒轉、手指沒停。

「你的額頭還是耳朵上有長第三隻眼嗎？」說完就立馬摀住嘴，自己居然在客人面前講這種話。

想不到卻惹得她噗嗤笑出聲：「你的助理真的很有趣。」

「她喔，很習慣對我沒大沒小。」

「你好像也很習慣她沒大沒小。」

「誰會對這種事情習慣的啊。」

「誰久了都會習慣的嘛。」

他白她一眼：「怎樣才能改掉這種習慣？」

「這是好習慣，改什麼。」她啜了口紅茶，露出滿意的微笑。

文石把從列表機印出來的訴狀遞給我：「趕快送了吧。」

我接過一看，居然是以莫巧綠的名義聲請改定監護人的聲請狀。

第五話

「文律師，你們聲請將莫巧綠的監護人改定為譚芙、還要求在譚靜復原前，裁定莫巧綠由社會局監護之暫時處分？」法官看著聲請狀問。

「是的。」

「曹律師，妳的當事人同意嗎？」

「當然不同意，請求駁回聲請。」曹玉涔理直氣壯地說：「莫巧綠的法定監護人是父母，現在母親譚靜因傷昏迷，監護人當然就是父親莫東豪。有什麼理由要改定為譚芙？」

「聲請人表示莫巧綠拒絕與相對人莫東豪同住，而且相對人有不適任監護的事由。」法官說。

「沒這回事！我的當事人不知有多疼愛莫巧綠，怎麼會有什麼不適任的事。」

「那孩子為什麼不願跟爸爸回家？」

「那是因為譚靜受傷前，就有意跟莫東豪離婚，為了爭得孩子的護監權，平日就經常醜化孩子的父親，灌輸孩子敵視父親的錯誤觀念，孩子才會受影響。因為夫妻失和，她就變成不友善的母親，所以真正不適任監護的是譚靜，而不是莫東豪。」曹玉涔說得義憤填膺、慷慨激昂。

「文律師，你們主張的事實，有何證據證明？」

「除了請求法院囑託社會局進行調查訪視外，並請求向醫院函詢譚靜的傷勢病情，另外請求詢問聲請人本人。」

「雙方能以協商方式同意於本件審理期間，暫時由社會局監護嗎？」

「我們不同意。這嚴重侵害我當事人的權利。」曹玉涔悍然拒絕。

「庭上，我方同意。」文石說：「如果法院調查結果及我方提出的證據，都無法證明相對人有不適任監護的話，我方願主動撤回聲請，不必勞煩法院裁定。」

「曹律師，除了妳所謂有侵害相對人權利的部分外，孩子暫時讓社會局監護，有什麼不利的情形嗎？」文石的攻防，顯然奏效。面對法官如此詢問，曹玉涔氣急敗壞：「不是有沒有不利的問題，是根本沒有這個必要性。孩子現在遭逢母親被人襲擊重傷住院的驚嚇，正是需要父愛撫平心靈的時候，這時卻交給社會局安置，對孩子的心理上當然是不利的，而且——」

「妳是說社會局安置的寄養家庭，會對孩子心理上有不利的事實嗎？」文石插嘴問，見曹玉涔臉色有異，更追擊說：「我聽說在台灣，社會局都是挑選對孩子很有愛心、而且經過相當訓練的夫妻，才能擔任寄養家庭的唷。」

「本庭處理過涉及家暴或兒少保護的案件，對於寄養家庭的印象也很好。」

「問題是本件沒有家暴或兒少保護的問題呀，只是夫妻失和的監護爭執——」曹玉涔的話講到一半往身邊的莫東豪瞥了一眼，突然止住。法官直接問莫東豪：「相對人，難道你真的對孩子有什麼不利的行為，擔心孩子在社會局暫時保護期間會說出來？」

「我沒有！」莫東豪唯恐法官誤會，大聲否認，接著和曹玉涔交頭接耳小聲討論，曹玉涔才說：「那就照法官的提議辦理。不過，我們希望審理的速度快一點，以免影響孩子的心理。」

「文律師，審理期間，讓相對人可以去探視孩子，應該沒問題吧？」

「當然沒問題。」文石爽快地回答。

步出法庭後，文石在我耳邊囑咐一些事。我點點頭。他就先行離去。

曹玉涔與莫東豪在法院走廊的一隅小聲交談，應該是在討論剛才開庭經過和日後對策。我坐在等候區塑膠椅上滑著手機，其實觀察他們的動靜。過了四十幾分鐘，曹玉涔跟莫東豪道別，往律師公會方向走開；莫東豪則步出法院，到停車場取車。

啟動引擎後，我控制速度，隔著兩輛車遠遠跟著他的車。抵達一個社區型的別墅群。管理員往他車窗裡瞄了一眼，就按下大門的電動鍵放行。

我將車停在路邊樹下，拿出手機寄了簡訊告訴文石這裡的地址。

莫東豪是一家營建公司的老闆，雖然報上新聞說他的公司虧損累累，拖著只是在等倒閉而已，但住在這種高級社區並不意外。我感到比較意外的是文石說只要等十分鐘左右他就會出來，在第九分鐘，那輛賓士就真的出現在門口。我拿起大砲口單眼相機迅速連續按下快門。

因為車上駕駛座旁，還坐著一個女的。應該就是莫東豪的小三了。

文石說小三是公司女職員，原本乖巧勤快，在一次年終尾牙宴節目上盛裝演出，被莫東豪看上眼，從此兩人勾搭在一起。幾個月後公司就多了一個經理職位，讓她穩坐其上。

這麼八卦的消息，居然他自己就混入公司職員經常聚餐吃下午茶的餐廳打探得這麼清楚，沒讓我參與，實在鬱悶。我因此把文石唸了一頓。他回說如果我這麼想一睹小三風采，出庭後跟著莫東豪就能看到。

但眼前相機裡拍到那個小三的模樣，像高中生般清純，完全看不出是亂入別人家庭的妖女，更難想像她升上經理後對原本是同事的下屬頤指氣使。

賓士車抵達中山區一棟商業大廈前，駛入地下室停車場。我找了個停車位停在路邊，步入大廈大廳，在牆上商家名牌上確認那家營建公司的名字。

走進對面大樓一樓的咖啡店，點了一杯拿鐵後，我到窗邊的座位坐下。

剩下的就是等待。這是跟蹤工作最難熬的部分。

幸好那天的跟蹤不像今天，沒有這個部分。

那天從文石的辦公室出來，把聲請狀影印、蓋印完成後，是拜託小蓉幫忙送去法院收件的，我則繼續自己桌上的工作，同時注意文石辦公室裡的動靜。

半小時後，那個直髮女出來去搭電梯。她經過我辦公間時，還向我揮手道別。

我立即拎起包包，衝進電梯。

「小姐，妳貴姓呀？」我喘著氣問。

「我不是文律師的當事人唷。」她笑笑，沒有正面回答。

「那妳是他的——？」

她聽了好像更開心，笑著看我：「難怪他會說他的助理對什麼都很好奇。」

「唉呀！」我大叫一聲：「難道、難道，妳真的是傳說中的文太太？」

她倏然收起笑容：「他結婚了我怎麼會不知道？」

「咦，那就是他……女友？」

聽我這樣說，她又綻開笑靨：「妳就繼續猜吧。」此時電梯門自動滑開，她踩著愉快走出電梯。這樣的結果小姊姊我哪能接受啊，這神祕女一定跟文石關係非淺，有必要詳細追查下去。所以我遠遠跟在她身後，過街穿巷、上下捷運，最後居然搭上高鐵南下。

這個時間她沒有工作上班，卻是來到高雄一個奇怪的社區，地處以前海軍眷村外圍地帶，從許多透天厝的外觀看來，這裡已經屬於舊廍落了。

她走進一扇紅漆已經斑剝的大門裡。我只能望著圍牆上亂竄而伸的扶桑花，暗忖如果敲門直接問她這是不是文石的家，恐怕還是會被她視為八卦妹般嘲諷。

我記得以前看過人事資料裡的身分證影本，文石的戶籍已遷到台北市，所以這裡會不會是以前的老家啊……這時，我瞥見一個老婆婆以娃娃車推著小孫女走近，樣子像是附近的鄰居，連忙上前向她詢問：「阿婆，請問一下，這附近以前是不是有一位叫文石的小男孩？」

老人家怔了一會兒，搖搖頭：「……我不清楚。」

我指著那扇紅漆大門：「那戶是不是姓文？寫文章的文？」

「不記得了。」

「妹妹，妳好可愛呀。」我馬上彎下腰逗弄躺在娃娃車裡的小女生；看到美女甜美的笑容，她也格格笑得好大聲。

拉近與陌生人的距離是我的專長，最重要的就是親切美麗的笑容。老婆婆年輕時的許多陳年往事，因為我的笑容在腦海裡自然浮現；我因此拉著老婆婆問東問西。

那間白牆紅門的舊屋，以前確實是住著一家四口，原本和樂融融，出入遇著鄰居總是親切互動。男主人是個警察，不知道發生了什麼事，年紀輕輕卻死了，留下一雙年幼子女，由妻子獨力扶養。老婆婆記得，當年那個小男孩很是靦覥可愛，小女孩活潑討喜，經常和自己的孩子玩在一塊，但她已不記得他們叫什麼名字了。女主人在男主人過世後獨自出外工作持家，就比較少見到了。後來聽其他鄰居說在某個夜晚，那家人發生了一件可怕的事，全家就搬走了，至於是什麼事，她已經記不清楚了。

我留下名片，請老婆婆幫忙回想一下，如果記起什麼的話，拜託打個電話跟我說。老婆婆看了一下名片：「法律事務所……他們是遇到什麼事需要律師嗎？」

那個小男孩只是遇到一個好奇心超強的姊姊喲。我笑笑，隨口找了個理由：「沒有。我只是想要開同學會，在找失散多年的小學同學。」

接著我問了這個學區的學校。就跟老婆婆道謝。

在和老婆婆交談時，我一直注意那扇紅色大門，始終沒人出來。

發生了一件可怕的事，全家就搬走了……到底是什麼事……

自從同事以來，就覺得文石和一般律師非常不同。身上從無名牌服飾或精品手錶，只有不修邊幅；臉上不見專業傲慢的架子，只像散漫憨愚的傻子。但是辦案雷達一開，彷彿有神力注入眼瞳，特別精亮清明，令人放心的專注與可怕的窮追不捨，又是獨樹一格的特別。毫不在意說出來的話不考慮會不會引人反感，讓他的人際關係奇爛，幾乎沒有跟任何朋友往來，找他問事解惑的人卻是一堆。

身為助理的我，經常被他的奇言異行搞得提心吊膽，也很慶幸從他身上看到什麼是追求真相的態度。雖然如此，我對他的認識仍然有限，特別是他的過往出身，除了他在大學時就是個孤僻獨行俠、同班同學的白琳律師向老闆引薦進來事務所外，其他一無所知，甚至也曾因為彼此不了解，造成我們的關係一度瀕臨信任危機。所以到底是什麼樣的背景與成長過程，造就了如今的怪人文石，就一直是心中最好奇的謎團。偏偏每次提及過往，他總是有意無意轉移話題。

而現在，是最接近解開謎團大門的時刻。若不把握，日後不知何時再有機會。猶豫思索頃刻後，我下定決心，按下大門旁邊牆上的電鈴。

在我快失去耐心的前一秒，對講機才傳出：「誰？」

「哈囉。我要找文小姐。」

「哪位文小姐？」

「文石律師的妹妹。」

接著又是一陣安靜。我只好再次按電鈴。

「別按了。」回頭發現她已經站在身後，別具興味地望著我。

隔著茶几，她坐在我的對面：「這裡是我們的老家，已經沒人住了。今天我只是回來拿東西。」

剛才她應該是從後門繞到我身後。帶我進來時，她還小心觀察門外後才關上門。

外表和屋內都是老舊，客廳的擺設雖然簡樸，卻是一塵不染，應該是有定期打掃。她發現我在打量室內各處，噗哧笑了出來：「妳一定要這麼好奇嗎。」

尷尬癌瞬間發作，我只好以笑掩飾：「不好意思。」

「妳找我幹嘛？」

這下更窘，不過我決定豁出去了：「我想知道文石的過去。」

「過去？不直接問他？很鬧耶。」

「他不說啊，怎麼騙怎麼拐就是不說。」

「那這跟妳的工作有關嗎？」

「沒有。」

空氣裡突然安靜。她興味盎然盯著我：「其實我也很希望他交個女友的耶。」

「別、別誤會呀。我只是……想確認自己是不是跟一個變態一起工作而已。」

「妳也覺得我哥很奇怪對不對！」她突然提高的音調把我嚇了一大跳，然後伸出手：「我叫文雁。我們一起坐在名為同感的船上！」

我馬上握住了她的手。然後我們居然立刻興奮地嘰嘰喳喳討論起文石的怪：

「他老是一頭亂髮、只穿舊西裝外套是怎樣！跟他講了多少次了也不聽。」

「講話永遠不會看別人臉色，有夠白目的。」

「當一個律師不去應酬交際，成天躲在辦公室看奇怪的書，怎麼會有案源？」

「時不時搞一些可疑的飲料、做一些可怕的食物是要逼死誰？」

「熬夜辦案累了往桌下一躺就睡，醒了一頭亂髮就升上桌緣，不知道的人還以為是遊民亂入哩。」

「還會以為是難民、飢民、流民和被人拖進草叢怎樣怎樣的小民咧。」

我們邊說邊哈哈大笑。這樣認識文石的妹妹文雁，有點扯。都怪文石。

「說到底，為什麼他會有這麼多奇奇怪怪想法和行為？從小就是這樣嗎？」

「當然不是，」文雁跟她哥一樣，笑的時候有個可愛的小酒窩在嘴邊，不同的是兩眼會彎成甜美的新月；「小時候的他人緣超好，他也超愛交朋友的，不知道多正常哩。」

「那現在是怎樣？」

「當然是因為那件事啊。對一個大人來說這種事衝擊一定很大，就不要說當時我哥他還是個孩子而已。」

那件事？這種事？什麼事？我微怔，旋即回復笑意：「是、是啊。」

想不到新月和酒窩瞬間消失，她表情驚慌：「妳……妳不知道那件事？」
「到、到底是什麼事？」
她觸電般站起來，變了個人似的：「我還有事趕著要辦，改天再聊吧。」
我錯愕地起身：「我……」
「不好意思，我以為妳已經知道那件事。是我誤會了。」
「……能告訴我那件事嗎？」
「不能。」
「雁妹妹呀，拜託拜託嘛。我真的很想知道啊。」我拉著她的手一直搖。
「這種事，妳不知道比較好。」
然後她就緊閉雙唇，一直送我到步出大門為止，都不再跟我多說一句話。
我愈來愈想查出當年到底發生了什麼事。
回到台北，已接近下班時間。才出電梯，小蓉就迎上來：「妳跑哪去了？文律師說妳的手機不通，簡訊也沒讀。」
檢查手機發現沒電了。太過專注於跟文雁講話都沒留意。
接上電源後，點入通訊軟體檢視簡訊：「鈴芝，小綠是不是有一本故事書掉在事務所？」、「小蓉說她沒看到，妳一定把它收到哪了，快找出來。」
我立即從雜物櫃裡翻出那本《圈圈的故事》。
一個可愛沒人愛的小女孩，內向又害羞，只要遇到挫折或傷心的事就會在紙上畫圓圈，一直畫、一直畫，畫到忘了為止，所以同學給她取了個圈圈的外號。有一天，圈圈被同學欺負，哭著躲起來畫圈圈，畫到蠟筆都用完了還不肯停，天上的女神不忍心，下來人間現身在她身邊，問她：「圓圈的起點在哪裡？」，她指著起點；女神又問她：「那終點呢？」，她指著，才發現是同一點。女神撫著她的頭溫柔地笑著說：「現在妳知道了吧，妳的圓圈畫得再多再用力，還是會到原來的地方，問題並沒有解決呀。」。圈圈體悟了什麼，從此遇到同學的欺負，勇敢大聲說不，也學會體貼與關心，跟同學結了好人緣，連欺負她的人都成了好朋友，從此就不再需要畫圈圈了。

像一般童書繪本一樣，有著趣味的圖畫和簡單的故事。我很快翻讀完，看不出這書有什麼問題。
我撥了手機，文石關機中，只好先傳簡訊告訴他繪本找到了。

第六話

我正準備下班要關滅了燈，文石才匆匆閃進事務所：「那本故事書呢？」
我說放在他桌上。跟著進去辦公室，只見他將繪本快速翻閱一遍，神情凝重，眉頭愈來愈緊。就在繪本翻完之際，他的眼神釘在書本封底的版權頁，原本是空白的地方用鉛筆寫著50個數字：

41713　88088　61109　06098　36786
24821　94606　32104　77212　10860

他用手機拍下。我問：「這些數字是什麼？保險箱的密碼嗎？」

「可能是解開莫巧綠這個案子的密碼。」用手帕擦掉額上的汗珠，他微微一笑說：「小綠的案子快要開庭，但是證據不夠，可能要麻煩妳跟監。」

所以我現在才會坐在這裡喝咖啡，盯著大樓的停車場出入口。

思忖至此，那輛黑色賓士突然出現。我抓起包包衝出咖啡店，跳上車後快速打方向盤，同時按下通話鍵：「莫東豪離開公司了。」

「他往哪裡？」

「回家的路上。車速很快。」

「還有多久時間？」

「不超過十五分鐘就會到。」

切斷通話，心裡暗自祈禱沿途多遇到幾次紅燈，能讓文石順利脫身。

抵達內湖的社區時，我只能將車停在較遠的路邊樹下，眼巴巴望著前方黑色賓士再次進入社區大門。

這時副座的玻璃窗被敲了兩聲。我按下門鎖，身著自來水公司人員制服、拎著工具包的文石溜進來，遞給我一個平板電腦：「到手了。」

「這什麼？」

「小綠平常玩線上遊戲的平板電腦。譚靜帶她離家時忘了帶走，後來給她重買了一個新的，舊的這個留在莫東豪這裡。裡頭有個錄音檔，妳回去找一下，趕快把內容做成書面譯文。」

「你怎麼知道他一定會在十分鐘內從家裡出來？」

「因為他公司的會計接到稅務局的電話，說是去年的報稅資料中，發現有關經理申報的費用有些問題，必須請會計準備好相關憑證，將派人到公司查帳並請經理到場說明。」

「你怎麼知道？」

「稅務局的電話是我打的。」

「你這身打扮潛進去，萬一管理員跟莫東豪說——」

文石笑笑說不會。原來他告訴管理員說，莫東豪鄰居住戶投訴水錶漏水，水公司派他來檢查水錶，管理員就放行。進到社區後拿著譚芺交給他的鑰匙直接開門進到莫宅，到小綠的房間找平板。因為不碰屋內其他任何東西，就算管理員或莫東豪發現有異，完全沒有物品遭竊、也不認為已離家的小孩房裡會有什麼貴重東西，所以不追究的可能性讓文石得以順利幫小綠拿回平板。

他說還有個重要的人要找到，小綠案件才能真相大白，要我讓他在路口下車。望著他跳上自己的小白，我才將車轉往回事務所的路上。

雖然聲請改定監護人和暫時處分，讓原本兩天的緊迫時間得以延長，但為顧及莫東豪的權益，法官要求文石必須在七天內提出所有證據，所以蒐證工作勢必要以最快速度完成啊。

查稅？查水錶？只有他才能想出這種鬼點子吧。是說，怎麼知道小綠的平板電腦裡有重要的錄音？也許是譚芺告訴他的，但……上次去找譚芺她完全沒提到呀，如果這個錄音檔這麼重要的話……

又下雨了。我盯著擋風玻璃上愈來愈大顆的雨滴發怔。忽然想起，也許他和我一樣，因為看到小緣的無助，觸動了些什麼過去的回憶，才會對於小綠的事這麼賣力吧。

那天也是突然下起雨。雖然必須頻頻以手背抹掉流進的水，但注視前方的眼睛可是努力眨也不眨，因為這個機會我已經等了太久。

想到小晴哭得紅腫的雙眼，我眼睛這點難過就不算什麼。

小晴是個很可愛的女生，個子小小，臉小小，彷彿精靈般的大眼瞳卻烏黑晶亮，笑起來很甜，有好東西總愛跟同學分享，在班上人緣很好。

可惜她有條腿是跛的。

有一次我好奇問她，她也大方告訴我，小時候生病發燒燒壞了。雖然不知道她生了什麼病，但是我覺得她的心比我還要健康。因為她的好人緣是真心待人得到的；不像我，有時還會跟朋友耍耍小心機。

班上另外有個傢伙人緣也很好。我至今都不屑記他的名字，只記得當時私下給他取了個阿呸的外號，只要想起他的嘴臉內心就滿滿不屑。

阿呸的好人緣來自他富有的家庭。進口巧克力、變形金剛玩具、最新手遊戲卡、超炫畫筆、美麗圖卡、妖怪手錶、各種美味糖菓零食，都是他用來攏絡人心的昂貴工具。原先，我也是阿呸人緣團的團員。

如果那天我和小雪不是值日生，我就不會看清阿呸的真面目。

值日生要負責擦黑板、整理清潔用具、關燈關門窗，所以一定是全班最後走的兩個人。鎖上門後正要離開教室時，一陣內急感襲來，我請小雪陪我一起去廁所。

天色已暗的學校廁所裡總是有鬼，這是小學生潛意識裡集體的恐懼吧。所以當我蹲在那裏，聽到空間裡有嚶嚶抽泣聲的回音時，立馬嚇到全身僵硬，怎麼樣也尿不出來了。為了壯膽，我大聲問門外：「小雪？妳聽到了嗎？」

「……聽、聽到了……阿芝妳能快一點嗎？好、好可怕……」

我以此生最快速度起身穿好褲子衝出廁所和小雪抱在一起：「我們快跑……」

但我們四條腿只會顫抖，根本動不了。

最後一間。女鬼的哭泣聲來自最後一間廁所。

挃？為什麼廁所門上會有紅色的繩子在上面？

任何東西只要引起我的好奇，即使是鱷魚嘴裡的一片海苔或是定時炸彈上的一粒芝蔴，也想要上前搞清楚是怎麼回事。在好奇心戰勝恐懼心的情形下，我居然恢復鎮定，叫小雪看那繩子。但小雪的臉埋在我身上，不敢抬頭。

我推開小雪，上前觀察……咦，繩子是用來綁住廁所門把的？

也就是說，有人用繩子綁著廁所門。

「誰在裡面？」我馬上敲門，並叫小雪把我書包裡的美工小剪刀拿來。

一個嬌小身形蜷縮在裡面的角落，臉埋在兩膝間啜泣，下半身只有內褲而已。我大吃一驚，進去把她扶出來：「小晴！怎麼了？」

我蹲下抬頭看她低垂的臉，更是嚇得叫出來。

「臭瘸雞」三個字用簽字筆寫在她的臉頰上，因為混著淚水，已經糊成一片。陪她坐在校園裡的長石凳上，我們靜靜等她止住哭泣，從她說的片片斷斷，才知道是怎麼回事。

下課後小晴負責清掃女廁。因為她走路不穩，提著水桶裏的水有一些潑在地上，正好阿呸和另外兩個死黨從男廁出來，不巧濺溼了他的褲角和名牌球鞋。雖然小晴一再道歉，他居然先是破口大罵，再和那兩個男生一起譏諷小晴是瘸雞，邊學她走路的樣子邊嘲笑，接著起鬨說要看看瘸雞的腿長什麼樣子，就不顧她哭喊不要硬把她的裙子扯下來，又拿簽字筆在她臉上寫字，最後把她關在廁所裡。

我聽了非常生氣，衝到其中一個傢伙家門口狂按電鈴。然後當著他媽的面告狀，要他媽管好自己的兒子！他媽媽很明理，嚴厲訓斥他一頓，並立即打電話向小晴道歉。接著我到第二個臭男生家按電鈴，他父母不在，惡人沒膽的他居然就躲著不出來，我只好在門前叫罵一陣。

無奈不知道阿呸家，只好忍氣到第二天，把他的惡行向班導師告狀。

一個小學生認為世上最會主持公道的人就是老師了吧。

聽說老師把阿呸叫到辦公室罵了一頓，並打電話通知家長注意一下。

就這樣。連在班上提起都沒有。就不要說叫阿呸向小晴道歉了。

為何這樣？這讓我憤憤不平，回家說給媽媽聽。老媽叫我別多管閒事，說什麼人家爸爸是市議員、建設公司大老闆，還是學校家長會長，也許導師有心追究，但是校長也得賣幾分面子給會長。老媽說這些大人處世藝術我哪聽得懂，身為一個小三生的我只覺得天理何在。

對，一個小三女學生的正義感，是不容小覷的。

那個死阿呸得知是我告的狀，對我超不爽，可能礙於我媽也是老師，只敢用白眼和鼻孔對著我。

不過他對小晴的欺負卻變本加厲，因為小晴只是個單親媽媽的女兒而已。若非因為某天在回家的路上看到她蹲在路邊哭，我根本不知道他常常在放學途中把她拉到小巷裡霸凌。

「以後他再敢欺負妳，妳就跟我說。」

「阿芝，算了啦。」

「妳以後放學都跟我和小雪一起走。」

想不到這個可惡的阿呸，改在假日偷偷躲在小晴家門外，朝她丟雞蛋。

所以我現在即使被雨淋得全身溼透、就算發高燒死掉，也要為小晴出一口氣。

想到這裡，發現那支精品雨傘出現在路口。

等他走過去，我從身後快步衝上去，將手中的塑膠袋朝他後腦狠狠丟過去。

袋裡是雞屎。請不要問雞屎是哪裡找來的，我只知道像阿呸這種人，不配用人屎扔他，他只配雞屎。

躲在巷子裡望著他嚇得又叫又跳的，我笑到蹲在地上擦眼淚。

當天午下放學後回家，我卻痛到跪在地上擦眼淚。

因為當天中午呸爸就到校長室拍桌子興師問罪。導師神情緊張地帶著校長和呸爸進到教室，阿呸哭哭啼啼指控我。我大聲喊冤，說今天是跟同學一起進校門的，哪有一個人偷偷摸摸跟在阿呸身後這回事。

「妳跟誰一起來學校的？」老師一臉寒霜地問。

現在說誰阿呸一定記恨誰，會害死人。所以我堅絕不說。

「說不出來就是在說謊！這老師到底是怎麼教的？」呸爸鼻孔朝著我和老師罵道。我望著他鼻孔裡噴出來的雜毛，想起書包裡的小剪刀。

就在老師要開鍘之際，有個微弱的聲音：「……是跟我。」

大家循聲回頭：是小晴！

「她哪有！」阿呸大聲反駁：「明明沈鈴芝只有一個人！」

「還有我。」平日個性怯弱的小雪居然也舉手。我既傻眼又超感動。對，小三女學生的正義感，是不容小覷的。

大人們開始質疑阿呸被人從身後丟雞屎，驚慌之際是否沒看清楚認錯人了。

雖然因此逃過一劫，但回家還是被老媽用竹子抽打兼罰跪。

「不要自以為聰明！班導師告訴我，事後查看校門口的監視器錄影，就知道同學是在維護妳。如果不是她向會長說監視器壞了，妳會把校長老師都給害了。」

本以為這件事就這麼算了，想不到阿呸這個娘炮回去又哭給他哥聽。

就在放暑假的第二天，我和小雪約好去連鎖文具店買美少女紙膠帶，一大早就騎著單車往小雪家前進。途中遇到紅燈時我停下來，這時右邊也是一輛單車，車上是一個男生，會吸引我注意是因為他身上還穿著我們學校的校服，從學號來看，他應該是五年級的學長。而且……他真的好帥喔。

他好像察覺到我在看他，向我點點頭。

呵呵，運氣真好，一放暑假就遇到帥哥。

一輛黑色休旅車停在我身邊，從車窗裡探出身的男子問我：「妹妹，請問民生路怎麼走？」

「蛤？民生路——」我望前方，右手才舉起來，就覺得身體被一股巨大力量騰空吸起，整個人瞬間脫離單車，嚇到睜大了眼，望著帥學長離我愈來愈遠，都忘了驚叫！帥學長也睜圓了眼睛怔在當下。

被摔在座位上回過神，我才放聲驚叫救命。原來我被另一個手臂有一條飛龍刺青的高壯男子從身後攔腰抱起，強拖進車內！

「不准叫！再叫就要妳死！」他惡狠狠地說，一把泛著森冷青光的藍波刀在我面前晃了晃。「為什麼車子開那麼慢啊？」

「喂，剛剛好像被旁邊那個男生看到了！」前座假裝向我問路的那個男子語氣緊張：「他好像要去報警呀！」

開車的傢伙立即加速，接著車前一聲巨響，車子緊急煞車，他們衝下去把被連人帶車撞倒在地的學長也擄了上來。我望著他頭上和手臂都是血大聲尖叫，被刺青男從後腦甩了一掌：「叫妳不准叫妳還叫！誰叫我就給誰一刀！」

然後眼前一陣黑。因為我和學長的頭被戴上黑色塑膠袋，雙手還被綑綁。

會不會死掉會不會死掉會不會死掉會不會死掉會不會死掉，滿腦子只有這個問題，心臟一直猛跳難過死了，想哭又不敢哭，怕被給一刀。

「你們要幹嘛？」身邊的學長忽然問。

「我們是要抓她，你剛好在旁邊，算你倒楣！」

「抓她幹嘛？」

「誰叫她三八，整我弟！」是那個問路男的聲音。

「誰整你弟啊！」我抗議道。

「妳敢說沒拿雞屎往我弟頭上扔？」

唉，出來混，遲早要還。這道理我小三時就有深刻體會。

一路上只能聽到車外的聲音和感覺路面的顛簸，完全沒有時間和方向感因為眼前什麼都看不到。直到車子煞停，車門被推開，我又被架起，然後摔在地上，臀部痛死了。

車子關上門、引擎逐漸遠去的聲音之後，只剩耳邊嗡嗡的耳鳴，我開始放聲大哭：「我要回家，嗚……」

「妳別哭。妳叫什麼名字？」是學長的聲音。

「沈、沈鈴芝……嗚……」

「妳唸三年一班對吧？班導師是李老師？」

「你、你怎麼知道？」我止住了哭，僅剩下抽噎。

「我曾經在放學的隊伍裡看過妳。我三年級時班導師也是李老師。」

「是喔。」

「妳知道我們現在在哪裡嗎？」

「不知道……我想回家。」我又想哭了。

「等一下，我們一定可以回家。」我聽到他好像在地上匍伏靠近的聲音，接著手碰到他的手；

「把手掌伸直，我幫妳解開。」

感覺過了好久，手腕的繩子鬆開了！我把頭上的塑膠袋拿下來，發現身在一間像農舍的小鐵皮屋裡。我把還躺在地上的學長頭上的黑塑膠袋取下，他瞇著被光線刺痛的雙眼：「妳可以幫我拿那個嗎？」

角落裡有一些雜物，在破雨鞋、空農藥瓶和粗草繩堆裡翻了半天，才發現他說的原來是一支生銹的鐮刀。拿起來幫他把腕上的繩子割斷：「為什麼你不用這個就可以把我的繩子解開？」

他伸開手掌，要我也把手掌打開：「妳看。」

當時的我手真的很小很軟，所以只要把手伸直，他再慢慢用力就可以把繩子從我腕上搓脫。相較之下，他的手好大，骨節已經發育變硬，當然無法掙脫。

不知為何，我的心忽然平靜下來。

長大後每次想起，覺得可能是任何幼小動物只要有比自己強壯的同類動物依靠，就會產生可以生存下去的放心感吧。

他起身拍拍褲管上的塵土，環顧四周。農舍的門被鎖住，他推開後面的小窗，先抱起我讓我越出落地，再自己攀爬出來。農舍在山坡上的竹林裡，他緩緩往下走，我不由得抓住他的衣角緊緊跟著。我們來到下方的小徑，山風吹得竹林呼颯唏嗦，背脊涼透的我連東南西北都搞不清楚：「我想尿尿……」

他說會等我。我溜到一株大樹後面解決，但怕他丟下我所以探頭窺望。只見他撿起幾片落葉，往空中灑，再看著葉片落地；接著蹲在地上觀察什麼；又似猴子般爬上樹幹上往山坡下瞧著什麼，最後抬頭盯著天空的白雲。

我來到他身邊時，他凝視著手中一片爛掉的葉片。

「原來我們在這裡呀。」他的嘴角牽了牽：「走吧。」

我們一前一後往山下走。我問：「為什麼是往這邊不是往那邊？」

「因為我們來的時候，就是從這邊來的。」

「……你怎麼知道啊？剛才我們眼前不是都一片黑？」

「仔細觀察就很明白了。」

「想不到眼前的黑不是黑。但是，你說的白是什麼白？」

「路上有輪胎的新痕跡。我們來的時候車子有經過溼的泥土。」

途經一處三岔路口，他直接帶我走右邊的小徑。「為什麼不走那條大的路？」

「我們家在南邊，那是往東邊。」

「你怎麼知道？你又沒有指南針。」

「現在是夏天，高雄地區夏天吹西南風。」

「你怎麼知道現在吹西南風？」

「看天上的雲、太陽的位置，再把地上的枯葉往空中扔，看它們掉落的方向就知道了。」

「那我們住的地方在哪裡呀？」

「那裡。」他指著遠方：「穿過那邊。」

「真的嗎？」

「妳知道這是什麼樹的葉子嗎？」他拿出那片爛掉的葉片：「是芭樂。這裡沒有芭樂樹，但卻有它的樹葉，表示來的時候車子可能經過種有芭樂樹的地方輪子輾到這片葉子、葉子卡在胎紋縫裡。剛才我爬到樹上看，是那個方向有種許多芭樂，芭樂是燕巢的名產，所以那裡應該是燕巢。而我們的家是在燕巢的南邊。」

好厲害喲。我望著他頎長的背影，真心覺得跟著他的腳步，就一定能回家。

走了快一個小時，已經很累了，腳下的步伐開始零亂，而且愈來愈喘。想到小雪等不到我，一定會打電話來家裡問，媽媽一定很心急……看著他的身影離我愈來愈遠，我又忍不住哭了。

「怎麼了？」他停下，返身回到我身邊。

我累得蹲在路邊一直哭：「我們會不會累死在路上啊。」

「不會啊，」他從口袋裡拿出一串鑰匙，取下鑰匙，把鑰匙圈塞在我手心：「只要有牠，我們就一定會平安回家。」

鑰匙圈下，吊著一隻微笑、可愛的藍色小海豚看著我。

「真的嗎？」我怔怔地問。

「我揹妳吧。」以手帕擦拭我的眼淚，然後背對著我：「妳上來我就跟妳說。」

我毫不考慮就跳上他的背，讓他揹著我繼續往山下走。

「很久以前有一個樂師叫亞里翁，他很會彈琴，唱歌更好聽。有一回他到義大利的西西里島去參加音樂比賽，他的音樂才華震動了整個賽會，比賽的桂冠最終戴在他的頭上。整個地中海地區，甚至全世界都在迴盪著他的歌聲和演奏的旋律。他很開心，搭船回家，看著海面上風平浪靜，白雲飄浮在湛藍天空，海鷗飛在海面。站在甲板上，他像我們一樣，希望船能跑得快些能讓他早一點回家。可是這時候，船上貪心的幾個船員撲了上來壓住他，要他交出贏得比賽所得到的獎品，還逼他跳海，不然就要殺死他。」

「像我們一樣遇到壞人了。」

「是啊。亞里翁說：我死之前的最後願望，就是希望再演唱一首歌。然後就彈著他的豎琴、唱著生平最後一首歌，因為他唱得太好聽了，引來一隻海豚在船邊徘徊聆聽，久久不離去。唱完之後，他就跳入大海。等他醒來，發覺身體下面有個東西正推著自己游向岸邊，一直到踩到了岸上鬆軟的沙灘，他回頭才看出，是那隻海豚救了他。海豚最後望了他一眼，依依不捨地游走了。亞里翁緩緩站起來抬頭一看，啊，朝思暮想的故鄉已經在眼前！海豚救人的事被天神宙斯聽到了，就封這隻海豚為天界的海豚星座。」

「好聰明的小海豚。」我望著手中的小海豚，忽然間對牠能帶我回家充滿了信心。「那我們要唱什麼歌？」

「蛤？」

「海豚是聽到亞里翁唱的歌才會救人的吧？」

「呃，是啊……」

「可是你這隻海豚沒聽到唱歌，怎麼救我們？」

他想了一下，須臾，開始輕輕柔柔唱起：

「是從哪裡來的你，要帶我往哪裡去
不知是誰的往昔，相逢習慣在霧裡

他們出手步步進逼，心機總是使人痴迷
我們攜手緊緊相依，過程每每撲朔迷離
只要奮不顧身用力追尋，成敗得失在所不惜

真相也許並不美麗，事實經常讓人嘆息
我們用心揭開謎底，黑暗過後會有晨晞
只要奮不顧身用力追尋，那些收穫意外驚喜

是從哪裡來的你，要帶我往哪裡去
不知是誰的往昔，相逢習慣在霧裡
本以為　千思百慮精巧佈局
殊不知　你我才是最大的謎」

趴在他的背上，靜靜聽他唱著，覺得這首沒聽過的歌真是生平聽過最好聽的歌了，還跟著旋律小聲哼著。微風隨著他的步伐輕拂臉龐，好像能聽到他的心律，在旋律與心律之中，我居然在他肩頭上睡著了。

第七話

醒來後，發現已經躺在家裡自己房間的床上了。

老媽擔心地問我怎麼回事。我一五一十說了一遍。

老媽當然很生氣，後續大人們怎麼處理這件事我已不記得了。只記得當時媽媽問了一句：「那個揹妳回來的男生叫什麼名字？」我大叫一聲，才想起忘了問他。奇怪的是，後來老媽和我都想表達謝意，但怎麼找就是找不到他，連學務處用廣播呼叫：「七月二日上午在路上遇到三年一班沈鈴芝同學的男生，請到學務處報到。」都不見人影，小雪還懷疑我是不是遇鬼了。

我知道絕對不是，否則醒來手中就不會握著那個小海豚鑰匙圈。

一直希望能有一天再遇到那個海豚學長。可惜他像從世間消失般，直到現在。

回到事務所，我趕緊將平板充電，找出那個錄音檔。

莫小綠現在就是亞里翁。我就是小海豚。

聽完錄音內容，才知道文石為什麼一定要潛入莫家拿到這個平板。

當我拿著新的案件卷宗進去時，發現椅子背對著辦公桌轉向窗外，文石盯著手中影印回來的卷證資料，苦惱的雙眉蹙緊在一起。

「需要幫你買浣腸劑嗎？」

「幹嘛？」

「你是痔瘡發作還是便祕？」

「我只是結一個屎面而已，其實已快閃尿挫賽了。」

「什麼把你嚇成這樣？」

「莫巧綠案的社會局訪視報告已經寄到家事法庭，我閱卷拿到了。評估結果認為小綠的爸爸並無不適任的情形，反而是媽媽因傷昏迷，無法行使監護權。」

社會局的訪視報告被法院認為是社政單位基於訪查結果所作的專業評估，在監護事件的證據分量最高，若以撲克牌來說幾乎就是黑桃A了！我提高音量問：「那怎麼辦？」

「不過這份訪視報告裡，我發現有些奇怪的事。」他起身抓起外套：「有沒有興趣一起去拜訪小綠的外婆？」

原來處理監護事件時，社工師都會先了解孩子的家族情形，並將家系圖繪製在訪視報告裡。家系圖顯示小綠的外公已經過世，外婆還在世。

我們驅車直奔台北車站搭高鐵到台中。

在列車上，文石注視著手機裡的相片，嚼著花生在推敲什麼。

我靠過去看，那是繪本裡用鉛筆寫的50個數字：「這些數字到底是什麼？」

「妳覺得一個小孩會寫這些數字代表什麼？」

「生日？身分證字號？都不像。怎麼看都像保險箱密碼。」

「密碼這麼長？小女孩記密碼是要幹嘛，偷錢嗎？好像很怪。而且我問過譚芙，跟莫東豪分居後譚靜只在超市擔任收銀員的工作，家裡也沒有保險箱。」

我們沉默了半晌，推想到發呆發傻了也沒有結果。

然後抵達小綠外婆家門前時，我們又發呆發傻了。

在高級鍛鐵大門前按下對講機，表明來意。經過約十分鐘，才有一輛高爾夫球車從茂密的樹林小徑上駛近大門。一個頭髮花白的大叔下車開門，再把我們載進去。穿過蒼鬱蔽天的樹林、鬧意燦發的花圃和閒鴨優游的人工湖後，才看到外婆住的房子。爬著藤蔓的白色外牆、窗戶上有五角小陽台、歐洲古堡造型的屋頂，外婆的大宅光是外表就華麗的要命。進到客廳，光潔反映倒影的地板潔白到可怕。

大叔請我們等一下，就先逕自退到廳外。

坐進絨毛沙發，彷彿跌入柔軟白雲。瞪著窗邊的絲質窗簾，一片應該就比精品服飾貴十幾倍吧。聽文石說訪視報告上記載小綠外婆獨居時，我以為是住在鄉下三合院古厝的老太太，可是眼下這歐式壁爐、柚木家具的客廳是怎麼回事……

我望文石一眼：「一個小學三年級女生的家境，你是羨慕還是嫉妒？」

文石還我白眼：「我是討厭。」

這時有腳步聲接近，滿頭華髮的老太太被一個中年婦人推著輪椅出現。她用警戒的眼神掃向我們。文石起身自我介紹並遞上名片。

「小綠才幾歲，能請律師嗎？」

「除了小綠以外，小綠的阿姨也找我幫小綠。」

「每個人來這裡都說是為了幫小綠。天知道是為了誰。」小綠外婆語含煩躁。

「每個人？」文石摸摸下巴：「很多人為了小綠的事來找您？」

老人家目光矍爍，別具興味地盯著文石：「真的是為了小綠的事？」

文石先向她說明譚靜發生的事，和目前法院正在處理小綠監護權的事。「所以今天來拜訪，是想請教如果小綠由莫先生擔任監護人，您的看法如何？」

「我的看法重要嗎？就算他不適合，我可以當她的監護人？」

「如果評估結果，認為莫先生不適合，直系血親尊親屬的您，也是會被列入考慮的。」

「會說這種話的人，都只是看我有錢而已吧。唉。」她嘆了口氣，露出不屑的表情。「我都已經八十九歲了，又一身病，也許明天就去投胎了，到時候誰來照顧她呀？」

「對不起，我失慮了。」文石一臉嚴肅。「我只是在找真心關愛小綠的人。」

小綠外婆卻忽然大笑起來，一直笑，還笑到咳嗽。站在後方貌似看護的婦人立即拍撫她的背，望著老人漲紅的臉，我們也緊張起來。幸好在喝了口水後，她恢復了平靜：「這世上哪裡有真心關愛她的人哪。」

我心一陣冰涼。文石眉角微揚：「小綠的媽媽不是……？」

「她如果真的為孩子好，就不該跟著那個姓莫的。」

原來譚靜的婚姻是不被家人祝福的。

莫東豪當年是家小公司的負責人，與家大業大的譚家有業務往來，因而結識譚靜的父親譚志勛，彼此是上下游產業的合作夥伴，原本還能同氣連枝；但見到大學畢業後出社會的譚靜長得清秀姣好，就展開熱烈追求。也許是富有人家都有的執念與宿命，潛意識裡總認為接近自己的都是別有所圖，圖的就是利，加上莫東豪的事業當時陷入瓶頸，讓譚志勛夫婦更難脫這種想法，反對女兒和莫東豪往來就成了必然。偏偏譚靜叛逆，不齒父母總是以財富地位衡量一切的價值觀，即使得不到雙親的祝福也堅決和莫東豪在一起，只因莫東豪一句表白：「和妳在一起是因為妳是妳，不是因為妳是譚志勛的女兒。」就決定託付終身，婚後與莫東豪搬到台北生活，從此與娘家斷絕往來。

小綠外婆敘述過往，提及譚靜和父母的親子關係因為莫東豪而破裂時，除了生氣，也聽得出來無奈與不捨。

這時我忽然想到一個奇怪的地方：如果都不跟娘家往來互動的話，每個人來這裡都說是為了幫小綠是為怎麼回事？正想發問，瞥見文石使眼色制止我。他先讓小綠外婆說完，才嘆了口氣說：「可能大女兒與您比較沒有緣吧，還好小女兒還蠻孝順您的。」

「我會稀罕她來孝順？哼哼，律師先生啊，你這麼年輕觀念怎麼這麼老古板哪，這年頭這社會，有孝順兩個字嗎？你自己都多久沒打電話問候你爸媽了？」

聽她這樣說有點淒涼，感受到有錢也買不到親情的可悲。在突然安靜的空氣裡，我頓時覺得慚愧起來，因為留在台北工作，自己也很久沒聽到爸媽的聲音了。

又閒聊了幾句，我們起身向老人家道別。文石忽然想到什麼，又轉身：「最近有好幾個律師來找您吧，能告訴我是誰嗎？」

「包括你在內，已經是第五個律師來了。」小綠外婆請看護阿姨從櫃子抽屜裡取來四張名片，全部交給我們：「你就全拿去扔了吧。包括你自己這張。」

「他們來找您是為了……？」

「你覺得呢？」

我們向她欠身說聲打擾了，低著頭走出來。

在高爾夫球車上我問大叔：「譚媽媽最近心情不太好？」

他沒回頭，冷冷回說：「自從先生病了之後，她就一直這樣。」

文石小心翼翼地問：「你們先生走了多久了？」

他回頭怒瞪文石一眼：「你又多久才要走？」

咦？幹嘛那麼兇！

回台北的高鐵列車上，我邊吃牛肉乾邊疑惑問：「有錢人家連管家的脾氣都很大耶。到底小綠的外公還在不在？」

文石靜靜望著那四張名片。

其中還有一張是曹玉涔的。

「大家都請律師找小綠外婆幹嘛？」

「小綠外婆講話雖然高深莫測，不過不是沒有線索可循。我只是覺得奇怪，來兩個就很超過了，一下子來了四個？」

思考速度他像高鐵，顯然已經知道了什麼，我卻像踩腳踏車般實在跟不上：「等一下，你說有線索可循？線索在哪裡？」

「父母、離婚、小女孩，律師、監護、毆襲案，外婆、外公、大豪宅，能讓妳想到什麼？」

「我想到……我想到……呃……」我盯著腦頂苦思半天，毫無頭緒，只能囁嚅低囔：「我居然只想到夕陽西下，斷腸人在天涯。」

「蛤？」

「因、因為枯藤老樹昏鴉，小橋流水人家，古道西風瘦馬嘛。」

他故作綜藝摔，我賞他白眼作勢要搥人了他才正色道：「其實妳這樣聯想很對！這首元曲有一個最關鍵的重點主題，對吧？」

「秋天。」

「對！就是秋天。而且看到這些景況的作者是什麼心情？」

「……感傷？」

「感傷之後會怎麼樣？」

「會在國外很遠很遠的地方中毒。」

「中毒？很遠？為什麼？」他抓抓後腦，倒著八字眉問：「這什麼靈感？」

「因為斷腸人在天涯嘛。腸子都斷了，還不是中毒？」

他故作昏倒狀，被我踹小腿報復。這時傳來簡訊聲，他從口袋取出手機滑開：「嗯，有個刑警朋友也不錯，交換情報才有對象。」

伸頭過去看，是邱品智傳來的簡訊：「彭忠偉。」下面同時寫著一個地址。我問：「他誰？」

「我也想知道他是誰。」

我踩著高跟鞋大方走進店裡，準備接受王妃般的接待。

「歡迎光臨。請問第一次來嗎？」女店員用大可不必的娃娃音問我。

「朋友介紹的。聽說妳們七號不錯。」我瞄了一眼，那排躺椅上已經有三、四個貴婦般的女生。女店員聽我這麼說，臉上閃過一絲心虛，隨即綻出笑臉：「七號的技術一直都很有口碑，請來這邊坐。」

我被她領到七號躺椅上。制服上繡著數字7的美甲師靠過來：「小姐做手指還是做腳趾？」

「先腳再手。」

「好的。那請您先脫鞋。」

我瞄了美甲師一眼，眼珠差點沒嚇到掉出來。好醜呀！臉色蒼白、兩眼鬥雞、腫唇裡有微暴的門牙，幸好她美甲時都低著頭被長直髮遮著，讓我心情不致那麼差。

王妃般的接待？希望文石沒騙我。他說只要來這裡躺著打通電話，讓人美甲一下任務就結束，費用都由他出。我瞥左邊座位一眼，目標人物果然在6號躺椅上。只是，怎麼覺得好像在哪裡見過她……

很擔心這個七號美甲師會不會把我指甲搞壞了，說到底，還沒被這麼醜的師傅做過。望著她拋甲脂、修甲面、上接合劑、上底膠，想不到手還很巧，我才放心告訴自己人不可貌相。

「請問要水彩暈、果凍膠還是鏡面粉？」

「水彩暈好了。」

「請挑色卡和造型。」看來這個七號還蠻專業的。我從色卡裡選出喜歡的顏色。不過，文石叫我要選七號是怎樣，他自己曾經來這裡美甲過嗎？想像他伸出超夢幻的手指……噗！有病。我扯扯嘴角，內心這麼噗哧嘲笑他。

望著被光療機照過的腳趾甲，咦，果然很漂亮。

我拿起手機，用假掰的聲音嗲道：「喂，偉哥，人家在美甲啊。嗯……嗯……那您一會兒要來接我嗎？在西門町漢中街這間呀……唉喲你壞死了，幹嘛還講那天晚上的事啦，嘻嘻……彭忠偉，不准再說了！羞死人……呵呵。好啦，待會見。」

坐在腳邊的美甲師笑著問：「妳男朋友啊？」

「嗯。」

「你們好甜蜜喲。」

「還好啦。」

「什麼時候結婚啊？」

「才剛認識一個多月而已。」

「腳的部分好了。現在換手指囉。」

「請問，」坐在旁邊六號位置的她終於忍不住了，望向我問：「剛剛跟妳通話的是妳男友？」

我的視線從上方的電視轉向她：「是啊。」
「不好意思，我好像聽到妳叫他的名字？」
「怎麼了嗎？」
「他叫……彭忠偉？忠義的忠、偉大的偉？」
「是啊……有什麼問題嗎？」
「好巧，跟我未婚夫同名同姓。」她的表情寫著意外。
「真的？」我用興奮的語氣問：「他該不會剛好也是經營環保公司吧？」
「南進環保股份有限公司的董事長？」我和她異口同聲。確認身高、長相和開的車子，確定為同一人！我們興奮地握住彼此的手一齊尖叫：「這麼巧！」
「這樣妳們兩個不就被劈腿了嗎？」美甲師冷冷插嘴問。
咦，對齁！我們立馬甩開彼此的手，互瞪。
「可是他跟我說他單身耶！」我用憤怒的語氣道。
「他還沒跟她結婚，說單身也沒錯啊。」美甲師瞥了她一眼說。
「他還說只愛我一個……騙子！」我的語氣聽起來快哭了。
她滿臉怒意，講話開始顫抖：「這種話他也跟我說過！」
「他什麼時候跟妳訂婚的？」
「去年就訂婚了。」
「那不就我變成小三？可惡的彭忠偉。這位姊姊，真是不好意思，我不知道他是這樣的人啊。」

我拿起手機點了幾下：「姓彭的！你不必來接我了！我們兩個到此為止。你的電話我現在就封鎖，永世不見！」

「沒關係，不知者無罪。原來他是這樣的人……哼！難怪有人警告我說，他專門找有錢人家的女生交往，不是真心的。」

「專門？也就是說他在與姊姊認識前，也是……意思是他很注重門當戶對？」

「門當戶對？哼哼。他的南進幾次違法處理有害事業廢棄物被抓到，都快倒了，怎麼跟我們當戶對？」

她跟我說了許多彭忠偉的事，總結這個我從沒看過的人一句話：渣男！

美甲師說好了。我伸直十指一瞧：哇，真漂亮。

起身到櫃檯結帳，女店員說有個文先生已經先幫我結過了，我就開開心心步出美甲店。坐進車裡，立馬嚇得放聲尖叫！

七號美甲師坐在副駕座上，對我微笑：「真相大白。」

「妳、妳幹嘛？」

她把頭髮扯下來，拿了幾張面紙在臉上用力塗了幾下，再掏出假牙，那張醜臉居然變成另一個人：「對妳的指甲還滿意吧？」

我一拳搥過去！文石痛得哇哇叫。

第八話

地方法院第一家事法庭。

「曹律師，對於聲請人方面提出來的錄音譯文，有何意見？」法官問。

「這是第三人在審判外的陳述，怎麼可以拿來當做證據？」

「文律師，請說明一下這個錄音裡對話的人是誰？」

「就是相對人和譚靜。」

「我不記得曾經講過這些話。」相對人席上的莫東豪語帶憤怒。

「聲請人方面應盡舉證責任。」曹玉涔用舉證責任當做防火牆。

「文律師？」

「庭上，因為錄音是來自聲請人平日使用的平板電腦，所以請求傳訊聲請人本人到庭查證。」

「聲請人本人就是本件的當事人，當事人自己能為自己的主張作證嗎？這樣的證詞哪有什麼證據能力。」曹玉涔大聲反對。

「本庭今天先勘驗錄音內容，再決定是否傳訊聲請人本人。」法官要書記官操作電腦，開始播放錄音，並比對我們提出的錄音譯文。

「你要怎樣才肯放過我們？」
「把巧緣的監護權給我，我就簽字。」
「你根本不愛巧緣，要她的監護權幹嘛？做人一定要這麼不擇手段嗎？」
「我是她的爸爸我怎麼不愛她！」
「我都成全你和那個女的了，還不放過我？居然把孩子當成報復我的工具！反正我今天就帶孩子走，管你簽不簽字，請你以後都別來找我們！」
「妳敢！臭婊子，妳信不信我讓妳看不到明天的太陽！」
「你想怎麼樣，殺了我嗎？」
「妳以為我不敢？」

然後就聽到一個孩子大哭的聲音。不用說，那個孩子就是小綠。
「對錄音內容與譯文相符，相對人有何意見？」
「沒意見。不過就是兩個人在吵架而已嘛，與相對人無關。」
「唔？內容有提到巧緣，有提到監護權，而且有孩子的哭泣聲，可以合理推論是聲請人父母的對話吧。」文石道。從法官的表情看來，也認為曹玉涔在硬拗。
曹玉涔見風向不對，立即轉向：「就算是相對人與譚靜的對話，從音量語氣聽得出來都很激動，內容也是兩個人在吵架。吵架哪有好話？一時氣憤的話不能當真，就像我罵一個人是豬，他就會變成豬嗎——」

文石插嘴：「不過，譚靜後來真的被人攻擊，現在瀕臨死亡吧。」

「如果是相對人做的，他早就被警方約談了。依法舉證責任在聲請人，你們應該提出證據證明相對人後來有對譚靜行凶，否則，一個疼愛孩子的父親在和母親爭監護權時，被對方用言語刺激所說的氣話就能證明他不適合擔任監護人？未免太可笑了。」

曹玉涔的應戰策略就是抓緊舉證責任，逼文石亮兵器，只要文石手上兵器不足，她就坐享勝果了，其餘辯詞有理無理都不重要。畢竟，民事訴訟的重要法則就是舉證之所在、敗訴之所在。

法官轉頭看著文石：「曹律師說的也有道理。文律師，你除了聲請訊問聲請人本人外，有無其他證據提出？」

文石靜默了十秒，似乎在猶豫什麼：「許多事實詢問當事人就能真相大白，可惜當事人都躲在舉證責任的盾牌和代理人的背後。」

「本庭了解詢問本人的重要，但目前的情形，必須你提出的證據足以讓本庭認為確有此必要性，本庭才會考慮。」

「唉。」文石嘆了口氣：「既然這樣，我就當庭提出從社工那裡借來的訪談錄影光碟，請求當庭勘驗。」並從卷宗裡提出一張光碟片。

「異議！證物內容我們事先完全不知情，嚴重妨害我方的防禦權。」曹玉涔大聲抗議文石未遵守書狀證物應先交付繕本以利對方準備的規定。

「文律師？」

「報告庭上，本來認為庭上會准我方關於詢問莫巧緣本人的聲請，如果這樣我這張光碟就根本不用提出。但經過庭上行使闡明權，曉諭必須先讓庭上得有必要性的心證，才考慮傳訊莫巧綠本人，這是剛剛庭上才曉諭的，所以我也是剛剛才決定提出的，還請曹律師見諒。」

「曹律師，還有意見嗎？」

「庭上，那我要求改期，請對方先提供拷貝光碟讓我們有時間準備。」

「曹律師，如果我方的聲請沒理由，這樣改期不會影響相對人監護權嗎？我記得上次妳很急著讓莫先生取得監護權的。」文石明顯故意以退為進地說。

「錯了，監護權本來就在莫先生這裡，是你們故意藉訴訟侵害的。」

「好了，曹律師，我看妳反應很快、是有訴訟經驗的律師，今天就勘驗一下內容，應該不會影響妳當事人的權益。如果看過了內容妳無法及時回應，就先保留意見，我會再改期，讓妳充分準備，這樣可以嗎？」安撫兼施壓，這個法官指揮訴訟的技巧還頗厲害的，讓曹玉涔只好閉嘴。

書記官操作法庭內的電腦，讓螢幕上呈現光碟的錄影內容。畫面上，莫巧綠低著頭在玩一個拼圖。

「妳叫什麼名字？」畫面外有個很有磁性的女聲問。

「莫巧綠。」

「現在可以跟妳聊天嗎？」

「好哇，要聊什麼。」她坐在木質地板上低著頭，一邊拼圖一邊回答。

「妳現在住在哪裡啊？」

「寄養媽媽家裡。」

「妳今天心情怎麼樣？」

「很好啊。」她抬起頭望了一眼鏡頭，露出可愛的微笑。

「那，妳可以跟我說說媽媽怎麼了嗎？」

「……她被人打受傷了，現在在醫院。」

「妳知道是誰打她？」她搖搖頭。畫面外的聲音又問：「妳好像曾經去找一個文石律師，跟他說有人要害妳媽媽？」

「嗯。他很帥。他的助理姊姊很漂亮。」

「是嗎，我跟助理姊姊誰比較漂亮？」

「妳呀。她也很漂亮。」

「那妳怎麼知道有人要害妳媽媽？」

「媽媽說的。」

「因為媽媽跟爸爸吵架，所以這樣說？」

「我不知道。但是，媽媽送我放學時候，有人跟蹤我們。我有看到那個人。」

「妳想不想回家跟爸爸住？」

「不要。」

「為什麼？爸爸說他很愛妳、很想念妳喲。」

「他不愛我。他只愛阿姨。」她停下手上的拼圖，臉上的表情看來很沮喪。

「天下哪有爸爸不愛自己女兒的呢？」

「……他不是我爸爸。」

「……怎麼這樣說呢，因為他只愛阿姨不理妳，妳生氣了，才這樣說吧。」

她低著頭，玩弄著手中的拼圖片不語。

「妳不想說可以不說，沒關係。」

她點點頭。

「現在媽媽住院，妳又不想跟爸爸住，那妳希望誰照顧妳、幫妳決定事情？」

「妳呀。」

「我？社工姊姊太忙，可能不行。」

「那寄養媽媽可以嗎？」她終於抬起頭，笑著對鏡頭外的人說。

「要看法官阿姨的決定。」

「我能自己決定嗎？」

「妳的意願法官阿姨一定會參考的。妳還有什麼話想跟法官阿姨說的？」

「社工姊姊妳好漂亮。」

也許是厭惡自己的遭遇，也不知如何面對，只好轉移話題選擇逃避。用笑哭泣，才是最悲傷的人。只是，一個九歲的小女孩用笑哭泣……

錄影到此為止。法官的眼角好像有些溼溼的，指示書記官將錄影內容的重點記進筆錄裡。「曹律師對於勘驗結果有何意見？」

「孩子被譚靜洗腦得很嚴重，可見譚靜醜化孩子的父親，不是適任的友善監護人。」曹玉濤是個刁鑽的律師，她完全不甩剛才看到的畫面：「還有，社會局一方面查無相對人不適任的情形，一方面卻又交付這個光碟給對方律師，怎麼可能？這種證物一般都是要保密的不是嗎？」

「曹律師是說光碟內容有什麼不實在的地方？那個小女孩不是莫巧綠嗎？」

「是莫巧綠沒錯。但我們質疑這證物是以非法方法取得，不能當做證物。」

法官的臉上寫著不耐煩：「文律師？」

「庭上，社會局業務龐雜，人力及經費都有限，社工人員的流動率更是比溪水流得還快。負責兒少保業務的是一個單位、負責監護權訪視報告的又是另個單位而且是委託民間社福機構辦理。我相信每社工人員都很想把個案處理好，但也都有心有餘力不足的時候。而每個個案從接案到結案，經手的社工人員常常不只一人，每個人對個案的評估看法也未必相同。」文石注視著法官，說個不停：「再說，訪視報告雖然提及查無相對人不適合擔任監護的情形，但是也提到誰最適任宜監護莫巧綠應由法院依調查結果酌定。監護事件可不是一般民事訴訟事件，牽涉到未成年人能否受到最佳照顧，和她的成長與將來都有關，有公益性，所以，如果有社工人員沒有注意到的證據、限於能力、時間無法及時發現的事實，或有證據可證明還有更適任的監護人，為了孩子的利益不應該提出嗎？就算我是用偷用騙拿到這光碟，身為律師，為協助法院發現真實，我還是有提出的義務。」

我偷笑。因為文石講的每句話都對、都是事實，但都沒有正面回應曹玉涔的質疑。我想應該是想保護交付證據的那位社工人員，也許就是裴憶雯吧，雖然和小綠對話的聲音不是她。法官愈聽愈不耐煩，卻劍指曹玉涔：「如果主張非法取得證物應該排除證據能力，這個事實應該由相對人方面舉證吧？」

「這個部分我再具狀補提。」原以為可以鬆口氣了，想不到曹玉涔居然打出最後王牌：「還有，我們主張文律師依法並無代理權，也就是說，他代理莫巧綠所進行的所有程序均屬無效！」

法官一聽，當場怔住。

說這個抗辯是王牌，是因為出庭前文石就跟我說過：「小綠的案子最大的問題是她年紀太小，根本沒有能力委任律師。我很好奇曹玉涔這樣的律師什麼時候才會拿這點攻擊我。」

我問：「如果她真的用來攻擊呢？」

「一切就只能交給上帝了。」他嗑著花生米，搖搖頭道。

第九話

「所以我們現在坐在這裡是在幹什麼？都做一些無效的調查？」法官的臉超臭，冷冷地問。

「莫巧綠九歲，是民法規定的限制行為能力人，所有的法律行為都要經過法定代理人也就是父母的允許或承認才發生效力。她的母親目前沒有意識當然無法表達同意、她的父親也沒有允許她委請律師當非訟代理人，所以她委任文律師的委任契約無效，一個無效受任的律師所進行的代理行為當然不生效力。」

「滿七歲以上之未成年人在家事事件裡有程序能力——書記官，拿妳桌上的六法全書給曹律師，讓她看一下家事事件法第十四條的規定。」

「法官我知道那條，但那是程序規定，我說的是民事實體法律關係！也就是民法上的委任契約根本沒生效。」曹玉涔向書記官搖手拒絕，執拗地要用程序問題卡死文石，果然是司法界公認地表最刁鑽女律師。

「文律師，你有什麼意見？」

「庭上，不必苦惱。我解除委任走人就是了。」

蛤！法官睜圓了眼。法庭裡的人全都顯出意外。

文石接著說：「為保障莫巧綠的權益，請庭上依職權為她選任程序監理人吧。」

「書記官，以下的問題不列入筆錄。」法官轉頭問文石：「問你一下，這樣子你的費用收了嗎？」

文石抹抹鼻尖，瀟灑地說：「這個案子我本來就不打算收費的。」

「那，現在你要表示解除嗎？」法官點點頭，眼神看來極為敬佩。

「我先就庭上剛才勘驗光碟的內容部分表示意見。」文石把手中的筆往桌上一拋：「剛剛莫巧綠跟社工人員所說，莫東豪不是她的爸爸，這是事實。」

咦？咦咦咦咦咦咦咦咦！

包括我在內，法庭裡的每個人眼珠子都快要嚇到奪眶而出。

如果這樣，莫東豪完全沒有身分爭取什麼監護權了。

「等一下，」法官一臉錯愕：「也就是說，莫東豪根本不是莫巧綠的生父？」

「正是。另外，為了莫巧綠的利益，我當庭變更聲明，請求將監護人改定為主管機關。」書記官聽了，馬上將文石的話打入電腦筆錄裡。

誒？那譚芙那邊怎麼交代……我握緊的手心都出汗了。

法官對於這個突然的主張，有點不知所措：「怎麼現在才說？」

「剛剛庭上沒有徵詢我對勘驗結果的意見。因為曹律師的攻勢太猛，我們必須一直處理她質疑的程序問題。」文石起身，把桌上的資料塞進卷宗及公事包：「請書記官記錄：文律師當庭表示解除聲請人莫巧緣於本件的委任。」

回到事務所，一進門看到邱品智大剌剌坐在沙發上。

「大神探，找我家文旦？」

「是啊，怎麼沒見他跟妳一起回來？」

「他有另外案件去新竹地院出庭，還說什麼要去老人養護機構做義工。你來有什麼事嗎？」

「譚靜死了。」

「天啊……！」

「文律師叫譚芙提出告訴，警方已展開偵辦。」

「嫌犯是誰？莫東豪？」

「文律師說是彭忠偉。」

「蛤？」

「我們調查結果，彭忠偉說案發前一天就和未婚妻在一起台東玩，晚上住在汽車旅館裡，還提出了住宿費收據和風景區門票當證據。我們依他所說的路線景點，向旅館及各景點管理處調閱監視器錄影，他的車確實在前一天就進住，案發當天在台東各風景區也有拍到他的車，在第三天才回到台北。」

「也就是說，他有不在場證明。」

「原本我們也是這麼認為。可是妳家文律師說，剛好在案發前一天出發、發生後才回來，彭忠偉的不在場證明明顯是故意製造的，他要我們訊問彭忠偉的未婚妻就可以突破。」

「突破了嗎？」

「她說，那三天在彭忠偉車上的，是她和彭忠偉的弟弟。」

「她劈腿？」

「不，彭忠偉和他弟弟是雙胞胎。」

「讓看到的人以為他弟弟就是他？哇，如果不是未婚妻坦承，警方可能就採信他的不在場證明了吧。是說，未婚妻為什麼事後居然背叛他？」

「當然是我們警方偵訊技巧，突破了她的心防。」

「是嗎。」我不禁望了一眼指甲上美麗的圖案。「那你今天來是為了？」

「可是我們查不出彭忠偉的犯案動機。」

「突破未婚妻的心防不就知道了嗎？」

「她說不知道。彭忠偉當時只說是為了將來的幸福，要她和弟弟不要問，日後只要有人問起，就說在車上的人是他就好了。反正旅費都是他出，她也沒多問。」

「如果未婚妻和他的感情堅固，應該就是很堅固的不在場證明了。」

「但是這樣就不知道他的行凶動機，因為查不出他跟譚靜有什麼仇怨。」

「唔。譚芙呢？她知道嗎？」

「她完全不認識彭忠偉。」

「意思是，其實她平常跟姊姊……很疏遠嗎？」

「譚靜好像因為什麼事，結婚後就跟家人斷絕聯絡，去年妹妹譚芙才找到她，彼此才開始重新往來。」

「那到底是什麼事呢？」

「這也是我來找文律師的原因之一。」

「你下次來要先預約，他的行蹤很飄忽的，有時我這個助理都沒辦法掌握。」

那天等我拎起包包要下班時，文石都還沒回來事務所，手機的Line也沒讀。

我超想知道為什麼他決定解除委任不當小綠的代理人了，也想知道他怎麼知道小綠不是莫東豪的孩子，更想知道小綠今後該怎麼辦。

白琳聽我說譚靜撐不過終於走了的消息，也是一陣感慨。

搭捷運回家的路上，我忽然很慶幸自己當年能遇到海豚學長。

每個小女孩都該有個海豚學長。否則像小綠這樣，那就太悲傷了……

「沈小姐？」回頭，發現喚我的人是裴憶雯。「想不到在捷運上遇到妳。」

「妳離職了嗎？」

「嗯。我現在在一個民間的扶幼基金會轉做寄養業務了。」

「公家機關不是比民間單位有保障嗎？」

「在社會局我是約聘人員，契約一年一簽，工作沒什麼保障。」

「我以為妳是公務員哪。」

「在社政單位的約聘人員比公務員還多。這牽涉到經費、兒少保工作的困難和主政者是否重視兒少福利，實在一言難盡。」

「兒童保護居然不重要？」

「選舉的時候大家都會說最重要。」

「唉，原來如此。那就難怪人家小綠的阿公沒死居然被寫死了。」我想起文石在庭上所說社會局的社工流動率像溪水的怪事。

「對了，小綠的案子怎麼樣了，我離職時不是在打官司？」

我把開庭的大致情形說了一遍，還說很想看看小綠，送些東西給她。

「我可以幫妳安排。不過……」她斜著頭想到了什麼：「聽妳這樣講真的很奇怪，據我了解，接我工作的社工人員工作量太大，忙到現在都還沒去訪視小綠，怎麼會有妳說的那片錄影光碟？」

「也許是製作訪視報告給法院的那位社工攝錄的？」

「一般監護權評估訪視我們也不會錄影，而且她的報告裡也沒那段內容啊。」

「接手妳業務的那位社工會不會請別人代為訪視啊？」

「每個人都忙到快死了，哪有餘力幫別人訪視評估呢。」
「可是，光碟裡的人真的自稱社工，小綠也叫她社工姊姊的咩。」
「難道真的有人幫她訪視……」她搖搖頭，忽然又說：「啊，問一下寄養家庭就知道了。」然後她拿出手機，開始傳Line訊息。
幾分鐘後，寄養家庭回訊息說：「昨天下午，有個社工來找小綠談過沒錯。」
「是接手我業務的林小姐？」
「不是。是一個很漂亮的小姐，以前沒見過。」

第二天早上我一見文石進來事務所，就直接衝進他辦公室。
我拉著他猛搖，快把他的手臂給扯下來啦：「到底是怎麼一回事，快說快說快說快說快說快說快說快說！快說啦！」
「放開、放開啦，厚！是要說什麼啦。」努力把自己的手臂抽回，他原本梳得整齊的頭髮硬被我給搖到散亂。
「為什麼棄小綠的權益不顧？莫東豪怎麼不是小綠的生父？譚靜死了，小綠以後該怎麼辦？你又怎麼知道，是彭忠偉下手攻擊譚靜的？為什麼不選譚芙為監護人反而要讓社會局監護小綠，那她以後不就要去住育幼院了嗎？」我 嚦啪啦把滿肚子疑惑一股腦兒全渲洩出來。
「我哪有棄小綠的權益於不顧？」
「你都當庭解除委任了還說沒有！」

「妳能說曹玉涔說的沒有根據嗎？就算法官認為我的代理合法，但曹玉涔提出抗告，誰有把握二審法官的見解不會變更？案件要拖多久？與其和曹玉涔這樣的律師死纏爛打，不如速戰速決。而且，從法官的反應看來，已經被曹玉涔搞煩了，我解除委任讓法官更好結案，印象分數也是我們這邊比較高吧。還有，法官如果為小綠選任程序監理人，程序監理人接手後也不能無視我提出的事實，等於是把曹玉涔的質疑空間全部封死。」

「所以這是……你的策略？」

「曹玉涔機關算盡，卻下錯了一步棋，她應該在法官還沒進行調查前就先質疑我的代理權，但她自作聰明，以為狀況不妙時最後再打這張牌，就可以翻轉全局，沒想到就算拔掉我的代理權，我手中還有其他的牌。這就叫做善攻者，敵不知其所守。」

「什麼善公什麼敵手的我是不了解，我比較想了解的是，你居然知道對譚靜行凶的是彭忠偉？」

「不是他還有誰？邱品智已經告訴妳他製造不在場證明的事了吧。」

這時我的手機響起。是裴憶雯。她和寄養媽媽帶小綠及另外一位寄養童到麥當勞玩，她說如果想看小綠的話，現在可以過來。

「一起去吧。我也想看小綠。」文石抓起椅背上的西裝外套，起身就往外走。

我追上去：「我還沒問完哪。」

他發動引擎踩下油門，「小白」立即衝出地下停車場。

第十話

小綠看到我們時，興奮地衝過來抱住我：「鈴芝姊姊，你們來看我了？」

「對啊，還帶了妳最喜歡的冰淇淋喲。」輕撫著她紅通通的小臉頰笑著把手中的保冰盒打開。想到她的媽媽就此不見了，心裡隱隱作疼起來。

她把另一個跟在裴憶雯和寄養媽媽身邊的小女孩叫過來，一起分享草莓冰淇淋。我們向裴憶雯點點頭，在旁邊的位子坐下。

「文律師，開庭情形我聽沈小姐說了，想不到你這麼厲害，只是，你該不會連小綠的生父是誰都知道吧？」

「嗯。他叫彭忠偉。」文石望著小綠，又開始嚼起花生米；「估計現在已經被警方逮捕了，說不定檢察官會聲請羈押。」

「等、等一下。」她瞄了一眼在遊戲區的小綠，壓低了聲音問：「意思是她的生父要……殺她的媽媽？」

文石長嘆了一口氣：「很不幸，就是這樣。」

「為什麼？」我們異口同聲問。

「因為錢。」

「譚靜財產狀況我們調查過，她的收入只有固定的薪水而已，沒有什麼——」

「不是，是因為小綠未來可能得到的財產。」文石望著我說：「妳還記得我們去找她外婆時，她外婆說先前曾有四個律師來找她，我向她要了名片的事吧，其中一張還是曹玉涔的。曹玉涔一定是代表莫東豪去的吧，但是，莫東豪跟譚靜失和，委託律師去找岳母幹嘛，我覺得很奇怪。」

「難道是要分財產？不被轟出去才怪，那老婆婆精神可好的呢。」

「當然不是要分外婆的財產。是要繼承外公的財產。」

「蛤？」

「小綠的外公已臥床多年，最近幾個月更傳出插管的消息。外公雖然跟譚靜失和，但畢竟是父女，尤其心疼小綠，在他還有意識時曾委請律師代立了一份遺囑，要把身故後的財產全部留給小綠，估計應該是很天文數字的鉅額財富。這消息傳出來，引來三方覬覦，都要來打探狀況，希望能跟這份遺產沾上一點邊。」

「打探什麼？」

「遺產多少？外公死了沒？表態自己是小綠的監護人，宣讀遺產時一定要通知自己的律師之類的。」

「難怪那個管家大叔那麼生氣了，問這些好像詛咒他家主人快點死的感覺。但是，就算是監護人，遺產也是小綠的呀。」

「監護人有沒有為未成年人的利益管理財產，現行制度下，能有效監督嗎？如果管理不善或任意揮霍，主管機關會介入嗎？」文石看著裴憶雯問。

裴憶雯無奈地搖搖頭。一把無名火又在我肚裡燒了起來：「豈有此理！外公遺囑就說要給小綠了，哪來什麼三方人馬？喔！不用說，第一方就是莫東豪了。那第二方……還有誰？」

四張名片。第一張是代立遺囑的律師。第二張是曹玉涔的。第三張和第四張是誰委請的律師？

「是誰把有遺囑這件事傳出去的？我告訴妳，是譚芙。因為譚靜跟家裡的關係不好，能知道這事的人，除了與譚靜失和的外婆之外，後來跟譚靜復合的不就是譚芙嗎。」

我的背脊一陣冰涼……她不是真心對待小綠的……難怪文石寧願變更監護人為社會局。

長吁了一口氣，我再問：「那第三方是誰？」

「彭忠偉囉。」

「他真的是小綠的生父？就算是，法律上承認的父親不是莫東豪嗎？」

「出現了莫東豪不是小綠生父的抗辯後，法官一定要調查清楚，至少囑託一下教學醫院進行ＤＮＡ的親子血緣鑑定吧。如果鑑定結果出來，我再幫小綠提個否認親子關係存在之訴，把這個法律上推定的父親身分拿掉，加上小綠也不願跟他在一起生活，莫東豪就ＧＧ了。」

可那個彭忠偉也不是好東西，跟譚靜生了小綠，卻跟別人結婚？咦，譚靜也算是婚外情才生下小綠的嗎？她已死亡，這問題也無意義了。

南進公司的財務陷入困境，負債累累，他跟未婚妻訂婚無非企盼能有資金挹注吧。但未婚妻年輕，不想那麼早被婚姻綁住，婚期遲遲未定，所以他急了，應該是得知自己有個將要富有的非婚生女小綠，才委派律師去找小綠外婆……

原來文石要我去美甲一下，不是沒理由的。

「彭忠偉想染指外公給小綠的遺產，必須先取得父親的身分吧，否則哪輪得到他啊？」我肚裡的正義之火燒得熊熊熾旺。

「是啊。他只是事實上的生父沒有法律上父親的身分，而且如果讓未婚妻知道他與譚靜的關係，就別想娶豪門女了對吧。所以一石二鳥之計，就是除掉譚靜，再想辦法提起確認他和小綠有親子關係的訴訟囉。」

「你是怎麼知道有這個渣男賤痞無恥狗的？」我氣得拍桌大罵，完全不顧美女形象，把周圍的人都嚇傻了。文石趕緊起向大家鞠躬道歉。小綠見狀跑過來：「鈴芝姊姊，妳怎麼了？」

「沒什麼，鈴芝姊姊想抱抱小綠。」我把她緊緊擁在懷裡。

「妳也見過呀。還記得錢德樂給我們的那兩張照片嗎？」

「啊！難怪在美甲店覺得那個六號客人很眼熟啊。所以照片中的男生就是彭忠偉？可是你又是怎麼知道的？」

「因為小綠的那本《圈圈的故事》。她聽到錢德樂告訴媽媽有關彭忠偉的手機號碼時，就記下來了。」

「哈囉，手機號碼只有10個數字唷。小綠可是寫了50個數字——」我講到一半，他用眼神告訴我答案不就在自己懷裡？我趕緊從包包裡取出那本繪本：「小綠，鈴芝姊姊問妳，妳在故事書裡寫了這些數字，是什麼？」

「手機號碼。」她一邊舔著湯匙上的冰淇淋一邊說。

「為什麼呢？」

「因為圈圈啊。」

「圈圈？」

「嗯啊。」她拿起繪本，翻到版權頁，指著上面的數字說：「41713沒有圈圈，所以就是0，88088一共有九個圈圈，所以是9，61109共有三個圈所以是3，06098有六個圈圈，所以是6。」

我不顧文石露出取笑的表情，像個小孩般按照小綠所說的，把十組數字上的圈圈算出來，結果得出0936424105十個數字。呵，果然是手機號碼。「妳為什麼要這樣記啊？」

「媽媽說這個號碼是祕密，不可以跟別人說。」她烏溜溜的眼睛轉了轉，說。

「好聰明呀妳。」我摸摸她的頭，從包包裡拿出一個海豚絨毛玩偶送給她：「它以後會陪妳、保護妳。」她開心地接過，轉頭問：「那文律師你送我什麼？」

文石起身，從口袋裡掏出一個鑰匙圈遞給她：「這個送妳。」

剎那間，心臟上有個鼓錘猛搥了一下！

我立刻靠過去看……小白鴿。

不是小海豚。

我用力親了一下她的臉頰：「姊姊再問妳喔，有一個很漂亮的姊姊，那天問了妳很多問題，用手機把妳玩拼圖的可愛樣子都拍下來的那個，記得嗎？」

小綠想了一下，甜甜地笑了起來：「孟姊姊。」

「孟姊姊？她姓孟？」

她望著端著餐盤到回收區的文石的背影：「她長得很像文律師。」

「……？」

「小孩子亂講話妳別介意。」寄養媽媽笑著說：「這是那個孟小姐的名片。」

我接過：「社工師　孟思梨」

抬頭一看，文石的背影已經消失在門外。

（本篇完）

山怪魔鴞

第一話

因為小女孩莫巧綠的監護事件，我發現上司文石律師似乎有段不為人知的神祕過去，也無意中得知文石有個叫文雁的妹妹。

在那個事件中我不經意提及小時候的事，不料從來都沒脾氣的他居然瞬間臉臭不語，雖然不明顯，他也否認，但我直覺認為他是不想提那段過去。

記起之前在《珊瑚女王》那個案子裡，他曾發生意外身陷險境。為了通知他的家人，老闆林律師要我去翻他的人事資料，想不到他進事務所時提交的人事文件裡，完全看不出來他的從前，就不要說聯絡家人了。小時候外號是好奇寶寶的我，愈發想知道他到底是從哪顆石頭裡迸出來的。

本來想從文雁的口中，套出文石過去的蛛絲馬跡。想不到她守口如瓶，還對我下了逐客令；過程我已在〈海豚的守護〉那個事件裡詳述了。文石的過去，就像一根刺在背部正中心，明明就在那裡，卻看不到，伸手也抓不到，難受死了，所以後來又對他旁敲側擊：

「你從小就喜歡吃花生啊？」

「嗯。」

「為什麼？」

「好吃囉。」

「腰果也很好吃，為什麼只吃花生？莫非小時候發生什麼事跟花生有關？」

「別傻了，妳想太多。我去出庭了。」

講這話時眼神閃過半秒的猶疑，和平常辦案時的精明不同，說明了他心裡確實有事。後來有個機會我又試探：「記得小學三年級時我曾經遇到被人擄走的報復事件，好像是被擄到高雄的一個山區，好可怕。」這時在旁邊的白琳和小蓉都顯得非常關心好奇，問長問短；只有文石，抱著便當盯視電視上的搞笑節目，還笑到飯粒都從嘴角掉出來了。我不甘心地丟一句：「小心別吃到了！」

他慌忙低頭往便當裡瞧：「蛤？有小強腿嗎？」

「不是。是小心別把你的良心吃掉了。」

「……幹嘛這樣說。」

「你好像一點也不關心自己助理的死活啊。」

「妳現在不是活得好好的？」

「我當時差點死在深山裡耶，如果不是有個五年級的學長救我，恐怕你現在就沒有美女助理了。」

「是嗎？咦，妳看那個男的被主持人嚇到的樣子真好笑，啊哈哈哈……」

「如果當時是你，你會眼睜睜看著我去送死嗎？」

「我可以閉上眼睛嗎？」

「上帝給我一雙黑色的眼睛，可是我卻老想來翻成白眼！」我瞪他，但隨即想到也許他是故意轉移話題，就直接切入重點：「喂，那你小三時有沒有遇到什麼事啊？比如什麼童年陰影之類的？」

「——什麼？假如律師和政客同時掉進河裡，請問你是選擇先去喝咖啡還是先去看電影？啊哈哈哈哈……」他的注意力完全被搞笑節目吸走，可惡！

幾次投石問不到路，我決定不再問他，另起爐灶。我跟蹤文雁到高雄時，曾在他們的舊宅邸前遇到一個鄰家婆婆，從她口中得知文石唸的小學，我認為從學校下手也許可以得到一些線索。另一方面，白琳律師與文石是大學同學，也是她介紹文石進來事務所的，所以也向白琳打探一些關於文石的過去。

「文石？」下午茶時刻，我們坐在茶水間，白琳啜了一口綜合果汁，睜圓了眼看著我：「妳是他的助理，每天跟著他，應該知道他就是怪人一個吧。」

「我知道他怪，但是，想知道他為什麼這麼怪。所以——」

「怎麼突然想知道這些？」

「我的讀者都在問呀，我卻完全回答不出來。畢竟，我跟他只是同事，對於他的過去一點兒也不了解嘛。」

「這樣喔。」她知道我將關於文石經歷的一些事件記錄下來出書的事，點點頭，叉起盤裡的鬆餅偏著頭回想了一會兒：「記得大學時我好友夏芯瑤曾發生被鬼附身的怪事，我求助於文石。那是一個關於文石和牛大便的故事，不知道能不能幫到妳。」

牛大便？呵呵，不愧是文石。

只要是跟文石有關的奇案，我都感到興趣。接著白琳就把大學時初次發覺文石擁有卓越洞察能力與超強推理能力的奇遇娓娓道來，我覺得也很有趣，所以用白琳的視角記錄下來，寫在〈可愛的畢馬龍〉那個故事裡。

不過，我最想知道的還是他在小時候發生的事。

我把跟蹤文雁到他高雄老家的事敘述了一遍。

「這樣啊……」聽完，白琳別具興味地望著我：「小時候？那要多小呢？」

其實我也不知道。「最好是小學三年級。」

「小學三年級的文石？那麼小，能發生什麼奇怪的事？」

「呃……說不定他是小學坐著勞斯萊斯大轎車上下學、還協助警方偵破什麼畢達哥拉斯密室之類的神童啊。」我胡思亂想隨口說道。

「蛤？吃什麼飼料才能長出那種違反發展心理學的大腦？別鬧了。」

「這不是重點。重點是，到底有沒有人知道年幼時或年少時的文石，是不是現在這樣的文石？」

她拿出手機翻找電話簿，側著頭思忖了一會兒：「啊！問我同學黎晏昕好了，記得當時我室友撞鬼時是他引薦文石，也許他對文石的認識比我還多。」

「好啊好啊，拜託了。」

接通電話，她和對方問候寒暄了一番後，就切入主題，問對方是否還記得夏芯瑤被鬼附身找文石幫忙破解的那件事。然後問對方是不是還知道些什麼文石的過往。「唔……嗯……那改天我請你吃飯，順便介紹我們助理給你認識，她對以前的文石很感興趣，想把他的事記錄下來發表……就麻煩你了。」

改天不知是哪天，那今天豈不又沒收穫？我一聽，馬上就對白琳使眼色。白琳懂了我的意思：

「那就你所知，除了你以外，班上還有誰比較了解文石的……沒有喔？再想想嘛……呃，那是誰？……好，請說。」她比手勢，我馬上從包包裡掏出了紙筆遞過去。她立即在紙上寫下對方告知的情報。

「謝謝你，改天請你吃飯一定要來喲。掰掰。」

結束通話。她微笑道：「黎晏昕說他知道不少關於文石在大學時的特殊遭遇和奇言異行，可惜他最近在南部工作，我說改天請他吃飯再請他告訴我們。不過他提供我們另一個管道，說是可以去找文石大學時的室友聊聊，因為他們倆是高中同學。」

「啊，那個社福系的男生？」

她點點頭，把紙移過來放在我眼前。

第二天下班後，我推門進「紫羅蘭」時，喘得跟剛犁完好大畝田的老牛般。

我從事務所出來，穿過兩旁都是虎視眈眈車陣的斑馬線，快步往巷子裡的「紫羅蘭」跑。因為下班前接到一通電話，那端的大嬸要找文石，我說他今天到台南出庭不會進來了；但她硬要訴苦說子女多麼不孝，房產過戶後就沒人理了，一定要委託律師把子女告去關之類的，害我聽她喋喋不休還苦勸半天，錯過了約定的時間，現在才會跑得這麼喘。

白琳在靠窗邊的位子向我招手。

她的對面坐著個皮膚黝黑、眼睛很大很深邃的男生。

柏雲軒。文石大學時期的室友，高中同班同學。

白琳介紹我們認識。她眼前放著的小筆記本上已記得密密麻麻，看來剛剛的半小時裡已經跟柏雲軒混熟了，才能套出這麼多我錯過的情報。看來尋求白琳協助真是找對人，她舉止端莊優雅又知性，講話時美眸總是很誠懇凝視對方，又有律師的專業形象，能讓人很快願意信任，才能使當年只有一面之緣的柏雲軒同意聊一個不在場的老同學文石吧。

這時穿著白色制服的服務生過來遞上菜單；我沒打開菜單就點了海鮮義大利麵和熱摩卡。服務生問：「我們今天推出的新餐點有松露鴨腿義大利麵，要不要參考看看？」

「海鮮義大利麵就好。」

「我們的瓜地馬拉花神也很好喝喲？」

「不必。我喜歡摩卡。」紫羅蘭的女老闆紫娟何時雇來這麼囉嗦的服務生呀，我心裡犯嘀咕，在服務生收走菜單轉身離開時斜瞪了他一眼……咦，好像在哪裡見過，也許是先前在哪個餐廳吃飯時遇過，現在跳槽過來的吧。

我趕緊為遲到道歉，請柏雲軒繼續他原本正在進行的話題。

他盯著我看了幾秒，整理了思緒後說：「所以說，別看文石怪里怪氣，常有驚人之舉，但我認為其實他是個很有智慧的人。」我邊聽他說邊瞄白琳的筆記本，花了一番腦力才把他正在說的故事輪廓描繪出來。

高中時柏雲軒和文石原來不是很熟。他個子高大，坐第一排最後一個位子；文石中等身高，卻是坐同排第二個位子，平常下課後不主動跟任何人說話，總是在位子上靜靜地看書，放學後也是獨來獨往，功課成績中前，並不特別突出。身為班長的他，經過一年兩個學期了都還對文石沒什麼印象。

柏雲軒是登山社的幹部，只要有長假就愛爬山，這應該就是他皮膚黝黑發亮的原因。那時登山社的指導老師松挺昀是個有百岳經驗的登山好手，上社課時除了傳授登山技巧與野外求生常識外，經常分享爬山時遇到的驚險遭遇，因為生動又幽默，吸引了許多喜愛戶外活動的同學加入，據說他光是分享在南横馬西巴秀山遇到山中惡靈的那堂社課，被社員用手機拍下來上傳網路才兩天，就吸引了高達五十萬人的點閱，還為登山社招來了創社以來最多的社員人數。

也因為那堂課，柏雲軒為登山社招到了好多新社員。包括文石。

正確說來，應該是文石主動問他可不可以加入的。

「在登山社應該可以學到很多求生技能，對吧？」社團推廣日當天，文石的聲音在圍著他的人群間突然冒出時，柏雲軒一時沒找到是誰發問。

直到目光對上，還讓他發愣：「呃……當然了。」

然後他就看著文石從人群中伸出手，取走桌上的一張報名表。

之後每堂社課，文石都準時出席。

下課經過文石的書桌邊，柏雲軒也注意到文石桌上除了學科的參考書之外，還多了許多植物、地理和登山方面的書籍。

在社團裡的相處，讓他發現文石其實是個值得信賴、心細如絲的人。

有一次社課請了個在大學教生態的教授，來教大家辨識台灣山區常見的野生植物。中場休息時，文石悄悄靠近教授，用恭敬的語氣態度問：「老師，您剛才說的紅豆杉，聽來真是很神奇，但是您投影片放出來的好像不是紅豆杉？」

教授一聽，把電腦畫面退回剛剛曾放出的照片檔：「這個嗎？這是紅豆杉啊。」

「這不是紅豆杉。」

「蛤？」教授回頭望了一眼投影屏幕：「這明明是紅豆杉啊。」

「不是。這是長得跟紅豆杉很像的三尖杉。」

「是嗎？這怎麼會是三尖杉呢，你有看過嗎？」教授用質疑的眼神睨了文石一眼，語氣裡透出「是教授說的對還是中學生說的對啊」的味道。

想不到文石仍然以平和的語調堅持：「紅豆杉葉底有兩道黃間氣孔帶，果實是形狀接近壺形，呈現紅色杯狀假種皮。但這照片裡的植物下表皮兩條白色氣孔帶明顯，果實橢圓形，成熟的假種皮是暗紫色，所以不是紅豆杉。」

教授瞥見去洗手間回教室的人愈來愈多，竟索性露出不屑的微笑：「你多涉獵一些植物的書、多到野外走走，不要整天宅在家裡，就知道這是紅豆杉。」

文石聳聳肩，似乎毫不在乎地回座。

第二節課教授的心情似乎受到影響，講授過程不如第一節課那般流利。這讓柏雲軒十分好奇，回家後找出野生植物圖鑑仔細比對……文石說的是事實。

但文石當時並沒有故意讓教授下不了台的意思，因為他是小聲跟教授討論，只是自己剛好坐在旁邊，目睹全部過程。所以他認為文石冷漠的外表下，應該有顆熱血的心與追求真相的意志，向教授反應，不過是想印證自己的想法。

經過一學期的授課訓練和幾次簡單的野外山訓後，社上決定在寒假期間辦一次真正的登山活動，讓社員們親身體驗登山的意義與樂趣。

「那次加入登山社的還有宋念卉、杜辰、李秋梧、柳筱琪及麻振敏。他們五個在那個寒假的登山也有參加。」柏雲軒說到這裡就止住，眺著窗外的車水馬龍和輝煌街景，發怔出神，沒再繼續講下去。

等了半天不見他繼續，我忍不住問：「為什麼特別提這五個社員？」

「這次的登山，因他們而風雲變色，鬧出人命。」

柏雲軒啜了一口咖啡，平靜地說。

第二話

那次的登山活動目的地是位於高雄茂林的大鬼湖。

魯凱族的祖靈祕境、神聖之湖，於中央山脈南端的稜脊上、遙拜山的東北麓，是海拔二千一百五十公尺的高山湖泊。終年煙霧迷濛，再加上重重傳說，更增加大鬼湖的神祕感。在遙遠的山裡，想要揭開神祕面紗一窺風華，必須背負重裝備，認真走上好幾天，對於非專業登山客的體力而言是很大的挑戰。

尤其是中途還要攀過幾處危險的崩壁，好奇的高中生聽到更是熱血。

因為我們對於有豐富登山經驗的指導老師松挺昀是百分之百的信任。

畢竟是有危險性的旅程，松老師還邀好友魯凱族的長老杭森飛當嚮導同行。為確保安全，松老師在小巴士上再次向大家叮囑登山過程中應注意的事項。

不過大家似乎都沒在認真聽，望著窗外飛逝的樹景和前方愈來愈近的大山，探險的興奮感在胸口躍動著。身為登山社副社長的我不時檢查裝備、又不斷打開手中的筆記本確認路線；之前雖然參加過幾次縱走，國中時也曾和熱愛登山的父親爬過台灣百岳中的兩座，但是有父親在身邊，走的又都是安全路線，不像這次有攀崖的凶險，讓人有些緊張。

前座的杜辰和宋念卉是二年忠班的班對，兩人正在打情罵俏，好像是來度蜜月一般。左前方是社長梅少晗，與孝班的李秋梧同座，望著地圖熱烈地在討論什麼。左邊座位是忠班的柳筱琪和仁班的麻振敏，邊吃零食邊滑手機笑鬧著，但兩人並不是情侶關係。

望向身邊的座位，文石的頭倚著車窗，睡到發出微微鼾聲。

這個傢伙真是無憂無慮，活得自由自在呵。當時的我是這麼覺得。

車子進入茂林部落，路的兩邊有許多石板屋。屋簷下、門框上及牆上，都有許多蛇紋、太陽紋和人首紋的圖案，路旁原住民身上的黑底或紅底服飾上，也有許多塊麗紋飾圖案。

「都是蛇……為什麼是蛇？」我無聊地低聲地自言自語。

「因為百步蛇被魯凱族人視為祖靈的象徵。」

「你醒了？」我聞聲轉頭，見文石正揉揉惺忪泛紅的雙眼。「為什麼不是比較威武的熊或豹之類的？」

他用力伸了伸懶腰，坐直身子：「因為遠古時候，有個青年到深山裡撿回了一個甕，裏面有顆蛇蛋，經過太陽的溫暖照拂孵出一個男孩，成年後與一個下凡的女神結婚，後代就是魯凱族人。另有一個傳說是，太陽在深山裡產下兩顆蛋，一顆由蛇Vunun孵出一對男神與女神，成為魯凱頭目的祖先，另一顆則由一條青蛇孵出部落的其他村民。所以蛇在魯凱族成為頭目的祖先象徵。」

他頓了頓，望著車窗外的懸崖又說：「傳說中魯凱始祖住在大、小鬼湖濃密森林的湖泊地區，魯凱族始祖和當地的百步蛇族頭目，訂下了和平相處的盟約，為了互示誠意，魯凱始祖將百步蛇的紋樣刻在門首的祖靈柱上，讓後代子孫能夠持續敬拜和瞻仰，百步蛇族頭目則以源源不絕的鬼湖水源做為答禮。」

我聽他說著魯凱族的傳說。心想這傢伙晚上不睡都在研究原住民的神話嗎。

車子於狹隘的多納林道上顛簸爬行，在標高一千六百九十公尺處路到盡頭，司機踩下了煞車。大家起身下車，腳才踩到地上就一陣冷風灌頸，我不禁打了個寒顫。松老師宣布這裡是這次登山的起點。大家從車上搬下行李，開始檢查裝備、拉緊背帶，各自把登山包揹在背上。

杭森飛長老身上揹著的登山包相當老舊，但應該是全隊最沉重的。他站在我們身邊，對文石說：「你對於我們魯凱的神有研究喲。」

文石笑笑：「進入祖靈聖地，非得要麻煩杭哥帶領我們不可。」

杭長老年紀應該有六十多歲了，文石居然叫他杭哥，把他逗樂了：「你該不會是混魯漢的吧？」

「魯凱和漢族混血？不是，我是混骯髒的。」

「混骯髒？」

「我都在台灣高雄混的。是台高混血。」

然後他們兩個放聲一起大笑。包括我在內的其他人都一頭霧水。

後來我才知道文石說的台高是閩南語，台高發音跟閩語骯髒的語音很近。

松老師對於著裝中的社員說了個關於大鬼湖的神話故事。

那時我專注於檢查裝備，沒仔細聽，只知道松老師說這個故事是要我們進入深山前，一定要心存敬畏：對原住民的文化要尊敬、對大自然的山林要恭畏。畢竟，這裡是魯凱族的祖先聖地，進到別人家要有禮貌也是應該的。

瞄了幾眼身邊的夥伴，好像也沒人在認真聽；也許大家都興奮於即將展開的冒險之旅，也沒心情聽故事。事後我回想，是我們年輕氣盛、目空一切，對於所謂文化的事根本沒放在心上，或許如此才會發生後來那些憾事。

每個人準備妥當，松老師突然嚴肅地命令安靜，嘰嘰喳喳的我們才停下吵個不停的笑鬧。接著，松老師說要請杭長老為大家禱告。

杭長老用魯凱語恭敬地喃喃唸著什麼，事後聽說是祈禱我們這次的旅程有祖靈的庇佑，若有打擾也祈求祖靈原諒。完畢後，松老師肅穆地解釋說：「依魯凱習俗，進入他們的聖地要存純靜敬畏的心、如果要交談也一定要低聲，不可喧嘩。否則驚擾了他們的祖靈，會受到懲罰。」

「什麼樣的懲罰？是半蹲還是青蛙跳？」杜辰問。語氣輕佻白目。

「我們會迷路，無法從山裡出來。也有可能找不到水源。」松老師帶著警告的眼神說。但杜辰一臉不以為然，似乎認為老師只是在唬人：「我還以為會有山怪現身吃人哩。」

「那只是最輕的。」杭長老陰森的語調，讓杜辰和宋念卉的臉色瞬間一怔。但宋念卉最後還是不以為然地翻了個白眼。

大鬼湖是高屏溪最上游的活水源頭，湖系由西池、東池及大鬼湖三座組成，湖水是山花奴奴溪、濁口溪的源頭；其中大鬼湖湖面面積約十點八七公頃，在豐水期水深可達六十七公尺，魯凱族人稱作「他瑪羅琳池」。大鬼湖區在約三十年前原本有多納林道可以步行抵達，當日來回，也許是魯凱的祖靈不願受人驚擾，降下多次的颱風、地震，林道上方山岩多處崩塌、路基流失，原有的林道已埋在荒蔓野枝之中。阻斷通行的結果，多年來隔絕人為破壞與文明污染，保有良好的生態環境及自然景觀，被政府劃為國有林保護區及野生動物重要棲息環境，更由於通行不易，也讓這個隱身於深山之上的湖泊蒙上一層神祕面紗。

我們開始往草叢裡沿著坡度十五度到二十度的小徑走。這時的天空還頗為晴朗，只在山巒頂上偶見飄來的雲朵，好奇地窺探我們一行人的舉動。杭長老見狀小聲地說：「祖靈知道我們來了。」

起初大家還記得松老師的叮嚀，小聲交談，好奇地張望沿途紅黃相間的紅榨楓、尖葉楓。不一會兒來到林務局人員進行防火砍草工作的小工寮，楓風沙沙，鳥語啁啾，好像沒有特別令人感到危險的狀況發生，大家才鬆懈了下來。松老師與杭長老取出地圖確認方向，我和梅少晗拿出手機猛拍四周的紅檜林，這時其他人開始有些笑鬧聲出現，還有人高聲歡呼，但大家並不以為意。

離開工寮後，下到一個溪谷，松老師說這裡是溫泉溪的上游，請大家拿出水壺裝滿水，因為再上去會有很長一段路沒有水源。

取完水後再往上行。這時我聽到身後有人對話的語調很高，覺得奇怪。我站在小徑邊讓身後的人先行，聽到經過身邊的柳筱琪低聲自言自語：「……那對狗男女吵架了。」

「怎麼了？」杜辰經過我時問。

「我是副社長，我殿後。」我抹著汗，注意到他身後的宋念卉臭著一張臉。

再往上步行一個多小時，來到一個瀑布。地圖上註記「林道大瀑布」，但現在是冬天，南台灣屬枯水期，水量有限的結果，遠看只有細弱的水流一條，整個瀑布的寬度縮限到約原來的七分之一左右。我們來到崖邊，必須兩手抓著釘在山壁上的繩子、小心翼翼踩著些微突出的岩邊緩緩攀過瀑布。

「如果豐水期大水下來，這裡應該根本無法通過，就算抓著繩子也有可能被沖下崖吧。」李秋梧往下探了頭，面對深達約三、四百公尺的谷澗。

「小心一點！大家要看著腳下啊。」梅少晗提醒道。

我們魚貫橫過瀑布，因為水流不大，臉上身上只有被水氣些微濺溼而已。

因為殿後，我注意到抓繩橫過時杜辰原本返頭要扶宋念卉的手肘，卻被宋念卉一把甩開。

眾人都通過後，身處一大片芒草叢枝間，前方根本看不出有任何路徑痕跡。幸好有杭長老當嚮導，他從背包抽出一支開山刀，開始往藤蔓橫枝上砍，從荒煙蔓草裡闢出一條勉強可行的通道。因為難走，柳筱琪還不慎跌了一跤。松老師因而要求讓女生走在前面跟在老師身後，我們六個男生在她們身後，以便照應。

崎嶇難行的叢蔓間，讓隊伍拉得很長。

我看前面的麻振敏臉色有些蒼白，想讓他放鬆一點，隨意找話題問：「杜辰怎麼和宋念卉吵架了嗎？」

他回頭對我擠出笑容，喘著氣小聲說：「因為宋念卉吃醋了。」

「吃醋？」

「剛才柳筱琪在工寮過來一點的碎石坡上不小心滑了一下，杜辰剛好走在她身邊，順手扶了她一把，宋念卉就不高興了。」

「嘖，女生真是麻煩吶。」

「是啊。」他扮了個鬼臉：「小心眼。」

我點點頭，心照不宣地笑了笑。

想不到走在麻振敏前面的李秋梧突然回頭：「我看到的可不是這樣。」

「誒？」我和麻振敏不約而同發出驚嘆。

「在來的路上，杜辰好幾次跟柳筱琪眉來眼去的。」

「……有這種事？」

「杜辰不是你們看到的那麼專情。」

「你、你是說他劈腿？」我嚥了口口水，小聲地問。

「你們等著看吧。」李秋梧的語氣裡聽得出來不屑。

「可是，我怎麼沒看出來。」麻振敏一臉難以置信的表情。

「你們不能否認柳筱琪其實也長得不錯吧。而且宋念卉那個大小姐脾氣，幾個人受得了。」

原來如此……我和麻振敏相對一顧，偷笑。不知為何，這則小八卦居然讓我們暫時忘了疲累。

好不容易擺脫惱人的芒草雜蔓區，我們又在好幾處傾倒的巨木與岩石縫間匍匐爬行，忽高忽低的嶇嶔林徑加上沈重的背包，讓人體力吃不消，我覺得自己的內衣都溼透了。這時天邊的太陽已經斜掛了，大家紛紛大口灌水，眼前的景況卻讓人無法放鬆：大岩壁。

杭長老用袖口抹去額上的汗珠：「好漢坡從這裡開始。」然後從背包裡取出一小瓶的米酒，仰望著天空口中唸唸有詞，然後將米酒灑在地上。

我不自覺靠近文石，悄聲問：「長老在唸什麼？」

「向巴冷公主、百步蛇靈祈求上山平安，同時以小米酒向山神獻祭，希望山怪邪靈放過我們這些平地人。」文石面無表情地說。

「山怪邪靈？」

他聳聳肩：「我倒很想看看。」

一陣山風襲來，背脊不禁發冷，我告訴自己只要心存敬畏，應該可以平安往返。松老師回頭對大家說：「這裡的海拔是一八二〇公尺，我們要徒手爬上這個大岩壁，上去會直接抵達二二九〇公尺，若以一〇一大樓的高度計算，我們等於要爬上九十五層樓。大家提起精神來，特別注意腳下的安全，也一定要互相幫忙。」

大家從背包裡取出吊鉤和繩索。杜辰和梅少晗還緊張到跑進草叢裡尿尿。

這是進入魯凱聖地的第一道關卡。

循著冰河時期的遺跡，我們一個接著一個捫壁蟹行，攀爬著岩壁移步，繫在身上的登山繩另一端用吊鉤掛在壁上先前山友裝設的粗繩上，以防萬一。如此手腳並進的攀行在坡度六十到七十度的岩坡上，才爬了約二十分鐘，手臂和大腿的痠麻感就突然襲來，非常辛苦。

杭長老不愧是魯凱勇士，髮鬢已經花白了，還揹著沉重的行李一馬當先爬在最前面。接著是梅少晗，平常我和他最有話聊，他對登山有著異於同齡高中生的熱情，雖然他的登山經驗比我多，但這種近乎攀岩的登山方式我們都是頭一次，加上身為社長有領導壓力，看來一臉戰戰兢兢。

跟在後頭是個頭嬌小的柳筱琪，一學期相處下來，我發現她的個性其實頗為固執，某些方面很像男生，所以得罪她的人都會被她嗆。然後是身形高壯、笑容燦爛的李秋梧，很喜歡幫助人，在登山社裡人緣最好，不過剛才他講了杜辰的八卦，讓我對他的印象有些改觀；也許人緣好就是時時觀察別人的反應，才有展現體貼的空間吧。

跟在李秋梧後面的是宋念卉，外型漂亮，老爸是上市電子公司的總經理，聽說畢業後就會去美國唸大學，因此沒有升學壓力，能無憂無慮參加各種自己喜歡的社團；或許是從小在富裕家庭長大，講話難免給人一種傲慢的感覺。為女友護花，杜辰緊跟在宋念卉之後，號稱登山社第一美男的杜辰單就外型而言確實與宋念卉很登對，相處後卻發現他的神經大條，腦袋裡的東西不如梅少晗；剛才李秋梧所說的如果是事實，也許還有個用情不專的特質。

位於我前面的是文石，當時我對他的認識不深，只覺得是深不可測的怪人，一路上不是睡覺就是講一些奇怪的神話、或是跟原住民講冷笑話，幾乎不跟其他社員互動，完全不像正常的高中生。在我身後的是麻振敏，眼神銳利動作敏捷的他，給人的印象卻不是能力強，而是神經質；除了梅少晗外，登山社裡我和他是最有話聊的。

隊伍最後的是松挺昀老師，登山經驗豐富，厚重鏡片後方，是如鷹般銳利的眼神，講話總是充滿自信與野心，但有時我會猜不透的他的想法。

隊伍依序往上攀爬，上方不時有碎石滑落，必須低頭貼壁避過，這一段由土石崩坍掩沒原有多納林道形成的大岩壁，成為前往大鬼湖最累人的屏障，也最讓一般登山客止步。我不禁往下方幽黑的深谷瞄了一眼，心想如果不慎摔下去，非死也要去了半條命吧。不知是巴冷公主不滿我們闖入禁地下的詛咒，還是莫非定律，我才這麼想時，上方突然傳來驚叫聲和恐怖的土石滑落聲——

「啊——！」

「小心！」

眼前一陣土塵煙霾襲來，我趕緊閉上眼轉過頭，以免碎石刺傷眼睛。幾秒過後，上方傳來宋念卉的尖叫：「抓緊呀！」我張開眼，望見身後的麻振敏伸出頭驚恐地瞠目結舌。轉頭看，杜辰居然和我面對面，但是他的嘴在上眼在下——

他摔下來了！但……抬頭看，他的一隻腳被上面的文石抓著。

我趕緊伸手抱住他的手臂把他拉近山壁。不知他哪裡受傷，痛得不斷慘叫。

由於快要抵達岩頂，松老師叫大家繼續往上。文石、我、麻振敏和老師同時出手將倒栽葱般的杜辰扶正，由於文石的位置是四人中最上端，所以由他揹著杜辰，我們另外三人在旁邊和下面支撐扶住，同心協力費了好大一番功夫才一起登上岩頂。

眾人伏在坡上大口喘氣。宋念卉靠過來焦急地問：「寶貝你還好嗎？」

杜辰扶著自己的腿叫痛。松老師輕觸檢查後面色凝重說：「他的腿斷了。」

第三話

由於明天還有兩處崩壁的難行路程，杜辰的傷讓旅途蒙上一層陰影。

杭長老的臉色變得很難看：「你們剛才有人大聲喧鬧，祖靈不高興了，才會發生這件意外的。」大家聽了面面相覷，表情都很僵硬。

老師拿消除肌肉痠痛的消炎藥水噴在他的患部，再用登山杖將杜辰的腿用繩子固定，打算送他下山；但杜辰堅持要和大家一起上去。這裡手機收不到訊號，如果要掉頭勢必至少要有兩個人必須放棄預定的行程陪同下去，也許他不想因自己的不小心而拖累別人吧。

半個太陽已落到山巒的後方，如果不加緊腳步，就必須摸黑趕路，危險性更高。這時如果將杜辰送下山，也會困在半途，而且沒有營地可過夜。討論結果，由梅少晗、李秋梧、厤振敏和我輪流架著杜辰繼續走，文石則全程幫他揹著登山包和裝備，並隨時注意手機訊號。這下子沒人敢再大聲喧嘩，一路上只剩下老師再三要大夥注意腳下的叮嚀。

我們在山稜與谷壑間高繞低切，穿過亂石，於抵達營地前黑暗已經悄悄籠罩整個山林。打亮頭燈和手電筒，繼續趕路了兩個多小時，見到一顆巨大但空心的檜木，大家才鬆了口氣。因為終於在預定第一晚露宿的檜木營地落腳。

這塊營地上有株已枯死的巨大檜木，整株樹幹中空，但其上長了許多附生植物和蕨類。以樹幹的粗壯程度估算應是一千到一千五百年前就存在，也許是太過高大，被雷擊致死，只剩中空的樹身，所以這裡又稱大樹洞營地。

「你怎麼會失手摔下來的？」趁著宋念卉跟大家一起忙著準備晚餐不在旁邊時，我望著杜辰腫起來的腿問。

「我也不知道。」他皺著眉，表情很難堪：「很抱歉拖累你們了。」

「他的吊鈎斷了。」身後突然有人這麼說，把我們嚇了一大跳。

杜辰和我同時回頭。文石不知何時飄來身後，一臉陰沉。

他把杜辰的登山繩亮出來給我們看。上頭的金屬吊鈎果然裂開了。

「你在網路上買山寨貨嗎？早就告訴你便宜沒好貨了。」我故意糗他，希望氣氛輕鬆一點。但他一臉不解：「這副裝備是念卉在登山用品專賣店買來送給我的生日禮物，很貴的耶。」接著他說的價錢嚇了我們一大跳。

「不是設備品質的問題。這個斷口是有人故意把它剪裂的。」

我們兩個望著文石發怔，不知如何回應。文石堅定的眼神盯著那個斷裂的吊鈎：「因為裂口內的前半段有不規則的咬痕，後半段裂口平整。斷裂處表面的金屬有刮擦痕，這是用虎鉗小心夾開留下來的，不是與岩石摩擦的結果。」

我的喉嚨發乾：「那……是誰剪的？」

文石的視線轉向杜辰：「你覺得呢？」

「我、我不知道啊……」杜辰一臉茫然。

「呃，那……也許是山怪吧。」說完，文石又默默飄走了。
「你是不是得罪了誰呀？」
杜辰皺著眉，苦澀地說：「意思是，有人要害我摔死嗎？」
一陣山風迎面襲來，我的背脊發冷。
晚餐的香味從野炊鍋裡傳來，杭長老做的山豬肉和醬山蘇特別好吃。
不知是因為腿傷還是文石的發現，杜辰顯得食不知味。忽然，他把吃了一半的食物放下，生氣地大聲問：「你們是誰把我的吊鉤剪開的？」
原本輕鬆的歡聲笑語頓時冷掉，每個人都露出難以置信的表情。
我把文石的發現說了出來。李秋梧和宋念卉還搶過杜辰的登山繩仔細觀察。
「在場的人有誰跟你有仇怨嗎？」柳筱琪天真地問。
仇怨？高中生哪會跟誰有什麼深仇大恨。至於嫌怨嘛……
大家不約而同把目光轉向宋念卉。
宋念卉一臉錯愕表情：「你、你們看著我是什麼意思？」
白天在通過瀑布時，她為了杜辰扶柳筱琪一把而擺臭臉的情形……
「杜辰是我男友耶，我怎麼可能會害他！」她大聲辯白道。
「可是，我們真的有看到妳——」李秋梧的目光在她和柳筱琪間游了一圈。
宋念卉氣急敗壞地指責：「妳剛剛這樣說是故意挑撥我和杜辰嗎？」
柳筱琪睜大了眼：「我沒有要針對誰呀，是因為柏雲軒剛才說文石——」

「筱琪應該沒有什麼特別的意思。而且，只因為吃醋就要置男友於死地，這樣的想法也未免太誇張了。」梅少晗連忙勸解，希望緩和氣氛：「說不定動手的人今天根本沒來。」

「這也是可能的。」松老師也附和說。但杜辰堅決道：「不可能。昨晚在家裡睡覺前、和今天早上下車後穿上裝備前，我都有檢查，繩子和吊鉤都沒問題。這點我很肯定。」

「那就看是誰接觸過你的裝備嘛。」麻振敏不耐煩地說。剛剛協助架著杜辰走過乾涸溪床時，他就已經顯出「真是累贅」的嫌惡表情。

杜辰低頭思索片刻，記起了什麼：「社長，我們兩個一起去草叢尿尿的時候，你有幫我顧著登山包吧？」

梅少晗見全部人的目光瞬間集中在自己身上，驚訝地跳起來：「可是我沒有打開它呀！我為什麼要剪你的吊鉤？難道我身為社長，會希望有人受傷好讓這次的活動不順利嗎？」

「難怪剛才急著這麼幫柳筱琪說話。」宋念卉自言自語，聲音卻讓每個人都聽到，顯然是暗示梅少晗對柳筱琪有意思。梅少晗急了，抓起自己的包包，用力把裡頭的東西全倒在地上：「裡面如果有鋸子鉗子之類的東西，我就不姓梅！」

七零八落在地上的東西裡，確實沒有可以破壞吊鉤的工具。

「喂，麻振敏，」李秋梧突然想起什麼，盯著麻振敏說：「剛剛你曾經說討厭杜辰這樣的傢伙吧？」

「蛤？」

「我們兩個蹲在那裡煮開水時，你有說：這個世上就是因為有杜辰這類的人，才會讓大家都很辛苦這樣的話吧。」

在露營燈光的映燿下，麻振敏的臉色又窘又怒：「那只不過抱怨而已，山路那麼難走，自己的行李都很重了還要扶他，難道大家沒有被他拖累嗎？」

「你之前在上課時就曾說杜辰這個人很機車，總是在跟宋念卉曬恩愛，讓人看了很噁心，還曾咒罵了去死去死之類的話，對吧？」

麻振敏不可置信地瞪著李秋梧：「你這個人記憶還蠻好的嘛，連我的玩笑話都能記得這麼久，現在講這些是什麼意思？」

「只是合理的懷疑而已。」李秋梧一副事不關己的模樣。

「哼哼，要說到動機，你才有嫌疑吧。」麻振敏冷笑一聲，反擊道：「登山社裡誰不知道你最恨不得杜辰去死的呀。」

「你說什麼！」

「你和宋念卉是國中時的青梅竹馬，上了高中分在不同班，宋念卉被杜辰近水樓台先得月搶走了，你難道沒有視杜辰為情敵嗎？剛才他倆親親我我，你看了一定滿肚子火氣吧，一氣之下就趁他不注意時朝他的吊鉤上……」麻振敏做了個剪刀的手勢。他說的這段三角關係，登山社裡大家都知道。

「你這小子！」李秋梧氣到一把揪起麻振敏的衣領要動粗，梅少晗和我趕緊上前拉開。松老師也生氣起來，叫大家不要再胡亂猜測。但是杜辰似乎心有不甘：「難道我就活該被人搞到斷一條腿嗎？」

「還好我剛剛只被你扶了一把，其他時間我可沒靠近你喔。」柳筱琪立馬撇清道。

李秋梧一聽，也閃得很快：「要說到靠近，爬山壁時最靠近你的也不是我，在你前後的是宋念卉和文石。」

宋念卉走在杜辰前面，而且是杜辰的女友，如果他摔下山谷，表面上推揣應該跟她沒關，難道她有可能醋勁大到動殺機？甩了杜辰不就好了。至於文石……

大家向四處張望，文石不知飄哪去了。

「說到文石，為什麼是他先發現你吊鉤被破壞？」柳筱琪忽然問。

「咦，會不會其實是他趁你不注意的時候……」麻振敏也疑神疑鬼。

「我覺得他怪里怪氣，常常自言自語，好像跟我們格格不入……他會不會是變態啊？」

「妳這樣說是跟人家很熟嗎？」柳筱琪給宋念卉一個白眼。但宋念卉不知是存心跟她鬥、還是真的對文石印象不佳：「那妳沒事會去研究什麼魯凱神話嗎？妳沒聽他在講什麼山怪邪靈的嗎？」

李秋梧也附和：「說不定其實吊鉤原本就快要裂了，他事後用剪子加工，然後再假裝發現了什麼有人要害杜辰的事，挑撥我們。欸，剛剛來的路上都是文石幫杜辰揹行李的吧？」

「喂，別忘了杜辰摔下來時是文石及時抓住他的！」我實在聽不下去，出聲提醒。「而且如果是他破壞的，還自己告訴杜辰，豈不是找死？你們用用腦子吧。」

「柏雲軒，杜辰摔下的時候你把頭別過來了吧？」麻振敏忽然想到什麼。

「那……怎樣？」

「你好像很幫文石講話唷。」

「文石是你同學吧。會不會是你們兩個聯手——」李秋梧也見縫插針。

「我們幹嘛這樣做！」

「也許你們兩個誰對宋念卉有意思，想把杜辰除掉，然後趁虛而入。」

「胡說什麼！」我的火氣也被挑起來，握著拳頭想打人。

「好了好了！」松老師大聲制止：「我平常是怎麼告訴你們的，一個不團結、互相不信任的登山團隊，一定會出事的，你們都忘了嗎？」

大家都噤聲，詭異的狐疑氛圍卻瀰漫在整個營地裡。

文石這時從黑暗中飄進來，手上還拿著一個發亮的塑膠袋，打開後許多螢火蟲緩緩飛出，他興奮地說：「你們看好漂亮哦——咦，你們怎麼了？」

每個人都迴避他的目光，紛紛開始搭起營帳準備就寢，沒人理他。

也許是白天走太多的山路，半夜腿居然抽筋，痛得我從睡夢中驚醒坐起，用力按壓著腳踝。瞥了一眼身邊的梅少晗，他睡得鼾聲連連。

按壓了一會兒，好不容易痛感稍歇，吁了口氣，帳篷外詭怪動靜卻令人寒毛直豎：「嗚哇！嗚哇！」

淒厲的嬰兒哭泣聲，在冷風蕭蕭的暗夜山林裡，格外讓人感到恐怖！

從上山以來，還沒遇到別的登山隊，更別說帶著嬰兒來爬山了。

腕上的錶螢光指針顯示是半夜三點二十分。哪裡的嬰兒……

莫非真有山怪邪靈！

「呼呼！呼呼呼！」除了嬰兒哭聲，還有奇怪的空氣振動聲。

我彎身把帳篷的門掀起一角，探頭出去循聲尋找……哇靠！那是什麼？

粗壯的樹幹上，幽暗模糊的一排詭異黑影蹲著，隨著山嵐在枝幹上搖曳，其中最高大的黑影頭上還有兩隻彎彎的角……是鳥嗎？不可能那麼大隻啊……

揉揉雙眼，再定睛仔細看，瞬間腳底發寒直透腦門。

兩腿猛打抖，膀胱有閃尿的急迫感，我立馬摀住嘴，否則一定會放聲驚叫……

第四話

頭轉過背面來，露出森冷白牙，像地獄鬼火般熊熊燒著的紅色雙眼瞪視我！

接著頭又往旁邊轉，接著「呼」的一聲，兩側伸展出漆黑的大翅膀，在樹梢間輕鬆地跳躍，隨即隱身在幽冥漆暗的森林裡……那一排黑影也同時凌空飛起，四散在夜霧之中！

難道是在做夢，我狠狠甩自己一巴掌——啊，好痛！

「……雲軒，你在幹嘛？」梅少晗可能是被巴掌聲吵醒，睜開惺忪的眼問。

「我懷疑自己作噩夢。」

「太累了都會作噩夢。」

「問題是，我確定自己不是在作夢。」

「那也不用毆打自己吧。」
「你絕對不相信我看到了什麼。」
「什麼？」
「黑夜裡的魔神仔！」
「別鬧了。快睡吧，明天還有很多路要走。」
鑽出睡袋，戴上毛線帽衝出帳篷，我用手電筒往那株大樹的樹幹上照……
啥都沒有！真是見鬼了。難道是幻覺……
縮著脖子我再鑽進帳篷和睡袋裡，兩眼望著篷內的小燈發呆。
山怪邪靈！山怪邪靈！

不僅山怪邪靈消失，杜辰也不見了。
第二天早上宋念卉是最後一個從她和杜辰的營帳裡出來的。她環顧四周，發現每個人都在營地，只有杜辰不在：「你們都沒人幫杜辰嗎？」
「幫他？」梅少啥也向四周尋視：「他人咧？」
大家以為杜辰還在帳內，但宋念卉醒來以為他去草叢上廁所。
全員呼喚了半天，又各自在周圍各處尋找，完全不見回應。半小時後，確定他不見了。
不想拖累大家所以自己先下山了？昨天找不到害他的人、唯恐今天又被害所以不告而別？還是什麼其他原因？深山裡收不到手機訊號，根本無從聯絡確認。令人擔心的是他的腿傷，山路又難走，他能安全沿來途回去嗎？

到底該繼續預定的行程、還是全隊掉頭回去找他？這下子陷入兩難。眾人七嘴八舌：想要往前走的人認為好不容易才能成行，只因杜辰一個人的任性就犧牲全隊的行程，太不值得。想要回頭的人擔心杜辰萬一發生意外、卻沒能及時獲救，恐怕會鬧出人命。

「就說他是累贅了吧。」麻振敏不滿地抱怨。

因為意見不一，松老師最後決定付諸表決，讓大家以民主的方式共同承擔。

宋念卉、文石和我認為應該掉頭找到杜辰，再決定是否繼續上山。但贊成直接上山的有梅少晗、柳筱琪、李秋梧和麻振敏四票。

「這樣吧，老師。就讓我沿途回去找他，找到了我就帶他下山吧。」文石忽然舉手道。他是全隊最後一個加入登山社的，對登山的興緻似乎沒有其他人來得狂熱。當時我是這樣想的。

「唉，現在的孩子真是抗壓性太低。」對於杜辰的不告而別，松老師看來滿是無奈。「好吧，那就麻煩你了，一切要小心。」

在大家目送下，文石揹起自己和杜辰的登山包走下山坡，身形消失在林影間。

接下來的路況，卻應該讓全隊都很感激杜辰和文石：要連續挑戰兩處大崩壁。這種毫無路徑、必須手腳並用才能攀上險落的前行方式，杜辰在的話勢必拖累大家。也幸好文石的不計較，才能讓大家不致於還要對杜辰掛心。

因為腳臨斷崖，每步踩到的石塊下方可能都是鬆軟或碎落坍塌，循著杭長老在前方掛樹吊岩而設的繩索，大家都步步為營。過程中除了偶有的互相打氣，耳邊就只剩自己辛苦的喘氣聲和緊張的心跳聲。

走在我前面的宋念卉突然靜止不動。

「念卉？」背包的沉重使背帶勒咬肩頸，疼痛到痠麻，她還愛走不走是怎麼回事啊。她沒有回答我。我靠近又喚了一次，她還是沒回應。這時我注意到她的肩膀在抽搐：「念卉，妳怎麼了？」

「阿辰可能被人害死了。」她回頭快速地望我一眼，臉頰上已有兩行淚痕。我怔在當下，不知如何反應，正想開口時，身後的麻振敏也接近我問：「怎麼了？」她卻又抓著繩子開始往前行。

她說的很小聲，見到麻振敏靠近又立即避開，顯然只想讓我一個人知道。

抵達雨谷亭營地時，已是滿身痠疼。所幸大家都平安，只是疲態俱露。

雨谷亭是地勢較為平坦的地方，在這裡休息和吃午飯是唯一選擇。

松老師問有誰願意和杭長老去溪谷取水。宋念卉馬上舉手，並瞄了我一眼。我怔了兩秒，也舉手說要去。

我們兩個跟著長老順著斜坡下到山坳；長老走在前面，嘴裡抱怨著我們這些高中生太任性，不僅大聲喧嘩，還互相指責吵架，一定驚擾了他們的祖靈，現在杜辰又到處亂跑想去哪就去哪，也不交代一聲，萬一祖靈生氣起來降下責罰，後果不堪設想叭啦叭啦的。我沒認真在聽，心裡暗罵我們又不是魯凱族人，原住民的祖靈管得到我們嗎，就不信只敢躲在深山大湖裡的什麼靈的有什麼本事。瞄了宋念卉一眼，發現她的臉上也是一臉嫌惡，想必對於這個原住民老頭的牢騷也跟我一樣嫌煩。

刻意與杭長老拉開相當的距離後，我低聲問：「為什麼妳會覺得阿辰可能被人害死了？」

「豬啊你！」她瞪我一眼：「他不方便，怎麼可能自己下山？如果真是這樣，至少要帶著行李吧？登山包還放在營帳裡人就下山？上來的時候那路多難走！」

「他腿不方便，揹行李不是更增加負擔？」

「連水壺也不帶？」

「咦？」回想文石揹起杜辰的包包時，側邊小夾袋裡確實插著杜辰的水壺。「唉呀，那剛才在雨谷亭時妳怎麼不說？」

「因為害阿辰的人就在我們之間呀，說出來豈不打草驚蛇。」

「至少可以跟老師說呀。」

「我又沒什麼證據。我可不想被人質疑因為男友不見了就歇斯底里。」

「那……妳認為杜辰現在人在哪裡？」

「不知道。我只知道一定是李秋梧幹的。」

「李秋梧？他幹嘛這樣做？」

「麻振敏說的其實沒錯，我跟李秋梧本來是一對；後來我選擇了阿辰，他確實有很長一段時間不能接受，還曾找阿辰談判，私下也不時詆毀他。」她瞥了我一眼，似乎覺得應該要跟我這個局外人解釋一下：「李秋梧很大男人主義，不像阿辰那麼體貼。」

「那也不代表一定會對杜辰怎麼樣吧……」

「最重要的是，阿辰如果想要下山，一定會告訴我或跟我討論，有什麼理由連我也不講就自己跑了？」

若說到李秋梧有動機，她自己不是也……我小心翼翼地走下陡坡，同時也小心翼翼地問：「會不會是……因為他扶了柳筱琪的事？」

「昨天我們雖然有些不愉快，但阿辰受傷了我也很擔心呀，晚飯前我們就已經和好了，我還跟老師拿藥幫他擦，你應該有看到啊。」

「那，現在該怎麼辦？」望著她秀麗的臉龐，心神不禁有些異樣感覺，她的天生麗質是會讓異性迷惑的那種；我開始覺得李秋梧為了要除掉情敵而起歹念，真的有可能。忽然想到，她會把心中的話選擇獨自對我說，應該是對於副社長的我有信任感吧。「李秋梧是把他推下深谷了嗎？還是……我們要怎麼證明呢？」

「從現在開始，你幫我偷偷側錄李秋梧跟我的互動，就能證明了。」她的語氣顯然已認定下手的人是李秋梧了。

「小朋友，你們兩個快一點。」杭長老在前方樹林裡喚道。

我們加快腳步跟上去。眼前是一條溪澗，這裡是山花奴奴溪的支流。因為是冬天枯水期，溪溝裡淺淺的，但未受污染的水很清澈。

裝滿了水，我們三個拎著容器往回走。杭長老走在前頭，突然說：「你們說是李秋梧害了杜辰，卻沒有證據，這樣講人家不太好吧。」

宋念卉傻眼，我差點沒跌個踉蹌。原來剛才的對話他全聽到了。

這片山林呀，除了風聲，其實是很寧靜的。

所以如果杜辰昨夜真的被害，豈有可能不呼救？一旦呼救，怎麼樣都會驚醒大家的吧。

這麼一想，又覺得宋念卉剛才所說也有不合理的地方。

為了化解尷尬，我乾笑兩聲，問：「那長老認為杜辰會跑去哪裡了？」

「當然是被山怪帶走了。」

「山怪？」宋念卉噗哧一聲笑了出來。「別鬧了。」

我的心頭卻是一驚。想起昨夜自己看到的……

「你們不要不相信。這裡為什麼被稱為魯凱聖地，而且人煙罕至，就是因為祖靈守著這裡，不讓世俗污穢了這片山林。入山的人是誰，祖靈會指派鳥來看、會派霧來考驗、會派山怪來把祂不喜歡的人趕出去。剩下能平安抵達大鬼湖的，必須是蒙祖靈所喜悅的。」

宋念卉在他的背後翻了個白眼，嘴角歪了又歪。

「山怪……」喉嚨發乾，我實在忍不住了：「長老，牠是不是長得全身漆黑，有一對很大的翅膀，兩個眼睛像在燃燒的火焰？」

杭長老結實壯碩的身軀剎時止住，立刻返頭盯著我：「你看到了？」

「呃……」宋念卉睇著我一臉狐疑，我努力控制想說出的衝動：「沒、沒呀，我是在一本書上看過的。」

「每個人看到的山怪邪靈形貌未必一樣，就如每個人心中的邪念都不同。」長老像鬆了口氣般說：「如果你有看到，那我們這趟就完蛋了。」

「完蛋了是……什麼意思？」

杭長老面色嚴肅到令人發毛：「祖靈生氣了。我們有人非死即傷。」

午餐時，我吃著蝦米炒麵，眼神不時要偷瞄別處，心情複雜到難以言喻。蹲的身旁的梅少晗可能察覺有異，問我：「你不舒服嗎？」

「沒有。」我一邊注意李秋梧與宋念卉的動靜、一邊對梅少晗說：「只是有點擔心杜辰。」

「我也很擔心他會不會有事。」他啜了口菜湯，望著樹梢上跳躍的鳥：「你覺得文石這個人怎麼樣？」

我不解，怔怔地望著他：「什麼意思？」

臉上的表情古怪，他有所顧忌似的壓低了聲：「你不覺得他怪里怪氣的嗎？」

「嗯。不過，這跟杜辰有什麼關係？」

「昨天晚上我被你作噩夢吵醒之後，翻來翻去睡不著，跑出去小便，結果，我發現有兩個人影在樹林裡，而且是沒有打手電筒的情形下唷，嚇死我了。」

「不會是山怪吧。」我放下筷子瞥了他一眼，又將視線移回前面的宋念卉。

「呿，你又不是魯凱族，扯什麼祖靈、山怪的。」他用手肘推了我一下，語氣不屑。「我在草叢裡保持安靜，定睛看了半天，才發現那兩個人影其中一個是文石。」

「另一個是杜辰嗎？」

「另一個人緊緊的跟在他身後，看不太出來有跛行的樣子。」

「所以呢？」

「深更半夜文石不睡覺是在幹嘛？今天大家決定要繼續上山卻只有他自告奮勇要回頭去找杜辰，

你不覺得奇怪嗎？」

「半夜不睡確實有點怪，不過另一個人也沒睡嘛，也許難得來這麼偏遠的高山，有些人就是興奮的睡不著，這麼想就覺得也還好。至於他主動要循原路找杜辰，你不覺得他很有義氣和同學愛嗎？」

「他跟杜辰很熟嗎？杜辰不是都跟宋念卉膩在一起嗎？你幾時看到文石和杜辰交談過？」

「……是也沒有。」

「所以啦，詭異的地方就在這裡。」

「你到底想講什麼？」

「我認為杜辰是被文石害的。」他吸一口麵條，眼神向四周掃了一遍低聲道。

「蛤？」

「杜辰從山壁上摔下來時，是誰在他下面的？是誰說發現他的吊鈎被人破壞的？表決後誰堅持要下山找杜辰的？」

「表決時他是投下山找人一票的啊。」

「是想下山找人還是想開溜呀？」

「咦！」我望著他，腦袋快速轉了半晌，嘴裡既澀又僵地說：「你該不會認為……杜辰已經被文石給害死了，文石怕杜辰的屍體被人發現，就贊成下山——」

「反正沿途找不到杜辰，我們還會再上來嗎？下山後一定是報警，至於屍體找不找得到就靠搜索的運氣了，到時候他也跑到不知哪去了。」

「可是杜辰摔下來時，沒說是文石在下面拉他的啊。」

「腿都斷了，命都差點沒了，還會記得攀在岩壁上失手前一秒腳下是土石滑落、腳底踩空還是被人扯了一把嗎？」

「要害他就不必再出手救他了啊。」

「因為杜辰叫了啊，我們上面的人低頭了，下面的麻振敏和老師抬頭了，他沒把握完全沒被人發現嘛。」

「……這麼說好像也很有道理。」

「反正就說沿途沒發現杜辰的蹤跡就好了，等我們下山到多納部落跟他會合時已經是幾天後的事了。誰知道杜辰的屍體被找到時會不會已經被山裡的野獸啃成什麼樣子了。」

我不甘心地再問：「可他有什麼動機嗎？」

「那只有等警方好好偵訊，要他說清楚了。」

仔細想來，自己對文石的了解好像真的很有限。也許他和杜辰私下真的有什麼不為人知的怨隙衝突……但有必要害死杜辰？如果這樣，那文石的心機就真是令人不寒而慄了。

想到這，突然察覺李秋梧不知何時已經跟宋念卉交談了。我立即起身：「待會兒再說。」就拋下梅少晗，悄悄靠近他們，同時按下手機的錄音功能。

「……我就說嘛，當時最靠近杜辰的就是妳和文石。妳在上面當然不可能加害他，但在下面的文石不是很可疑嗎，只要往他腳踝突然用力拉一下的話……」

「我不是在說白天的事，是說昨夜阿辰被人約出去的事。」

「昨夜？妳的意思是他昨天夜裡就不見了？」

「睡到半夜，一陣冷風吹臉上，我醒來發現身邊的阿辰不見了，起身掀起帳篷門往外看，黑夜裡他一跛一跛的跟另一個人走向樹林。原先以為是他不想吵醒我，是誰帶他去草叢裡方便，所以倒頭又睡。早上醒來仍然不在，還以為他先起床了。事後想想，他應該是半夜出去就沒回來了。」

「妳的意思是，他可能半夜就被那個人約出去……給殺害了嗎？」

「不然大家找了半天，他有什麼理由躲著不出聲嗎？」

「會是文石嗎？」

「我是想不到什麼理由會是文石。但是，半夜帶著他走進樹林裡的人，他的個子很高大。」

「……」

「全隊裡最高的人，應該就是你吧。」

「我？我沒有啊！我昨晚睡得跟死豬一樣一覺到天亮。」

「誰能幫你作證？」

「我自己一個人睡一個帳篷……但妳有什麼證據證明是我？妳只看到那個人的背影吧。還有，杜辰已經被人害死，這只是妳自己的想像而已。」

「難道你不曾想過，如果沒有阿辰，我們兩個可能還是在一起。」

「當然有……想過。」

第五話

「所以我千思百想，除了你，沒有人跟杜辰有這種利害關係了。」

「但是，我把他殺了，妳就會回到我身邊嗎？」

「當然不會。我這個人，過去了就是過去了。」

「我也是這麼覺悟。所以對杜辰下毒手，我根本得不到什麼，對吧。」

「那……你覺得那個半夜把阿辰約出去的人是誰？」

「如果不是文石，就是柏雲軒了。妳不覺得他的身高只比我矮一點而已？」

語畢，李秋梧和宋念卉開始搜尋我的身影。

靠夭。我默默的從他們身後溜走。

下午的路是第二處大崩壁。這裡的陡峭，讓行進的困難度更高。

因為杜辰的事，讓我們陷入互相猜忌的詭異氛圍裡。出發前老師的叮嚀看來也沒人在意，原先還會有的互相打氣這次攀爬時也聽不到了，也許，每個人心中都在想：我會不會是下一個杜辰。

這樣想不是沒有道理，因為隊員間彼此的距離拉得很長。是否因李秋梧和梅少晗都提到杜辰的摔斷腿，可能是被文石從下面偷拉腳踝的結果所致，不得而知。

出發前在校門口集合時，大家還熱烈討論這趟行程，加入登山社是因為有共同的興趣和熱情。但現在怎麼會變這樣……

難道真的如長老所說的，因為大家的自我驚擾了魯凱祖靈，被降責了……去他的祖靈。一切根本就是人在搞鬼。我這樣告訴自己。

正當這麼想的時候，一陣又溼又冷的大霧不知從何飄來，讓整個山巒深谷都在瞬間覆上迷濛混沌。我心裡不禁嘀咕：不會真的這麼邪門吧……

這場霧真的濃得嚇人，前面我只能看到宋念卉外套的紅色而已，連她的身形都已經模糊了，就別說走在她前面的人了。返頭，身後的麻振敏臉色緊繃，離我約有七步之遠。神經質的他刻意躲在最後，該不會是害怕有人伸出神之手拉他下山谷吧。

等到腳下再踩到較平緩的坡地時，已經是兩個多小時之後的事了。我的蔴布手套因為緊抓繩索枝蔓都已經破了。呼氣，眼前就噴出煙霧，可見雲霧之濃。

大家都集合後，只見杭長老面色異常凝重。他說過，前往大鬼湖途中，只要是晴天起大霧，就代表巴冷公主和百靈蛇王生氣了。

繼續往前行，是一大段寸草不生的破碎山徑，走起來仍然不輕鬆，必須隨時留意腳下，用登山杖輔行，以免發生滾落意外。

然後進入高大的芒草叢裡。不記得走了多久，就在我從一個傾倒的巨木下方鑽過身時，發現宋念卉站在我面前，一臉緊張。我喘著氣問：「怎麼了？」

「好像迷路了。」

她也是低頭注意路況，直到狹隘山徑盡頭消失在一片芒草裡，不知方向，才發現走在前面的李秋梧已不見人影。她喚了幾句，沒人應和，整個人愣在白茫茫的大霧裡，只能返回頭找我。

她選擇回頭找我這一點，讓我心中有些小小的高興。

我跟她循小山徑往前行，來到剛才她迷路的地方，分別大聲喊：「松老師！」、「長老！」、「社長！」，喊完靜待回應，等到的只有自己呼喊的回音而已。

都是隊伍拉太長，彼此不互動，加上大霧所造成。

我們試著進入高大的芒草叢裡，盲目亂轉胡找，居然差點摔下山崖，臉上手背上還被芒草割傷了。因為擔心會離隊伍愈來愈遠，只好想辦法退回原位，想不到剛剛那棵傾倒的巨木也找不到了。

「咦，跟在你後面的麻振敏呢？」宋念卉忽然問。

我們一起大叫他的名字，也全無回應。

「怎麼辦……？」緊張的宋念卉這麼一問，我也開始心慌起來。

拂拂拂！拂拂拂拂！突然耳邊傳來一陣令人寒毛盡豎的聲響，那是空氣中有東西急速振動所致。我們舉頭往霧中樹影張望，發現白濛濛的霧裡有個巨大的黑影在樹梢上快速閃過，彷彿有隻巨大蟑螂在林間搧翅竄飛！

宋念卉連忙躲在身後，抓住我的衣角放聲尖叫。

山怪邪靈！一定是昨夜醒來看到蹲在樹幹上、眼睛冒火的那個山怪邪靈！

雖然黑影一下子就消失在蒼鬱裊裊與莽密層層的霧裡樹叢間，但我們還是被嚇到愣了好久。宋念卉用顫抖的聲音問：「那、那到底是什麼？」

說告訴她。

「山怪邪靈！」我跌坐在枯木上，揉著痠痛的大腿。「去大鬼湖會經過歡喜山和遙拜山，但若心存不敬，會惹怒祖靈和巴冷公主、百步蛇王。還記得杭長老所說的？」

對這類傳說嗤之以鼻的宋念卉仍然面存疑色。我索性把昨夜所見說了出來。

「你是騙我的吧？」

「到剛剛為止，我都懷疑昨夜看到的是不是眼花、還是自己噩夢未醒。」

見我完全沒有開玩笑的模樣，她也緊張起來：「巴冷公主到底是什麼鬼？」

看來她真的沒在相信這類故事。反正一時也走不出這煙籠霧鎖，我把在車上聽文石講的魯凱族傳說告訴她。

百花盛開的春天，魯凱族頭目朗拉路的女兒巴冷公主揹著竹簍，擺動著美麗窈窕的身段，在山坡上口中哼著歌，手裡忙著栽種山芋，蜜蜂與蝴蝶像似配合著節拍，在她身邊飛舞。忽然聽聞山間樹林傳來稀稀簌簌的聲響，由遠漸近，由弱漸強，一副壯碩的身軀，突然現身在巴冷公主的面前。巴冷嚇了一跳，眼前站著的是一位瀟灑翩翩的美男子。

「妳的歌聲真好聽。我以前怎麼沒有見過妳？」

巴冷害羞的低頭工作不願答話，只見這位帥哥使勁的逗弄巴冷，一會兒擠眉弄眼，一會兒學蛇走路，終於把巴冷逗笑了。兩人的距離拉近，自此每天相約天南地北的聊天說笑，總覺得時間太快，每天都很快就天暗，愛苗也就這樣纏繞住彼此心房。

他自稱是阿達里歐。某日，巴冷問阿達里歐家住在哪。阿達里歐遙望更高的山上，敘述他的部落在大武山上名叫「鬼湖」的地方。「巴冷，妳嫁給我吧。我帶妳回到我美麗的部落。」阿達里歐牽著巴冷的手說道。巴冷搖著頭說：「必須經過我父母同意，才能嫁你為妻。你來我家提親吧。」

於是，阿達里歐在他的部眾簇擁下，浩浩蕩蕩來到頭目家提親。但是進到部落後，只見族人挨家挨戶驚嚇的把門窗緊閉，因為只有在巴冷的眼中，看到的阿達里歐是人形，其他族人所見到的卻是一隻巨大的百步蛇王，伴隨著成群的蛇纏繞在頭目家門前的樹上！這樣的光景，也讓頭目夫婦嚇傻了。頭目夫婦對於這門親事當然反對，但知道他是神祕的百步蛇靈，是魯凱族的祖靈，不敢直接拒絕，就提出了讓阿達里歐知難而退的三個苛刻條件，請他在約定的期限內辦到，否則親事作罷：一是要拿到三千公尺以上高山才有的雄鷹羽毛，二是千年的陶壺，三是七彩琉璃珠。

尤其是七彩琉璃珠，又稱太陽的眼淚，傳說中是由海神保管著。蛇王阿達里歐居住在高山上，怎麼可能得到海裡的七彩琉璃珠。不過對巴冷的感情強烈，阿達里歐毅然決然踏上找尋寶的道路，歷經了三年的風霜與冒險，終於尋得三件寶物回來。痴情盼望了三年的巴冷興奮地投入愛人的懷抱，攜手回到部落。

頭目朗拉路只好依約將巴冷嫁給蛇王阿達里歐。

迎娶的日子終於到了，蛇族浩浩蕩蕩的來到了巴冷的家門口。長老高唱迎親的歌，聘禮一樣也不少：檳榔、青銅刀、陶壺，當然少不了七彩琉璃珠；母親含著眼淚，把巴冷打扮得非常漂亮。巴冷也因為將離開父母，依依不捨，最後哭倒在母親的懷裡。她的姊妹和兒時玩伴，也都來為她送嫁。父親高聲唱頌，叮嚀巴冷公主：「記著，我們全族自古正直、誠懇，切記不要辱沒了我們的祖訓。」然後將巴冷的手交到阿達里歐手中。

黃昏時分，夜幕逐漸籠罩大地，送嫁的隊伍舉著熊熊火把，護送巴冷來到深山的鬼湖邊。巴冷公主回頭對家人說：「親愛的爸爸、媽媽，我會守護這個地方，你們來這兒狩獵，一定會有獵物，但是，如果獵物是冰冷的，請不要帶回去。」說完以後，巴冷隨著阿達里歐走入湖中，就在巴冷與阿達里歐步入鬼湖的那一剎那，湖畔的百合花一一綻放，開滿的百合花似乎像徵巴冷對族人的祝福。

一直到今天，魯凱族人，尤其是女人，都喜歡在頭飾上插上一朵百合花，紀念她們心中永遠難忘的巴冷公主。阿達里歐與巴冷為世代族人守護著這片山林土地，仍是魯凱人心中所堅信，也自認是百步蛇的後代；因為對於祖靈的敬畏，所以不准族人隨便靠近鬼湖。

「也許我們就是沒有心存敬畏，才會惹怒魯凱的祖靈吧。」

聽完我轉述文石在車上所說的故事，宋念卉傲慢不馴的神情變了許多。

不知是巧合還是巴冷公主聽到了我說故事，原本的怒氣稍平，眼前的霧氣居然開始散開了。我們環顧四周，嚇得跳起來：坐著的枯木是懸在一處險絕的斷崖邊，下方的霧嵐散開驚覺背後是萬丈深谷，在這毫無人煙的高山裡，剛剛若有不慎摔下去都沒人知道。

「唉呀，那是——」

順著她的目光往對面山崖平台上望去：樹林裡有幾個橘色的點在移動！

那是松老師和杭長老身上的登山夾克。我們立即放聲呼喊。

等我們越過嶔崎難行的山坡抵達到平台，已經是一個小時之後的事了。

這個地方叫展望崖。從這裡往南邊眺望，整個中央山脈的主脊一覽無遺：對面就是大鬼湖所在的遙拜山，再過去是知本主山、松山、霧頭山，最後是南台灣最高峰的北大武山。遙拜山從山頂、山坡到山谷，紅橙黃綠的變色葉植物遍佈，事後回想，其實應該是巴冷公主在暗示我們此行的多變。

不知是否因為我們大聲喊叫，讓杭長老的臉臭到凶惡的程度。

不過，似乎沒人關心我們兩個為什麼走丟了，因為每個人都面色凝重。

我靠近梅少晗用眼神問他發生何事。他悄悄把我拉到一株大楓樹下，低聲說李秋梧不見了，而杭長老和松老師兩人在吵架……

他說在大霧之中，走在後面的柳筱琪忽然上前拉他的衣角：「社長，李秋梧怎麼不見了？」他立即喚住走在前面的長老和老師。往回走，發現登山包被丟在羊腸山徑上，大家以為他跌下左邊的山谷，都往下探頭尋找，卻因霧氣過濃根本沒辦法辨識，只得往山谷裡大叫他的名字。

不料得到詭異的回應嚎叫卻是在身後。眾人紛紛回頭，只見霧裡的李秋梧背對著大家往斜坡上踉踉蹌蹌，走得東搖西擺，雙臂在空中瘋狂揮舞，邊走還邊發出類似「魔鴞！魔鴞！」的怪叫，大家都被嚇到目瞪口呆。

「李秋梧你在幹嘛！」松老師氣得大聲喚他。

「是中邪了嗎？」麻振敏的聲音發著抖問，害梅少晗背脊一陣惡冷。

松老師上前想靠近他，一個不留神被地上參錯橫伸的蔓枝絆倒跌了一跤。杭長老和梅少晗箭步上前扶起老師，大家望著愈走愈遠的李秋梧快消失在霧林間，三人正要一起登上斜坡拉他回來，想不到下一秒——

拂拂拂！拂拂拂拂！

一個有著巨大黑色翅膀的身影從粗壯的檜木樹幹上飛下來，咻地一下就把李秋梧抓走了，只留下同聲驚叫的五人怔在那一秒！

「抓走了是什麼意思？」我和宋念卉異口同聲問。我猜她心裡想的也是一個小時前把我們嚇破膽的那隻「大蟑螂」。

「它就像一隻大蝙蝠，從樹上倒掛下來，伸出兩個爪子抓住李秋梧的手肘就帶走他了啊！」梅少晗的臉上浮滿雞皮疙瘩，看來還餘悸猶存。

「你們會不會太累眼花了？」我還是難以置信，囁嚅著問。

「五個人同時眼花？」柳筱琪也湊過來反駁我道。

「那是山怪，不是蝙蝠！早就跟你們說了——」杭長老反駁道。

「你不要再嚇孩子們了。」松老師制止他再繼續說下去。

「這就是不尊敬這塊聖地，驚擾山怪、觸怒我們祖靈的結果。」長老顯然已按捺不住怒意：「這個李秋梧心地不好，所以山怪先抓了他！」

李秋梧將杜辰的失蹤先歸咎於麻振敏，後又指責文石，甚至挑撥大家懷疑到我，再加上宋念卉也認為他可能才是真正害杜辰的人……

長老說他心術不正，確實不是沒有道理。不過，山怪先抓了他……先？

「請你體諒他們年紀還小，年輕人心浮氣躁不懂事——」

「尊敬別人的文化跟年紀沒關係！今天來到這裡就像到別人家作客，你們到別人家作客大聲喧嘩、在主人面前勾心鬥角批評別人，主人會高興嗎？」

我們五個面面相覷，無言以對。松老師還在幫我們說好話，長老卻已經無心再導領我們：「祖靈已經生氣了，我不能再往前走了。你快點做決定。」

原來在宋念卉和我抵達展望崖前，因為李秋梧的事，讓長老與老師對於是否應該再繼續向大鬼湖前進發生爭執：長老認為再往前行，恐怕祖靈還會降下罪責，堅決要帶大家下山；老師則認為前面的千困萬難都已經過了，剩下的路程卻要放棄，絕對不是我們所能甘心。一個是對自己文化信仰的敬畏，一個是登山人的狂熱野心，當然會意見不一。

若要我做決定……也許文石已經帶杜辰平安抵達多納部落；而李秋梧，他的心地那麼惡毒，如果真的是被山怪叼去吃了……剛好而已。哼。

爭論了半天，兩人相持不下。杭長老揹起自己的背包，放下另一個裝著食物炊具的行李：「你們有沒有人要跟我先下山的？」

我們彼此互看一眼，臉上的表情顯示大家的想法一致。

熱愛登山的人哪裡甘心為了一點小事就放棄挑戰。

至於李秋梧……

「如果你真的要先下山，麻煩你幫我去報警。」松老師拜託道。

「我會走檜木營地前那個岔路往屏東霧台，那裡路程較遠，但是危險性比大壁岩小，你們如果決定要下山，學我循原路從岔路口下，會比較安全。」長老似乎有些擔心，叮嚀道。「還是那句話，記住：要心存敬畏。」

說完，就逕自往回走了。

第六話

從展望崖必須下到山谷，穿過山花奴奴溪再往上爬，才能到對面海拔二四一五公尺的遙拜山。從展望崖往對面看，遙拜山朝我們這邊的山頂上是一整片高大的台灣杉林。

陡降的坡路不見得比往上爬的碎石坡或斜岩邊好走，沿途溼滑，必須設繩抓行，彼此照應，才不會因為踩到沒有摩擦力的青苔而摔傷。

糟糕的是，這片山坡朝東北邊。在冬天的南台灣原則上不會被東北季風吹來的溼氣帶來雨水，唯一例外是朝東北邊的高山山坡——或者應該說，正因為有這些高山阻絕，才讓中央山脈西南邊的南台灣呈現乾水期。

天色漸晚，山谷裡原本已是陰暗沉鬱，加上東北邊飄來的烏雲，突然降下忽大忽小的冷雨，更顯黯黲昏灰。為了怕再有人遭到不測，這次我們兩兩結伴，由身為社長的梅少晗及副社長的我墊後。

「你覺得那到底是什麼生物？」聽完我夜裡目睹情形的敘述，梅少晗小心踩著溪畔巨石，忍不住問。我聳聳肩：「就像雲豹，都只是傳說，但是有幾個人真正目睹活生生的牠出現在眼前？在台灣深山裡，也許還存在著不為人知的生物。」

「嗯。中央山脈、雪山山脈、阿里山脈、玉山山脈及海岸山脈，包括丘陵地在內就佔了台灣三分之二以上，以面積而論，平原地區面積佔台灣總面積百分之二十六，山坡地佔百分之二十七，其餘都是高山地區，佔百分之四十七左右。這麼廣大的高山地區，人煙未至的地方還很多，所以說不定我們是世上第一支發現高山魔鴞的登山探險隊伍。」不愧是社長，對於山脈的知識倒背如流。

「高山魔鴞？」我不禁瞥了一眼他滿佈雨點的眼鏡。「鴞是什麼？」

「李秋梧是這麼叫著的。」他的語氣裡有興奮：「你看過貓頭鷹嗎？」

「有啊。」

「鴞就是貓頭鷹。現在想想，抓走李秋梧的說不定真的是一種鴞。」

「這麼大？」

「還未被人類發現的台灣特有種、或因為污染造成的突變種，都有可能。」

「貓頭鷹的眼睛怎麼會是紅的？」

「有喔。有一種長耳鴞的眼睛在黑暗中就是紅色的，像火一樣，跟你看到的很像。只是抓走李秋梧的那隻比起一般長耳鴞巨大很多，事情發生的太快，又在大霧之中，我沒辦法看到牠的眼睛。」

我的腦海裡想像著一隻黑色的巨大長耳鴞像掠食兔子一般俯衝地面，把李秋梧抓起來的情景。

雨勢稍歇，且取水容易，老師決定在一處較平緩的坡地上放炊吃晚飯。

老師煮麵，梅少晗負責洗菜和準備食材，我負責熬薑茶。宋念卉架起遮雨布後，靠過來身邊用手肘輕輕碰我一下。抬眼，發現她用眼神暗示我。

我把湯勺交給她讓她顧著鍋子裡的薑茶，起身悄悄往她瞟的方向走向溪邊。

柳筱琪和麻振敏負責清洗食材和取水，他們背對著我蹲在溪邊，沒注意到我靜靜接近。

雖然我認為杜辰可能如李秋梧一樣是被魔鴞抓走了，但並未親眼目睹，所以宋念卉對於夜裡目睹杜辰跟某個人走進樹林的事依然耿耿於懷。起先她懷疑是李秋梧，但可惡的李秋梧居然誣指是我，光是這一點，就實在令人難以原諒。不過如今他生死未卜，我反而有些於心不忍。

上午在展望崖，當老師和杭長老對於是否繼續行程爭論不休時，宋念卉私下對我說她覺得李秋梧的失蹤很可疑。

「我們被困在霧裡時，不是也看到那隻魔鴞飛過了嗎。」

「可是我們兩個沒有目睹李秋梧被那隻大蟑螂還是魔鴞什麼的抓走吧。」

「……妳想說什麼？」

「有人搞鬼。」

「妳不是說半夜裡約杜辰的是李秋梧嗎……喂，妳該不會受他的影響，認為是我吧？我真的沒有啊。」

「你敢說你整夜都在帳篷裡？」她冷冷地盯著我問。

「我曾經被那隻魔鴞嚇到，拿起手電筒追出去，但是沒看到半個人呀。」

「那也是你的片面之詞吧。」

我急了：「我跟社長睡同一個帳篷，不信妳可以問社長——」話說到一半，我忽然想起什麼，就立馬住口。她察覺有異：「你出帳篷時是一個人吧。」

我知道自己這麼說很卑鄙，但是望著她美麗的臉龐還是禁不住：「他出帳篷時也是一個人。我連他出去了都不知道。」

「你是說梅少晗半夜在你熟睡時也曾離開帳篷？」她的眼波流轉投向梅少晗的背影，表情滿是狐疑。

梅少晗主動向我提及曾目睹文石在半夜外出，又表示懷疑文石是幕後加害杜辰的凶手，會不會是……轉移焦點故佈疑陣的說法？

聽完梅少晗私下向我提及對文石的懷疑，宋念卉凝視我良久，表情終於釋放：「我相信不是你。」

我大吐一口氣。但她隨即說：「我認為梅少晗說的可能是真的。」

「蛤？」

「他不是說文石背後緊緊跟著另一個人嗎？」

「他說沒看出來是誰。不過，這是他的說法。」

「那個人應該是麻振敏。」

「麻振敏？為什麼？」

她遲疑了一會兒，才下定決心般說：「在國中時，我曾經跟李秋梧霸凌過他。」

她和李秋梧還是情侶時曾霸凌麻振敏？我怔住了。很難想像。

尤其是看著她那張純潔無邪的臉。

「我和李秋梧在國中時是和麻振敏同班，那時我們兩個都很狂傲。那時的麻振敏是風紀，很機車，在班上經常自以為是地找別人麻煩，許多同學不願得罪他，敢怒不敢言。有一天我跟李秋梧比較晚進教室，就被麻振敏訓話，這小子手上握了一點權力就囂張到不行，害大家被老師罵的、被記過的一堆。所以我跟李秋梧就教訓了他一下。」

「怎、怎麼教訓？」

「嗯……」眼波流轉，她露出調皮的淺笑。「讓他光著屁股在學校操場跑了一圈，讓大家嘲笑。為了維持我在你心中的形象，請不要問我們是怎麼做到的。」

「……但是，那畢竟已經過去了，他有必要害杜辰嗎？」

「他這個人心胸狹窄，很記仇的。」

「那文石又有麼理由要幫他對杜辰不利？」

「我跟文石不熟。不過，從麻振敏下手一定可以查出來。」

「那，我能幫妳什麼嗎？」

所以我現在就站在麻振敏的身後幾公尺處。宋念卉認為我跟他不熟，接近他比較不會被他起疑。他和柳筱琪背對著我蹲在溪邊交頭接耳，話雖說得小聲，但在這片靜得一點點人聲都聽不到的山林裡，我可是聽得清楚：

「……到底怎麼回事？」

「我也不知道啊。」

「會不會是那個柏雲軒搞得鬼？那時他和宋念卉不是走在李秋梧後面嗎，雖然說什麼因為大霧而迷路跟不上隊伍，但是誰知道是真是假，說不定就是他們兩個弄的。」

「你不是說是國中時是宋念卉和李秋梧整你嗎？跟柏雲軒什麼關係？」

「妳沒發現貪生怕死的杜辰落跑下山之後，她就開始勾搭柏雲軒了呀。柏雲軒受她蠱惑，和她共同搞鬼，不是很有可能嗎。」
「可是那隻魔鴉……他們兩個是怎麼弄的？」
「不就是把自己塞進一個黑色大塑膠袋裡、假裝成一隻大鳥而已。」
「是嗎？不像呀。那怎麼飛？還能抓起一個人飛上去？」
「這個我一時還猜不透……不過，至少結果比我們的計畫還要好——」
「噓！」柳筱琪似乎察覺身後有人，連忙制止麻振敏再說下去。
他們已有所警覺，再偷聽應該也得不到什麼情報，我趕緊掉頭回到野炊爐邊。
結果比我們的計畫還要好……是什麼計畫？這樣聽起來，麻振敏還記恨李秋梧和宋念卉以前霸凌他的事，而且他和柳筱琪的計畫顯然跟李秋梧的失蹤有關。
為什麼柳筱琪要跟他一起計畫？難道……不，實在很難想像她會喜歡麻振敏這樣外形和個性都不討喜的男生。
雨愈下愈大，夜色加上烏雲讓這片山谷整個籠罩在漆黑之中。松老師在沒有杭長老帶路的情形下，考量大家的安全，決定今天不摸黑趕路了，就在這裡紮營。
我們躲在遮雨篷布下，六個人圍著營火燈吃著老師煮的麵。
大家談論的話題仍是李秋梧發生什麼事，和那隻大魔鴉究竟是什麼。
李秋梧就算在大霧中迷失方向，走路為什麼會好著魔中邪一樣，彷彿被那隻魔鴉召喚一般往山坡上走去，這個問題大家七嘴八舌，沒有定論。
至於魔鴉，梅少晗認為牠是隻變種的貓頭鷹，至少是人類尚未發現的特有原生種。宋念卉認為如果是變種，那也可能是隻變種的大蟑螂。我表示贊成社長的看法。柳筱琪則說會不會真的是杭長老說的山怪邪靈，畢竟這種地方人跡罕至，又被魯凱族視為禁地，應該是真有什麼鬼怪才會如此。

當大家的視線和麻振敏對上時，他神情緊張地說什麼也有可能是突變大蝙蝠之類的屁話。

虛偽的傢伙。剛剛在溪邊明明說是我和宋念卉用什麼塑膠袋搞鬼，現在變成大蝙蝠了？哼。

在這種地方出現這種詭異的山怪，不論是什麼東西，都讓人毛骨悚然。

特別是如果杜辰也是被牠抓走的話，下一個被抓走的人會是誰？杭長老孤身一人下山，會不會也已遭遇不測？還有文石，也許早在李秋梧之前就已經被……

入夜後的山區格外寒冷，晚飯後老師要大家一起收拾炊具，搭起帳篷早點休息，以應付明早需要更多的體力登上大鬼湖。兩個女生可能是想到半夜會不會魔鴞又來把她們抓走，一直說很害怕；梅少晗要她們將登山杖放在身邊，以防萬一。

感覺一入睡後我就開始作夢。夢到一隻好大的魔鴞揮舞著巨翅俯衝下來、我拼命逃跑，就在感到牠的利爪就要抓到背部時，眼前的山路已盡，只得往懸崖底下一躍，不斷往下快速下沉……一陣劇痛，可怕的啪啦一聲，身體撞擊到尖銳的石塊骨頭就走位、身體開始碎裂……然後我就被人搖醒了！

「有人出事了。」睜開眼，是梅少晗緊張的神情。

我跟著他衝出營帳。只見露營燈下一個人躺在地上，松老師不斷叫喚著。

麻振敏毫無意識、癱瘓般躺在地上。大家一番七嘴八舌，我才搞清楚狀況。

柳筱琪在半夜時覺得太冷，起來想喝一點薑茶禦寒。她出了營帳看到小瓦斯爐開著，爐上的鐵壺冒著白烟，薑茶都快煮乾了，而爐旁躺在地上的就是麻振敏。

緊張地叫了他幾次，柳筱琪以為他死了，嚇得趕緊衝到帳篷邊叫醒松老師。

「奇怪，他昏迷了，叫不醒。」老師拍打麻振敏的臉、檢視心跳脈搏和瞳孔，滿臉狐疑。

「該不會是太累，中風了吧？」梅少晗問。

「不是，腦中風的症狀不是這樣。」

老師關掉爐火，拿起鐵壺和跌在地上的紙杯嗅了嗅：「他是不是中毒了？」可能是放在薑茶裡。薑的味道比較強烈，喝時不會察覺異味，事後只憑嗅覺也無法確認是什麼毒物。我們四個互看一眼，驚懼疑慮的神色瞬間都浮現臉上。

「柳筱琪，是妳自導自演的吧。」宋念卉說得毫不客氣。

「怎麼可能！」柳筱琪睜大了眼睛大聲回嘴：「我幹嘛害他？」

「妳發現有人在溪邊樹下偷聽到妳和麻振敏加害李秋梧的計畫，唯恐東窗事發，乾脆滅口，可惜劑量抓不準，不然麻振敏早就一命嗚呼了。」

柳筱琪臉色忽青忽白：「偷聽的人是妳？」

「先別管是誰聽到的。妳承認李秋梧的事是妳和麻振敏的奸計了齁。」

「我們才懷疑是妳和柏雲軒兩個搞得鬼哩！」她說出麻振敏在溪邊的懷疑，最後還回嗆：「杜辰一出事，妳就搭上別的男生，藉別人的手除掉李秋梧，為杜辰報復。」

宋念卉氣得滿臉漲紅：「胡說什麼！妳根本就是妒忌我，以為我不知道？」

「臭三八！我才不屑跟妳一樣騷。」柳筱琪的表情難看，但明眼人一看就知道她被宋念卉說中。

「要說誰可能下毒，應該是妳吧。我從溪邊取水回來，看到拿著湯勺在顧薑茶的人是妳。」

湯勺？我不高興地搶道：「妳先別轉移焦點。說說妳跟麻振敏的計畫是什麼？那隻魔鴉是妳和他搞出來的嗎？」

「等一下，」梅少晗一臉冰霜插嘴：「雲軒，薑茶原來是你在煮的，對吧？」

可是後來我把湯勺交給了宋念卉……我瞅了她一眼，說不出口。想不到她卻說：「對啊，那時我手上的湯勺是柏雲軒給我的。」

我窘了半晌，心想既然這樣，要翻臉就來翻呀，誰怕誰：「但是把薑片包拿給我的是你吧？」

梅少晗臉上一驚：「我怎麼可能在薑包裡放毒物！」

「那很難說。說不定你喜歡柳筱琪很久了。」我轉頭望向宋念卉：「還有，妳一會兒叫我去偷聽李秋梧、一會兒叫我去觀察麻振敏，自己不去，無非是想卸免嫌疑對吧，其實妳是想先下手為強吧。」

她瞬間變臉：「什麼先下手為強？」

「妳擔心麻振敏藉這次登山報復妳和李秋梧。因為當年你們兩個霸凌他，算準了他會先除掉妳男友杜辰，再對妳或李秋梧下手。想不到妳比他還狠。」

「原來你是對柳筱琪有意思，不是對我。哼哼。」她冷笑道。

柳筱琪看來有些意外。但我看透了宋念卉的技倆：「不必搞這些心機，我沒興趣介入妳的桃花債、也不會中妳的迷魂計。反正我沒有喜歡柳筱琪、也跟麻振敏沒怨沒仇，他為什麼喝了毒薑茶跟我沒關係。」

「怎麼可能沒關係，茶是你煮的。」梅少晗主持正義的語氣，讓人火大。我反嗆：「我煮的是你交給我的薑包！」

「你們兩個不要中了宋念卉的心機，不要忘了她曾經接手幫柏雲軒煮薑茶，大有機會放入毒物。」柳筱琪又把砲口轉向宋念卉。宋念卉毫不在意：「妳要不要先說明一下麻振敏喝下妳端給他的薑茶後，經過多久就倒下昏迷了？」

「妳——！」

「我怎麼樣！」

「夠了夠了！都不准再吵了。」松老師大聲制止：「現在的問題是，明天的行程該怎麼辦？」

明天繼續最後一段行程的話，那麻振敏怎麼辦？就此下山？那這兩天的辛苦算什麼。一陣刺骨寒風襲面，每個人都凍得哆嗦到不能說話。

那種突然襲來的寒冷，就像我們登山社員間的關係一樣。

第七話

天亮後，當我醒來從營帳裡出來時，已經是清晨七點半了。

在這片陰森的山林禁地裡，害怕山怪魔鴞出現，發生麻振敏的事後又擔心他們三個其中有誰會在半夜對我不利，本想靜靜坐著等到天亮。但白天體力透支，且因互相猜忌，梅少晗跑去睡麻振敏的帳篷，所以我根本撐不到半小時就昏睡過去了。

早餐時，老師說他昨夜以按摩、擦拭冷水、指壓穴道等所有可用的方法，麻振敏還是沒有醒。為了顧及他的安全，理論上應該立即下山將他送醫，但面對只剩一天的行程就能抵達大鬼湖，除了照顧他一夜的松老師外，好像都沒有人想就此放棄。不過，只因單純昏迷就置之不顧，也令人放不下心。松老師因此說：「如果不能解決照顧麻振敏的問題，我們勢必要放棄這次行程立刻帶他下山了。」

想到掌心和腳底都已經磨出水泡，痛得要死，如今沒看到大鬼湖就要下山，我的心情沮喪極了。光想到這個狀況，就沒有心情去追究到底他是如何中毒的了。

他們三個的表情，看起來也是很不甘心。

「如果不願意就此放棄，那必須要有人留下來看顧他。」

看顧麻振敏？誰要啊。這個傢伙嫌杜辰骨折了是累贅，自己還不是給大家添麻煩。松老師見大家默不作聲，問：「還是你們上去，我留下來照顧他？」

「那怎麼行，我們沒人知道路，杭長老又先走了。」梅少晗緊張地說。

「那該怎麼辦？」老師的話裡有火氣。登山是極耗體力的活動，昨夜照顧麻振敏又一夜未睡，任何人都會有情緒的。

「那，」下定決心般，身為社長的梅少晗說：「抽籤吧。」

沒人願意犧牲的情形下，只好交給命運決定。我們三個只好點頭。

從松老師手中握著的四支短枝條隨意抽取後，我們同時把枝條擺在倒置的炊鍋背面。結果……他們三個的枝條一樣長，只有我抽到的最短！

幹！

這一定是巴冷公主對於懷疑魯凱祖靈傳說的我所施加的處罰。我還瞥到宋念卉和柳筱琪的嘴角都露出「這個衰鬼」的恥笑。望著他們興奮地揹起背包，超想哭的。

在像植物人般的麻振敏身邊發呆了兩個小時後，我起身走出營帳，步入森蔭蔽天的檜木林間。突然有個奇怪的念頭浮上腦海。

也許把人丟在一個孤獨的環境裡，少了與人互動的壓力與分心，思緒頓時騰出的空間與寂靜，才會察覺許多疏忽的事。

我們Z中登山社這次組成的大鬼湖登山隊，彷彿被詛咒了。是自始被詛咒。

杜辰受傷失蹤、文石為找杜辰被迫脫隊、李秋梧離奇被怪物抓走、嚮導杭長老害怕祖靈降罪責罰放棄引路、麻振敏無端中毒昏迷。現在為了照顧麻振敏，我被困在這片林地裡……不幸的事接連發生，每件事都是不祥的衰事。

這些事看似在登山過程中當然可能發生，不過這麼密集且接二連三，實在難以讓人不懷疑是得罪了超自然的靈界所致。特別是那隻可怕的魔鴞。

但是……為什麼？

我一邊走、一邊思索著這幾天發生每件事的細節，愈加覺得整個旅程都充滿了詭譎的危險與可預測性。也就是說，這些不祥之事也許從我們步上旅程的第一步，就註定一定會發生，搞不好我們這些成員一開始就是被詛咒的。

是因為我們對於征服大鬼湖都心高氣傲、登上這片山林禁地都輕佻以對嗎？思緒在疑雲中翻騰著，貌似即將看清方向，卻被什麼東西縛住了，揣度不出真相。我下意識地加快腳步，往森林深處走去，直到一處斷崖邊的大石頭上。

這個地方可看到遙拜山的整片山坡和稜線，只因霧氣氤集，否則視野絕佳。我從口袋裡取出地圖與小指南針，檢視自己現在的可能位置，再找到我們登大鬼湖預定路線，確定後，把掛在脖子上的望遠鏡舉起在眼前……

如果這趟旅程確是受了某種莫名的詛咒，那麼，悲劇似乎還會再發生——因為旅程尚未結束，我們還在巴冷公主與蛇王的禁地範圍裡。

搜尋許久，因為霧氣阻隔，只能看到穿透霧霏的檜木樹頂。我心急地拼命在樹林間奔跑，跌跌撞撞摔了幾次，不管手掌和膝蓋已經破皮流血，只想立刻求證自己的揣想。在狂猛心跳與痛楚呼吸交織、貼身熱汗與迎面冷風交煎的情形下，巴冷公主可能心生憐憫，將霧幕打開一個洞，讓一束陽光從雲端射下來，照在對面的山坡上，一大片的霧靄瞬間散開，連地上的平板頁岩和陡峭嶙峋的山壁都清晰了起來。我連忙舉起望遠鏡，不斷尋視……

一個紅點抓住我的視線。將鏡頭的焦距調整，對準那個紅點。

紅色的登山背包……紅色的外套……等了一分鐘左右，完全靜止不動！

其他的人呢？周遭完全未見其他的人呀。

那是宋念卉！她是怎麼回事，為什麼俯趴在山溝裡？

這時，身後有細微的窸窸窣窣；我正想回頭，背部一股力量猛然襲來，我重心不穩整個人往斷崖邊衝下——

啊——！口中不禁發出慘叫，接著頭部不知撞擊到什麼一陣劇痛，眼前頓時變黑，失去知覺……

柏雲軒！

柏雲軒！柏雲軒！

朦朧混沌之中，有一道白光逐漸射向自己，讓瞳孔逐漸收縮起來。我在霧海雲湖中奮力往白光游去，耗費全身力氣卻無法接近光源。我心急又無奈……

柏雲軒！你舉起手來！柏雲軒！

朝著聲音來源舉起手，手腕被一個東西牢牢夾住。抬起頭想看清是什麼，那道白光由光線幻化成光幕，我的眼睛就睜開了，一張臉出現在眼前——

文石。

我的手臂痛得緊，因為被文石抓住。緊緊的抓住。

往四周張望：我的身體被外套吊著、外套被掛在一株崖柏的樹幹上、崖柏長在懸崖壁上。低頭往下瞧，一身冷汗讓我原本模糊的意識瞬間清醒，因為懸空的腳下是深不見底的萬丈深淵。

四周的景物開始緩緩下降，我發現自己的身體緩緩被往上拉。

就在我的手臂已麻木無感之際，整個人已經被文石拖上崖邊。

「你、你還好吧？頭上的傷不要緊吧？」他大口喘著氣，解開綁在樹幹與自己身上的吊索快速收起捲成一綑。我摸著額上的瘀血腫疱：「是誰推我的？」

「你是被人推下去？我以為你是失足跌下去的。」

左手用力按摩著發麻的右臂：「那你怎麼知道我在下面？」

「你的東西在這裡，人卻不在。」他從崖邊撿起我的水壺和登山杖交給我。

我記起被推摔下去前，正在用望遠鏡找東西……我慌張地跳起身，拿起頸上的望遠鏡。山谷裡又是一片白霧，沒法再看到宋念卉的紅色外套。

「你看什麼？」

我告訴他發現宋念卉躺在山溝裡的事。他怔了一下：「你確定？」

當然，那就是宋念卉。但一個疑團浮上心頭，我說出口的卻是：「距離很遠，不太確定……」

他把黑色吊索塞進登山包，面色凝重：「那我們趕快追上去確認。」接著邁開腳步，回頭往下坡走。我跟在他身後，發覺他在亂石與崎嶇間居然輕盈健步，遇到枯樹倒木阻路，手撐腳蹬就輕巧越過，彷彿有隻猴精上身般穿梭跳躍，我跟得很吃力，終於喘著氣喚道：「等、等我一下。」

他放慢腳步，臉有慍色地轉頭瞅我一眼：「你們到底在幹什麼？為什麼把麻振敏一個人扔在營帳裡？」

「麻振敏……你知道他怎麼了？」

「他不是中毒了嗎。」他走在前面，頭也不回地說。

我試探地問：「杜辰呢？」

「他沒事。」

我不再多說什麼，加快腳步跟著。但他行動速度真的太快，我已經接近狂奔狀態，與他的距離還是愈拉愈遠，還被浮起樹根和微突石塊絆倒跌跤。

這個同學到底是羚羊還是猴子投胎轉世啊……

「喂，你身上有指南針和地圖吧？」在遠方樹影下的文石忽然停下返身說，然後沒等我回應就一溜煙不見了。

我不顧跌疼的膝蓋，一直跑、一直跑……

宋念卉，妳可別死，要等我呀！

當我大汗淋漓趕到那個山溝，哪裡還有什麼紅色外套，文石也不見蹤跡了。

就在我坐在地上喘著氣不知所措時，發現前方溼軟的泥濘上有零亂的鞋印和奇怪的東西。我爬過去捏起來仔細看了一下，那是幾片花生皮。

記得在來大鬼湖的路上，文石剛上車就曾拿出花生吃，還問我要不要吃。

是他把宋念卉帶走了……是想掩飾什麼嗎……我尋著鞋印往上坡走，心中居然不禁向巴冷公主祈禱起來。

就在心中告訴自己已經迷路、也找不到任何鞋印時，前方樹林裡一個黃色的物品引起我的注意。那是一件防風夾克。

柳筱琪的夾克是黃色的。

心臟狂跳，四處張望卻找不到柳筱琪的身影。我過去撿起來，發現衣袖有破損。

一陣暈眩襲來，我忍不住蹲下大口呼吸，努力抑制想吐的感覺。不祥預感果然成真……我們會一個接一個遭到不測的厄運。到底是什麼樣的詛咒，讓我們身陷這片黑暗山林險地。

寒風吹來，我不禁打了個冷顫。

這麼冷的山嶺，她卻脫下防風夾克？袖口破損看來卻像是被什麼扯壞的。

我向地上搜尋，很快看到在崖邊樹腳下有頂黃色的毛線帽。

我衝過去撿起，膽顫心驚地往崖下探頭——

山花奴奴溪邊的草叢裡，有個披頭散髮、個子嬌小的軀體躺在那裡。

胃部一陣痙攣，我趴在地上狂吐。

要逃。我的命是撿回來的，再不逃，恐怕……我舉起水壺，沖漱口裡的嘔吐物，返身就想往回走，眼前的身影嚇得我差點跌倒。

梅少晗站在前方大樹蔭影下，瞪視著我冷問：「你手上拿什麼？」

我望著手上的黃色毛線帽和防風夾克，正在理解他的質問沒回過神來，他就衝了過來，一拳打到我的臉上：「你做了什麼好事！」

我摔倒在地，大叫：「不是我！我也是剛剛才到啊！」

「她人在哪裡？」他激動吼道。

我指指崖邊。他衝過去往下探頭，掩不住怒意回頭：「到底在哪裡？」

我踉踉蹌蹌來到崖邊：「不就在那——咦？」

人咧？草叢邊的石塊上只剩一灘鮮血。

因為太過於驚訝導致語無倫次，我花了快二十分鐘才講清楚發現宋念卉的屍體在山溝、柳筱琪的屍體在溪畔和我自己被推下懸崖的經過。

他要我帶他去找宋念卉的屍體，我說也不見了。他滿臉狐疑：「怎麼可能。」見鬼了。真是百口莫辯。

狗被逼急了不是逃就是反擊，人好像也是這樣。一轉念，我想到了什麼：「喂！扔下我和麻振敏的可是你們四個，跟她們一起走的是你不是我！她們在哪裡好像應該是我問你才對。」

梅少晗一怔，顯然覺得我說的不無道理，不甘願地問：「那麻振敏人呢？」

「不要轉移話題，你先說宋念卉和柳筱琪哪去了？」

跌坐地上垂頭喪氣，他整個人看來非常頹廢，開始述說離開營地後發生的事。

松老師帶著他們三個要往大鬼湖登頂。一路上原本還在討論李秋梧和麻振敏到底發生什麼事，後來提到可能有人搞鬼時，兩個女生又開始吵架。宋念卉要柳筱琪把她和麻振敏的計畫說清楚，柳筱琪則怒罵大家都看到宋念卉在煮薑茶，還想嫁禍給她；松老師因而一路臭臉不語。梅少晗拼命勸架，但是沒人理他。

梅少晗說，就在快要抵達西池木屋前，他為了制止她們互罵，脫口而出：「妳們互相責怪，但是有沒有懷疑，可能事情根本不是妳們以為的那樣。」

「不然是怎樣？」柳筱琪反問。

「也許，我只是說也許……其實不是妳也不是她，而是別人下的毒。」

「你是說柏雲軒？」

「如果是這樣，不怕別人立刻懷疑他嗎？畢竟晚飯後好幾個人都喝了啊，為什麼只有麻振敏有事。」

「對啊對啊，」宋念卉立刻附和：「同樣道理，我也不可能是下毒者。」

「這麼說來，」柳筱琪眼珠轉了一圈：「是當時不在場的人下的毒？」

昨晚不在場的人有杜辰、杭長老、李秋梧……還有文石。

當時他們都認為文石應該假裝要去找杜辰，其實是偷偷跟在大家後頭，趁機找下手機會。

梅少晗述說到此，我打斷他插嘴反駁說：「可是，剛才是他把我從懸崖壁上拉上來的。」

「你怎麼不懷疑，是他把你推下去後，再拉你上來的？」

「他為什麼要這樣？」

「假裝？」

「就像他為什麼害杜辰斷了腿，又假裝好人要去找他。」

「大家都是他的人格證人了。一般人不會懷疑救人者就是加害人的吧。」

「那他為什麼要害麻振敏呢？」

「誰知道他們之間有什麼怨隙。而且，」梅少晗手摸著下巴，露出銳利的眼神：「誰說行凶一定要與被害人有什麼仇怨，很多死變態連續殺人犯下手前有什麼合理的理由嗎？」

咦，這麼說來…我心中那個疑團愈來愈大……

「麻振敏……你知道他怎麼了？」

「他不是中毒了嗎。」他走在前面，頭也不回地說。

我試探地問：「杜辰呢？」

「他沒事。」

文石說杜辰沒事……杜辰怎麼可能沒事，昨夜沒在場的他，居然知道麻振敏中毒？除了下毒的人就是他，我想不到其他可能性。而且文石的腳力如此輕盈飛快，幾乎無聲，才趁我不及防備從背後推我一把，怎麼想都是這樣。

我沒說出心中的想法，要梅少晗繼續說下去。

梅少晗說，原本以為定調麻振敏的事，會讓爭執停止，大家同心攻頂，殊不料不到幾分鐘，兩個女生又開始拌嘴起來。等注意到時，只聽到宋念卉說柳筱琪是嫉妒她的異性緣好，才處處針對她；柳筱琪則反譏宋念卉貌美，和李秋梧聯手霸凌欺負麻振敏時更美。兩個女生愈吵愈激烈，居然因此大打出手！松老師和他一起將兩人拉開，由松老師帶著宋念卉走在前頭、他和柳筱琪走在後頭的方式隔開兩人，以免再發生衝突。

在彼此有一段距離的情形下，梅少晗原本以為應該可以平安無事抵達大鬼湖了。想不到就在一個上坡路段、他和柳筱琪低頭揮汗爬坡時，前面倏然傳來宋念卉的尖叫聲！他們趕上坡地平台時，只見松老師仆倒在地、宋念卉則掉落山溝動也不動。

他和柳筱琪一陣慌亂，連忙扶起松老師，見他肌肉抽搐、狀極痛苦，發抖的手握著水壺。梅少晗協助他喝了幾口後，他兩眼一翻，昏死過去，怎麼喚都叫不醒，也壓不到脈搏。梅少晗嚇壞了，發現松老師手腳冰冷，連呼吸都沒有了！

松老師死了？

他嚇到倒退跌坐，柳筱琪嚇到哭出來。他要柳筱琪循原路趕回溪邊營地找我幫忙，自己則放下登山背包，綁著吊索下到山溝裡把昏迷的宋念卉揹上來。

他辛苦地把宋念卉扶上坡道，更大的震驚令他再次腿軟跌坐地上……

松老師的屍體消失不見了！

第八話

梅少晗驚慌地在附近的樹林裡東張西望，毫無所獲，努力壓抑心中的惶恐回到宋念卉身旁，邊喚邊拼命搖她，但她似乎受到撞擊，陷入昏迷不醒。

梅少晗想到杭長老說的祖靈，該不會是祖靈生氣了，所以大家才一個個遭逢厄運？敘述至此，他不自覺地用力抹了一下臉上的雞皮疙瘩，顯然心有餘悸。

接著想到目前最接近大鬼湖的是他與柳筱琪，而他居然叫柳筱琪獨自回去找我，會不會接下來又發生什麼意外，心驚之餘，連忙往回衝。來到這裡，只發現我拿著柳筱琪的黃色防風夾克，所以誤會是我下毒手。

我再次大聲強調自己只是比他早到幾分鐘而已，根本不知道她們發生了什麼事，而且與他的想法一樣，預感還會繼續發生不幸，才離開麻振敏的營帳趕來這裡，希望能及時阻止。「如果是我，下手後就跑了，還會留在這裡讓你發現嗎？」

他似乎覺得我講的有理，警戒的表情這才稍稍放下。

往山坡上走，回到他說松老師消失的那個坡地平台，然後一無所有的平台讓我們像被雷打到般愣住：宋念卉人咧？

我們發了瘋般大喊，除了山谷間傳回來的回音外，只剩耳邊呼呼的寒風。

宋念卉也人間蒸發了？

「她是不是醒了自己跑進森林裡迷路了？」

「那她應該回應我們呀。」

「最詭異的是，老師和柳筱琪的屍體也不見了。是有人搬走了嗎……到底是誰……」我自言自語，雙手像觸電般發抖。

「這個死變態還會有誰？只剩誰沒出事？」他激動大喊，忿恨地跺著腳說：「他不知用什麼方法對松老師下毒手，宋念卉看到了想要跑，他就推她下了山溝，又趁我下去救宋念卉上來時，回到來的山徑追上筱琪，從後頭把她推下懸崖，筱琪才會慘死在懸崖下的山花奴奴溪邊！可惡，文石！你給我滾出來！出來！滾出來！文石你這個死變態你快滾出來！」他氣極敗壞繞著圈子大吼大罵，鬱茀參天的山陵叢林間都是他吼罵的回音聲迴盪著。

話雖如此，但屍體呢？真的是文石？他殺了人又把屍體藏起來是為什麼？

難道不是……魔鴞？如果是魔鴞，那麼不見蹤影的文石是不是也被抓走了，就像松老師、柳筱琪的屍體、昏迷的宋念卉和發了瘋的李秋梧一樣？

或是……這個山林裡原本就住著一個我們不知道的變態殺人魔，始終躲在暗處窺視著，伺機對我們下毒手，而我們卻誤以為一切都是文石所為？

等梅少晗的情緒發洩完了之後，我說出我的懷疑。

他沮喪的表情瞬間變成驚恐，眼神飄向四周：「這……」

也不是沒可能。這句話他沒說出口，與我相視一眼，我們同時跳起來，拼了命的往山下狂奔。

像身後有恐龍追般逃命，一直衝到山花奴奴溪邊，我們都喘到快斷氣。梅少晗打開掛在背包上的水壺狂飲。我也舉起水壺，但裡面是空的，想起剛剛全部用來清漱口中的嘔吐物了，所幸溪水非常清澈，乾脆就直接盛溪水來喝。

環顧四周，除了幽冥的森林和陰森的風嘯外，空氣中似乎有著看不見的靈體盯視著我們，讓人從背脊涼到腳底。我們一秒都不想停留在這個地方，蓋上水壺後繼續往昨晚的溪邊營地快步走下去。一路上，梅少晗心浮氣躁，口中不停喃語，從原本的「文石這小子真可惡」、「死變態」、「不要被我抓到」，到變成「真的是山怪魔鴞」、「一定是巴冷公主派出魔鴞抓走她們了」、「會不會也來抓我們」。

他一直雜唸，我快被煩死，忍不住瞥了他一眼：「你可以閉嘴嗎。」

那一瞥，讓我的腳步頓時不由自主放緩。

伸著兩隻手臂以極怪的扭曲姿勢在空中揮舞，頭偏向肩上，空洞的眼神投向白蒼蒼的霧氣裡，彷彿在跟半空中的什麼靈異對話，兩腿卻仍筆直地往前走，那情景猶如……頭曾被人砍下後再放回頸子上、所有的動作只剩自主神經反射性的抽搐般令人戰慄、噁心！

「少少少晗！你、你在幹嘛？」我的聲音不止抖，是很抖。

「……魔鴞……魔鴞……走開！」他根本沒聽到，耽溺於自己的虛幻繼續往前走，直到我從驚嚇中回過神，還來不及出聲制止，他就一頭往一棵檜木樹身撞上去，砰地一聲彈回來昏死倒地！

我像根木樁愣在風中，傻住。

「這就是不尊敬這塊聖地，驚擾山怪、觸怒我們祖靈的結果。」想起他們說李秋梧中邪後杭長老說的話，那……魔鴞會飛來抓走梅少晗？

我緊張地環顧四周。麻振敏的帳篷就在不遠的前方。

一個景象吸住我的目光：有個人從帳篷裡拖出了麻振敏。

我下定決心，快步衝上去，舉起手中的登山杖，就往那個人的後腦猛力揮去。

他悶哼一聲，來不及有任何反應，整個人就順勢往地上仆倒。

「啊——！」身後隨即傳來尖叫聲：「你在幹嘛！」

返身。柳筱琪睜圓了大眼瞪著我。

虛弱地抬起頭，麻振敏也望著我，蒼白的臉上露出難以置信的表情。

我們手忙腳亂，又敷溼毛巾又按摩後肩頸，努力想把昏過去的文石弄醒。

我一邊按壓文石的肩頸、一邊問柳筱琪：「妳不是死了嗎？」

「你不是傻了嗎？」她翻白眼嗆回來：「是死是活都分不清。蠢斃。」

柳筱琪說，松老師和宋念卉的慘況讓她膽顫心驚，梅少晗要她回來這裡找我幫忙；返回來的途中在檜木林裡遇到下山復返的文石。文石說下一個會出事的很可能會是她，她嚇得不知所措，直問怎麼辦。

我們就當遇到熊，而這隻熊並不餓，不會吃屍體，所以就裝死吧。

文石這樣說是什麼意思，柳筱琪並不清楚，只知道不想像別人一樣慘遭毒手，所以她照文石的要求，脫了夾克，讓文石把它扯破，並把毛線帽扔到懸崖邊，然後下到溪邊，文石先將一顆紅龍果往草叢裡的石塊上砸爛，然後要她俯臥在石塊上，並將她的頭髮散開，還用手機拍了照。

「這樣就有用？」

她又白了我一眼：「不然現在站在你面前講話的是誰。」

我轉問麻振敏：「你還好吧？」

「文石不知用什麼方法弄醒了我，端了兩大杯濃茶和一杯咖啡，要我一下子全部喝下去，我喝到一半就大吐特吐，虛弱到不行。他讓我躺在營帳裡休息，說要去救別人。」他說到一半，氣喘虛虛的；那個別人應該就是昏死在崖柏樹上的我。「後來他帶筱琪回來，檢查我的狀況，要拉我出營帳說是活動一下有助於代謝體內的毒，還請筱琪去取水，說要餵我吃藥。」

柳筱琪見他說得慢吞吞，插嘴：「是阿托品，一種解毒劑。文石說登山時怕會有誤食有毒植物的危險情形，所以他有準備。」

我滿是疑惑。這時文石突然說話了：「他中的是台灣馬醉木的毒。」

見他醒了，我們都鬆了口氣。我連忙向他道歉，澄清說誤以為他要對麻振敏怎麼樣才會一時衝動；他揮揮手，表示不介意，我才稍稍放下心中的罪惡感。

柳筱琪問：「台灣馬醉木是什麼？」

「一種杜鵑花。」他起身，撫摸腫起的後腦蹙著痛苦的眉頭：「莖葉有毒，因為馬誤吃了也會昏迷像醉死而得名，它生長在海拔六百到二千八百公尺的山區，長在向陽的坡地或灌木叢裡。花朵呈壺狀十分可愛，但被動物或人吃下肚就不可愛了。」

「到底是誰把這種東西放進麻振敏喝的薑茶裏？」柳筱琪問。

「現在還沒證據，不能隨便懷疑別人。妳再給麻振敏吃一點阿托品吧。」

聽他這樣說，我們都露出了慚愧的表情。但他卻是直勾勾盯著前方的錯愕表情：「躺在樹下的那個是誰？」

梅少晗！我都忘了他。我們衝到他身邊，我說了剛才他中邪的情形，最後擔心地問：「是不是魔鴞附身？」

「不是。他應該是中毒。」文石按著梅少晗的脈搏，面色凝重說道。

「啊，那也給他吃一顆阿托品。」

「不行，他跟麻振敏不同，中的是不一樣的毒。」文石解釋道：「台灣馬醉木主要的毒性來自木藜蘆素，對於人體神經系統的作用是麻醉，所以誤食會造成肌肉鬆弛、四肢麻痺、血壓下降、頭暈昏迷。」

「好可怕。」柳筱琪輕搗胸口：「你昨天是不是亂採野生植物吃啊？」

「哪有。一定是被人放進薑茶。我記得夜裡冷到受不了，起來熱了一杯，才喝一口就不醒人事。」麻振敏心有餘悸道。

「其實木藜蘆素這種成份也沒那麼可怕，如果製成藥，會應用於治療心率過快。但是梅少晗所中的是相反的毒，應該是有興奮迷幻的成份。」

「是像安非他命那種嗎？」柳筱琪問。

文石低著頭思索什麼，再環顧四周：「雲軒，你說你們剛剛在溪邊喝水？」

我把剛才衝下來的經過，再仔細說一遍。文石打開梅少晗的水壺聞了聞：「有一點點像檸檬的酸苦臭味。從他症狀和這個味道判斷，如果我沒猜錯，是曼陀羅的毒，有人把曼陀羅花或種子磨成粉放進他的水壺裡。曼陀羅又叫惡魔水仙，成分是莨菪鹼、天仙子鹼和阿托品。」

「又是阿托品？」

「阿托品過量當然也會中毒，而曼陀羅中毒和阿托品中毒很像，都有口乾舌燥、皮膚潮紅、心跳加快、視力模糊、狂躁、幻聽幻覺、妄想的症狀，所以絕對不能再用阿托品救他。」

「那怎麼辦？」

「想辦法弄醒他，用濃咖啡和熱鹽水給他催吐，再給他喝濃茶，利用茶葉的鞣酸沉澱毒素。目前只能這樣，希望他剛才沒有喝太多水壺裡的水。」

我們三個趕緊拿出小瓦斯爐開始煮水。

「會不會是社長自己看到曼陀羅以為是可以吃的野果，放到水壺裡解渴的呢？」在等水開之際，我問。

「這裡的海拔已經超過二千公尺，但是曼陀羅分布於溫帶到熱帶地區的荒地、旱地、屋宅旁、向陽山坡、林緣和草地。野外生長的曼陀羅花期在五月到九月之間，果期成熟期於六月到十月之間，現在卻是一月。不論時間、地點，他都不太可能在這片山地裡隨手取得，除非是自己從山下帶上來的，但我寧願相信他會帶山楂片，而不是曼陀羅種子。」

「也就是說，是有人故意放進他水壺裡要他喝下的？」

「這個可能性很高。」

「那是誰呢？」

文石沒回答問題，只是靜靜地把開水沖進放了三個茶包的鋼杯裡。

一陣大吐特吐後，梅少晗終於清醒。

我忽然想到，文石在登山社新生招募會拿報名表時提的問題：「在登山社應該可以學到很多求生技能，對吧？」

文石還煮了一鍋地瓜稀飯讓大家吃，為了讓麻振敏和梅少晗儘快恢復體力，還在他們的碗裡加了雞精和兩顆綜合維他命。

柳筱琪說想不到文石對於野生植物的知識真是強大，麻振敏對於文石野外求生的技能顯然也非常佩服，稱讚他好幾次。

梅少晗和我則沉默不語。因為先前我們還懷疑他。

文石面無表情，盯著身邊的蒼茫大霧，等麻振敏說完了，忽然幽幽地說：「其實，對於曼陀羅這種東西，你和柳筱琪的知識也不一定就輸我。」

麻振敏臉上居然浮現了尷尬。柳筱琪則是慌忙低下頭。

第九話

「梅少晗的狀況，是不是跟李秋梧被魔鴞抓走前情形很像？」

咦，梅少晗所述李秋梧失蹤的情形確實如此。我望向他，他對文石用力點頭。

但是麻振敏別過眼神；柳筱琪的頭更低了。文石見他們不說話，接著說：「帶曼陀羅上山，趁機讓李秋梧喝下，這不是你們兩個的計畫嗎？因為李秋梧在國中時與宋念卉聯手欺負你，你一直痛恨到現在。而妳，對於宋念卉的招搖高調非常討厭，對於她的絕佳異性緣非常嫉妒，所以當妳知道了麻振敏的遭遇和怨恨，就同情他讓他認為妳是跟他站在一起的。因此，兩人聯手先整李秋梧，再找機會修理宋念卉，應該是很合理的推論吧。」

「……」她和麻振敏都無言以對。須臾，她抬起頭，眼眶紅紅的：「我們只是想要教訓他一下而已，誰知道他被魔鴞抓走了……我們也很後悔……」

奇怪，文石說的事發生時他並不在現場，卻彷彿當時就站在當事人身後靜靜的看著一般。

「……看到宋念卉躺在山溝下，至今生死卜，不知道為什麼，我很害怕也很擔心。」豆大的淚水悄悄從她臉上滑下來。麻振敏也是一臉後悔的樣子。

文石仰望著天空，不知在想什麼，注意力好像被什麼東西吸引，只隨口應道：「不用為她擔心，我們應該擔心的是如何走出這個地方。」

的確，這時四周的霧濃得嚇人，老師和杭長老又都不在了，我們會被困在這裡多久，誰也不知道。梅少晗要大家檢查一下存糧。我打開自己的登山包，取出手機檢查，訊號仍然全無，電力僅剩一格，而罐頭……不見了。

罐頭是萬一突發狀況發生時應急的食品。

再仔細檢查，手機備用電池、手電筒和登山索都不翼而飛。

我跳起來，翻開置放食物的行李：裡面只剩半包麵條。

也就是說，如果松老師登上大鬼湖無法如預期的兩天內回來找我們，那我和麻振敏……顯然是有人要讓我們死在山上嗎？我把情形跟文石說。文石面色凝重不語，望著天際，要大家收拾東西快點往上爬。大家不知所以，卻一致加快動作，並拎起行李跟著他，直到大雨瘋狂打下來，才知道文石在擔心什麼：這場霧雨不知會下到何時，在溪邊遇到暴漲的大水就很危險。

衝到松老師和宋念卉失蹤的坡地平台時，雨已經大到讓人眼睛睜不開，腳下的溼滑讓我們跌跤了好幾次。幸好大家彼此扶持幫忙，才沒有受傷。

面對滾滾土流傾瀉，在前面領隊的文石拋下登山索要大家抓著。

每一步都讓腳踝深陷泥流，又是坡道，加上背著的行李，全身因緊繃而僵硬。接下來我都是低著頭讓雨水如洗頭般順臉流下，雙腿已無意識的不斷抬高放下，幾乎是被文石架著胳膊拖上山的。

抵達西池木屋時，每個人都是一臉疲憊和滿身狼狽。

西池木屋又叫張師父修行屋。據說是個姓張的男子自行搭建，想要在這深山野嶺裡獨居修行，吸收天地靈氣與日月精華。但因在此地搭設建物違法，被主管機關命令拆除離去，他雖離去但捨不得拆掉木屋，主管機關也遲遲未予代拆，長期閒置荒廢結果，日後卻成為山友的暫宿或避雨處。

雨勢開始忽大忽小，下了整個下午，所有的行程都延滯。梅少晗、麻振敏和柳筱琪已經累到癱在木頭地板上呼呼大睡。

文石和我坐在木屋門口，望著淅瀝瀝的雨和白茫茫的霧發呆。

「你真的只是為了學習求生技能才來參加這次的登山？」

「有什麼問題嗎？」

「感覺上，你好像已經知道很多知識了。」

「人為了活下去，很多事情、很多知識，你不得不去知道。」

「可是你才十七歲。」

「你也是啊。」

「我的意思是，你的過去、你的能力和你知道的事，好像不只十七歲。」

他苦笑了一下，望著雨景，說了一個故事。

文石的父親是警察，在他小學三年級那年就過世了。

從原本的無憂無慮，被迫提早學習面對現實的世界。他開始不愛主動跟別人互動，下課後除非有人邀，否則他寧可沉浸在課本以外的讀物裡。書包裡除了學科的課本作業簿外，都是些奇怪的課外二手書。

是一百個為什麼那類的兒童課外書嗎？我好奇地問。

精神病醫學。野生植物圖鑑。天文與黑洞。化學五四三。台灣哺乳類動物的習性與棲息。臨床心理學研析。完全中毒手冊。靈魂與物理的重量。心理諮商百科。臨床毒品藥物濫用學。洋流與氣象論。圖解社會學。不讀書會變笨。

他想了一下，吧啦吧啦這麼說。還補充說：「其他的書名不記得了。」

發愣的我想了一下，他的意思是，許多艱澀的書名已經記不得了；但當時我只聽得懂《不讀書會變笨》這種書名，其他的是啥毀完全聽得霧颯傻莫宰羊。

「你小學的課外讀物？」我不甘心地囁喃問。

「不然你看些什麼呢？」

呃，我不想提那些動漫和手遊的名稱，只好避過這個問題，問他為什麼不看些小學生都喜歡的書。

小學三年級時就覺得知識太浩瀚，人生太無常，上帝給每個人多少時間誰都不知道，不把握時間只怕明天就醒不過來了。他這麼說。說得理所當然毫不違和。

原本以為父親是積勞成疾過世，但在國一那年的小年夜，媽媽外出工作，他和妹妹在家裡大掃除，在一個櫃子最下層抽屜裡翻出一個鐵盒子，裡面有個藍色信封，他們好奇打開，發現是張奇怪的信和地圖，因為完全看不懂就放了回去。

三個月後某夜，他正在埋頭研究犯罪心理學，聽到房間外有異聲。他從書桌前起身出去查看，發現在外地工作未歸的媽媽房間裡居然有手電筒的光……有人侵入！他返身從書房裡取出球棒，衝進去大喊一聲就朝那賊一陣狂打。

那賊受了驚嚇，與文石扭打成一團，巨大的打鬥聲驚動了鄰居過來敲門叫喊。因為是竊賊是成年人力氣當然比較大，猛力推文石的頭去撞牆，文石暈了過去竊賊才得以脫身，但偷的東西掉落地上來不及撿起就跳窗而逃。

事後發現賊是要偷那個藍色信封。媽媽說那信封整理遺物時，發現在父親生前一本極喜愛的書頁裡夾著的。

如果不是藏有重大祕密，一般的小偷怎麼會捨值錢的財物不拿，卻偏偏選擇那張奇怪的信和地圖？這事讓文石開始察覺父親的死並不單純。

之後半年內，在家中沒人時，又遭人侵入兩次。翻箱倒櫃的結果，什麼東西都沒有遺失，兩次都將那個櫃子翻得徹底。幸好文石已將藍色信封另藏他處。

這讓文石更確信自己的懷疑：父親的死，是為了保護藍色信封的祕密。

他開始調查，愈調查愈覺得父親的死因恐怕不是病故。正當他即將有重大發現時，卻驚動了幕後神祕人，而且舉起毒手，讓知道真相的證人發生意外橫死！

媽媽和文石也接到了恐嚇訊息。

聽他說到這裡，我以為石媽和才國中生的他應該會知難而退。讓我瞠目的是文石卻說：「這更讓我想掀開黑幕，揪出幕後神祕人，弄清楚父親和藍色信封的關係。」文石沒有說他是如何追查，只說因為不斷追查及對方迫切想要取得藍色信封，害他及家人差點喪命！

但他現在好端端坐在我身邊……我終於了解為什麼他對於求生知識的深入與學習求生技能的目

的。我問他是遇到什麼危險，他正要說，卻被身後突如其來的尖叫聲打斷。

「啊——！」柳筱琪一邊驚叫一邊跳到我們身後。

我回過身，和柳筱琪同聲發出驚叫：陰森木屋幽暗的陰影裡，一個如鬼魅般的紅色身影飄過眼前！

第十話

日暮曛黃，東邊夜色無聲掩至，讓西池木屋裡顯得晦暝闇昧。

除了屋外的蟲鳴和風動外，空氣裡只剩暮光緩慢移步的聲音。

原先的雨滴聲不知何時已悄然止息，這讓一個踩著落葉的腳步聲能很容易被察覺。這個人走得小心翼翼，時輕時重，似乎在觀察什麼。

腳步聲最後停在木屋門前。片刻後，腳步聲變得非常細微，像是布料磨過地板而已，推測應該是僅穿著襪子輕輕的走進屋裡。

「文石，是你嗎？」

「是我。」

「你不是下山去找杜辰嗎？找到了？」

「他死了，應該是不小心跌到好漢坡下面的深谷裡。」

「唉，真是任性，現在發生這種事怎麼辦。啊，你通知警方上來救援了嗎？」

「反正他已經死了，沒必要為了他還跑下山吧。不然我這次不是都白來了。」

「你……自己就能上來這裡，沒有迷路？」

「跟著地上大家的足跡就行了。這裡人烟罕至、沒見到其他登山隊的足跡。」

「也對。對了，你來的路上，有看到梅少晗和柳筱琪嗎？他們兩個脫隊，我們都找不到。」

「社長死了。口吐白沫，好像是中毒。筱琪好像是從懸崖上掉到溪邊摔死了。」

「蛤？怎麼會這樣！」

「你不是早就知道了嗎？為什麼會這麼驚訝。」

「你……為什麼這樣說？」

「你不是有在崖邊看到筱琪的黃夾克、毛線帽，還看到她頭破血流的屍體？」

「我沒看到啊。」

「是嗎。那社長水壺裡的曼陀羅，總是你放的吧。」

「怎麼可能！咦，你怎麼知道他是中曼陀羅的毒？」

「你對這個感興趣，卻不問我社長和筱琪的屍體在哪裡、有沒有通知誰來處理，甚至不覺得我沒事一樣坐在這裡有什麼奇怪嗎？」

「……一點也不奇怪，因為你就是兇手。」

「如果社長和筱琪是我殺的，那念卉應該就是被你推下去的吧。」

「胡說什麼。我跟念卉在大鬼湖邊等少晗他們，等了好久沒見他們上來，我才下來找人，想不到遇到你——啊啊啊啊！那是、那是……！」

幽暗之中，一個如鬼魅般紅色身影飄現，讓那個在門外脫了鞋只穿襪子進來的人嚇得跌坐地上。

一道光束在屋內亂竄，那人慌亂地用手電筒尋找剛剛閃過的紅色身影。

「你以為那是念卉的鬼魂？她摔下那麼深的山溝，動也不動，就算沒死也癱瘓了吧，怎麼可能在這裡出現？而且，你不是說她在大鬼湖邊等少晗他們嗎？」

「不是，我以為是什麼魔鴞又來了。」

「魔鴞？你也會害怕這種傳說中的山怪？真令人想不到。」

「你這是什麼意思，對我講這種話真是太沒禮貌了！你們一個個都這麼目中無人嗎？真是令人心寒。」

「一個人想要受人尊敬，自己的行為要先能讓人尊敬。」

「你！我的行為哪裡不值得你們尊敬了？混帳！」

「先別生氣，講話不必這麼大聲我也知道你現在很憤怒，因為祕密要被人揭穿時就會羞愧，接著很快就會轉成惱怒。如果你想知道，我慢慢說給你聽。首先是杜辰，他的登山裝備都是名牌，理論上品質沒有問題，但是我們攀岩時居然吊鈎裂開讓他摔下去，如果不是我及時拉住他，他可能就摔死了，警方和家屬也會以為是意外失足，但事實上，是有人事先在他的設備上動了手腳。」

「我記得秋梧和少晗都認為，是你搞的鬼。」

「你不就是希望有人這麼認為嗎。不過，是你動的手腳吧。」

「不要做賊喊捉賊、朝我亂潑髒水誣賴我。」

「這是杜辰告訴我的。」

「是他臨死前跟你說的？他都死了，不就隨便你怎麼說。」

杜辰的聲音突然出現在屋子裡，是從文石的手機傳來的：

「是，只有他碰過我的登山包和繩索。」

「為什麼？」

「出發前他曾幫我檢查設備是不是都帶齊了。」

文石把錄音切掉：「這樣，你還不承認？」

「他又沒有說是誰。」

「那你可以把登山包裡所有的東西都倒出來，讓我看看裡面是否有鐵鉗之類的工具嗎？」

「說不定你的登山包裡才有鐵鉗！哦，也許你在中途已經丟掉了。」

「否認到底確實是面臨東窗事發時最好用的策略，那我們不管杜辰，再說柏雲軒好了。前往大鬼湖的山徑確實艱難，非常耗費腳力，中途當然需要休息，你趁大家在休息時說要先去探路而離開隊伍，其實是在樹林繞返回上來的山徑，趁雲軒用望遠鏡遠眺不注意時，從背後推了他一把，他摔下去如果死了，看起來就像貪看美景不小心墜崖的意外。這時身後傳來腳步聲，你來不及確認他是不是已經死絕了就趕快離開——」

「雲軒是個單純的人，我為什麼要這麼做？」

「你怕他發現了你對念卉下毒手，因為當時他正用望遠鏡？」

「意思是，你認為宋念卉也已經被我殺死了？太可笑。」

「唔，你的動機當然不會是這樣，我的推理如果這樣就錯誤了。因為你對念卉下毒手的地點，距離雲軒用遠眺的地方還很遠，不可能這麼快就來到他身後。」

「哼哼，話都是你在編的。」

「證據待會兒可以讓你知道。不過，你在背後推雲軒摔下山崖、趁念卉沒留意推她跌落山溝的動機，與在少晗水壺裡放曼陀羅，應該都是出於同樣的動機。」

「我什麼時候在少晗水壺裡放曼陀羅？」

「趁他小心翼翼爬下山溝揹起念卉時。他不可能揹著自己的登山包又下山溝揹念卉上來，所以一定會把登山包放在平台上。」

「照你所說，他們應該都死了？除非那時你就在現場，否則怎麼可能說得跟親眼目睹一樣。還是說，事實上對他們下手行凶的人就是你，而你想全賴在我身上？反正四下無人，也沒人知道事實。」

「你這麼一說，我就知道了你的動機了。因為你現在說的話，跟發生杜辰斷腿及失蹤時、發生麻振敏昏迷時、發生李秋梧中邪時，大家的反應都一樣，就是猜忌、想盡辦法推諉、最後形成爭吵，最好嫌疑犯都是別人，完全不顧被懷疑者的心情。而這些不是你最厭惡的嗎？怎麼現在自己也是一個樣子呢。」

「聽不懂你說什麼！雲軒的東西是被念卉拿走的，如果有動機，也是念卉吧，她不是被雲軒當眾拆穿她對振敏先下手為強嗎？」

「對振敏下毒的人確實是念卉，把登山索、手電筒和電池拿走報復雲軒的也是她。但是把雲軒和念卉推下懸崖的卻是你。因為你最厭惡一個團隊不團結，互相猜忌，本來可以完成的共同目標因此化為幻影不說，還會造成危險。這趟旅程上，我們Z中登山社的成員沒有登山的專業就算了，還不斷彼此猜忌、勾心指責，你看在眼裡，憤惡在心，所以抓住念卉與雲軒猜忌的理由，乾脆順水推舟，除掉這群目中無人的小鬼，一吐不聽制止的不滿。怎麼樣，我有沒有說中你心中的想法？」

「那我又有什麼理由對少晗下手？」

「留著他接受警方偵訊，一定會被警方發現什麼可疑的地方。這種社長，不如跟著社員一起下黃泉，學會如何領導再投胎吧。你不是這麼想的嗎？」

「可是登大鬼湖的隊員，包括松老師在內，都已經被詛咒纏身遭遇噩運喪命了不是嗎，沒上來的，是你先下山找警方報案，所以怎麼樣也該懷疑杭長老吧。」

「法醫從死亡的時間推估，我和杭長老是都不會被懷疑的。」

「唔，不過，那是確實有下山情形下你才不會被懷疑吧。」

「也對，我畢竟還是上來這裡了，所以你剛才懷疑我才是真凶，現在所說的不過是朝你潑黑水嫁禍給你，也不是沒道理。」

「我比較好奇的是，你剛剛所說我厭惡一個團隊不團結，尤其是已經造成危險了還互相猜忌那段，是根據什麼推論出來的。」

「喔，說到重點。四年前，你和另外四個傢伙討論後，你曾侵入一個姓文、已過世的警員家中，想偷走一個藍色信封裡的東西，結果居然被他孩子發現，持球棒與你發生扭打。事後你解釋，他們半信半疑，且之後其他人又分別侵入兩次，卻翻找不到，他們懷疑你想私吞藍色信封的祕密、扯謊什麼到手的信封在扭打過程中掉了。相互猜忌的結果，本來有共同目標的團隊就變成內鬨惡鬥，我不知道你們發生了什麼事，只知道其中有個叫陳英全的傢伙橫死家中，據說凶手跑路了至今下落不明。」文石頓了一下，冷冷地說：「如果我沒猜錯，凶手應該隱姓埋名，從北部躲到南部來了。而且因為本來就對登山有興趣，所以逃亡期間長期避居山區，只有單純的高中生不明白他的背景，在臉書上看到許多專業發文，就聘請來當做指導老師。」

「……想不到你連這個都知道了。」

接著發生了讓人嚇炸頭皮的狀況：那人手中突然舉起登山繩，以迅雷不及掩耳的速度就往始終在黑暗中坐著的文石頸子上套，並往死裡猛拉！

空盪的屋裡傳來宋念卉和柳筱琪發出的尖叫，麻振敏、梅少晗和我同時打亮手電筒，分別從房屋的黑暗角落及樓上衝出來，一起拉開兩人！

在幽暝的光束中，松老師面目猙獰地大力掙扎，使出蠻力把我們三個甩開，大口地喘著氣。當見到原本以為已經死亡的梅少晗、柳筱琪、宋念卉及我時，臉上浮現錯愕與驚訝，目光轉向趴在地板上痛苦咳嗽的文石：「你……救了他們？所以你雖然不在場，但從他們所說的片段，認為是我做的？」

文石點點頭，痛苦地大口吸氣，暴紅著臉仍然說不出話。

「老師，你……不是中毒死了嗎？」梅少晗的語氣裡滿滿不可置信。

「他……先把念卉推下山溝，咳、咳咳、咳……估計你快要上來了，再吃了飛燕草，產生中毒症狀，但、咳咳咳……」文石強忍喉嚨的痛楚說：「但他的水壺裡，應該、應該已預先溶入了解毒劑，你協助他喝水、咳咳咳……」

所以，梅少晗爬下山溝揹宋念卉時，原本出現死亡癥狀的他就自己起身逃走，躲藏在林間深處。

下一秒，松老師長嘆一口氣，頹然蹲下：「我累了。」接著從口袋裡抓了什麼就往嘴裡送，文石跳起來要拉開他的手已經來不及。他站起來往後退，並舉起登山杖揮舞制止我們接近：「你們這群沒大沒小、品格卑鄙的小鬼！拿你們來祭山剛好！」

我們面面相覷，無言以對。

文石對著他冷問：「你們五個是誰殺了我父親？」

但松老師手中的登山杖掉落地板，整個人砰地一聲倒在地上，開始痙攣抽搐、雙手抓住咽喉顯得呼吸困難。文石搶下他的背包大力把裡頭東西傾倒一地，快速翻尋：「你把解毒劑放哪了！」

「解毒劑長什麼樣子？」梅少晗也蹲下去幫忙翻找。我用手機上的燈照明，指著從羊毛背心一角露出來的小玻璃瓶大叫：「會不會是那個？」

文石撿起瞄了一眼，趕緊打開想要餵松老師喝瓶裡的液體，但他的牙關痙攣緊咬完全掰不開……約三秒後，松老師就斷氣了。

文石和梅少晗輪流為他施以心肺復甦術。十分鐘後兩人頹坐地上，對視無言。

柳筱琪把手機還給文石：「剛才的全部過程，我都拍下了。」

最終話

柏雲軒說到這裡，接過服務生遞上的杯子，一口氣喝下第十杯。

白琳和我保持安靜，等他。我的思緒還停留在他剛剛所述大鬼湖驚魂之旅。

柏雲軒接著說，事後宋念卉痛哭，向他及麻振敏道歉。但其實麻振敏和他也覺得慚愧，畢竟整個旅程中他們也曾陷入自私猜忌的魔性漩渦裡。

「這麼說來，文石的父親到底是遇到什麼事？」我輕吁一口氣，問。

「不知道，連他自己都還在追查中。」柏雲柏招手喚來服務生，為他再倒了一杯水。「後來我有問他，他不願意告訴我，只說知道的愈多會愈危險。」

「危險？」我有點了解為什麼文石的妹妹文雁，堅持不肯說小時候家裡到底發生什麼事了。見他已經說完當年登山的往事，白琳也好奇地問：「後來你們到底有沒有抵達大鬼湖？」

「雖然離大鬼湖已經很近了，但沒人有心情再往上走。社長徵詢大家的意見後，我們就直接下山了。」

「那杜辰和李秋梧呢，真的死了嗎？」

「我們下到檜木營地時，發現李秋梧的帳篷，他躺在裡頭休息。我們問他，他說根本不記得自己發生什麼事，彷彿做了個夢，醒來就發現自己躺在帳篷裡，覺得非常暈眩。文石在他身邊，留下裝滿的水壺，要他一小時就要喝完，喝水後靜靜休息不要亂跑，會帶大家回來找他，然後留下足夠的乾糧就上去找我們了。」

「所以他連自己為什麼回到檜木營地都不知道？」

「嗯。至於杜辰，他說那天半夜就被文石叫醒說有人要害他，連夜就被文石帶離躲在林中，次日早上文石說要下山找他、其實是暗中保護他回到茂林多納部落，請一位長老帶他下山就醫。至於松老師，我們回到多納部落後報了警，讓警方派救難隊上去把遺體運下來。」

「那個什麼飛燕草是什麼東西？」我想了一下，也問。

「文石說，飛燕草又名蘿蔔花，全株都有毒，種子毒性更大，主要含有萜生物鹼，誤食後會引起神經系統中毒。松老師從口袋抓了一大把飛燕草的種子往肚裡吞，所以……唉。」他嘆了口氣，好像並不怪罪於松老師。但我心中，對於這個松老師實在沒什麼好感。

我們三個靜默了一會兒，思緒應該都還停留在那段崎嶇多舛的登山旅程時空裡。我覺得這個案子好像還有哪一塊圖片沒有拼齊，整理了諸多紊亂的情節後察覺：「魔鴞呢？李秋梧既然是被魔鴞抓走，為什麼醒來卻是看到文石呢？」

「我們都以為魔鴞把他抓到哪個樹林裡的巢穴『貯糧』後不知又飛去哪裡，被跟蹤我們足跡的文石無意中發現了，把他從魔鴞的巢穴裡搶救回檜木營地的。詳情我們都沒心情追問了，反正大家都是被文石所救，怎麼救的細節也不重要，不是嗎。」

是嗎……咦……無意中發現？

白琳跟柏雲軒還在聊些什麼，已經聽不進耳；我回想剛才柏雲軒所說每個關於文石出現和離開的細節，又記起文石車子的後車廂裡，有個置放一些奇奇怪怪物品的「百寶箱」，是他平日辦案過程中有必要利用的一些「工具和道具」……靈光一現，乍然明白了什麼，我立即對櫃檯那邊拋出銳利的眼刀，並舉起手。

櫃檯邊的白色制服的服務生瞥見了，立即前來桌邊彎著腰問：「還需要些什麼？」

「我需要山怪魔鴞的黑布大外衣、紅色放大瞳片和飛行時的鋼絲，最好連吊提時所用的馬達和遙控器也一起送過來。」

「呃，請問……客人所說的是什麼？」

「就是當時在茂林山間飛來飛去的那隻黑色大鴞鳥呀！」

「……」

「如果我不知道那隻魔鴞就是你扮的，我就沒資格當你的助理呀。文旦！」

（本篇完）

【後記】

當我進到文石的辦公室時，他正低頭專心看著桌上的文件。

那是一張有著花邊圖案的信紙。

我一把搶過來：「齁！夏芯瑤的告白信對不對？」

他沒好氣地翻了個白眼，身子陷入椅背：「瞎說什麼啦。」

仔細看，居然是莫巧綠寫來的。信中說她現在過得很好，社工姊姊告訴她法院認可收養的裁定書已經收到，下個月她就要跟養父母飛去瑞典展開新生活了，很感謝我們對她的幫助。

信中還附上一張她笑得很可愛的近照：手上拿著那個小白鴿的鑰匙圈。

「啊，小綠真是可愛。這個結果太好了。」

「這個結果卻不太好啊。」他用手中的筆指指放在桌角《山怪魔鴞》的書稿。「挖我隱私是怎麼回事，還寫成書，沒大沒小也該有個限度吧。」

「你看完了啊。」我聽出他有點不太高興，故意噘起嘴不爽地說：「如果不是為你著想，我哪需要這麼累。」

「為我著想？」

「是啊，你想當一輩子小律師，辛辛苦苦打官司打到死嗎？」

「不、不然咧？」

「你不想演電影或電視什麼的嗎？」

「我？可能嗎？」

「人家編輯說，有人對你的故事改編很感興趣，如果賣出ＩＰ，說不定你就能成為男主角啦。」

「是嗎……」椅子轉向玻璃窗，他對著映影端詳自己的長相，還撥理了一下頭髮：「原來這麼帥……自己怎麼都沒發現……」

我強忍抽搐的嘴角，用很嚴肅的口氣說：「所以你應該告訴我那個藍色信封裡到底是什麼文件？」

「這跟我能不能當男主角有什麼關係？咦，我還沒問妳那個什麼畢達哥拉斯神童是誰？還有，關於那個海豚學長，妳好像也沒交代清楚齁？」

「我就真的不知道他是誰嘛！」

「是嗎，該不會是妳的初戀情人吧。」

「想知道呀？我這本《山怪魔鴞》賣得好，才能告訴你。」

「哼哼，那等妳的書賣得好，我就告訴妳藍色信封的事。」

「為什麼？」

「表示我們聯手的故事讀者有興趣嘛，不然只是妳自己八卦好奇而已。」

「可惡，居然……那你至少可以告訴我文雁說的那件事是怎麼回事吧？」

「我當時又不在場，怎麼知道她跟妳說的是哪件事。」

「你、你、你……狡猾！」
「妳才狡猾，居然跟蹤文雁到我老家，到底想幹嘛。」
「沈鈴芝在好奇界，好歹也是有頭有臉的人物，如果不跟，豈不有辱好奇一姊之名？」我靠得極近，逼視他的雙眼：「身為你的助理，想關心你、想了解你、想讓大家認識你，何錯之有？」
「我、我沒說有錯……」他往後，紅著頸子整個人縮進椅背裡：「只是想提醒妳：Curiosity killed the cat！」
「好奇會害死貓？But, satisfaction brought it back.」
「別鬧。我是說真的。」
「你怕我會遇到危險？」
「妳忘了上次在桃園飛燕福居大樓，我們兩個都身陷險境的事了？」
他說的是《天秤下的羔羊》那個事件。但我不退讓：「我沈鈴芝如果怕危險，如何在沒大沒小界立足？你不必轉移話題，說，到底文雁說的，是發生什麼事？」
「我就真是不知道她說的是哪件事嘛。」
「那你脫衣服，讓我看一下。」
「看、看什麼？」
「白琳律師說你背上有可怕的傷痕，我還沒看過。」
「走開啦。」
「不管！你都給她看，為什麼不給人家看？」我伸手揪住衣襟就要脫他衣服。

他嚇得跳起來掙扎，還驚叫連連，怎麼樣也甩不掉我。我們兩個就這樣拉拉扯扯，最後把他逼急了：「妳妳妳以下犯上、沒大沒小，我要換助理！」

「換呀換呀，看你哪裡找配合度這麼高的正妹助理！」

「呃哼！」門口傳來故意咳嗽聲。我怔了一下，被他趁機掙脫逃了出去。

白琳探頭問：「……你們在幹嘛？」

「沒什麼，培訓男主角而已。呵呵。」

沒關係，既然文石承諾如果書賣得好，就告訴我藍色信封的事，如果你或妳跟我一樣好奇，就請在讀完這三個故事後，到各大網路書店網站留下書評感想，或在Line、臉書、印思滾或部落格幫我推介一下，以利我們早日跟著藍色信封這幾條線索前去探險、挖掘真相。

要推理69　PG2316

要有光
FIAT LUX

山怪魔鴉

作　　者	牧　童
責任編輯	喬齊安
圖文排版	林宛榆
封面設計	蔡瑋筠

出版策劃	要有光
發 行 人	宋政坤
法律顧問	毛國樑　律師
印製發行	秀威資訊科技股份有限公司 114台北市內湖區瑞光路76巷65號1樓 電話：+886-2-2796-3638　傳真：+886-2-2796-1377 http://www.showwe.com.tw
劃撥帳號	19563868　戶名：秀威資訊科技股份有限公司 讀者服務信箱：service@showwe.com.tw
展售門市	國家書店（松江門市） 104台北市中山區松江路209號1樓 電話：+886-2-2518-0207　傳真：+886-2-2518-0778
網路訂購	秀威網路書店：https://store.showwe.tw 國家網路書店：https://www.govbooks.com.tw
總 經 銷	聯合發行股份有限公司 231新北市新店區寶橋路235巷6弄6號4F 電話：+886-2-2917-8022　傳真：+886-2-2915-6275

出版日期	2019年10月　BOD一版
定　　價	340元

Printed in Taiwan

國家圖書館出版品預行編目

山怪魔鴞 / 牧童著. -- 一版. -- 臺北市 : 要有光, 2019.10
面 ;　公分. -- (要推理 ; 69)
BOD版
ISBN 978-986-6992-26-1(平裝)

863.57　　108015175

讀者回函卡

感謝您購買本書，為提升服務品質，請填妥以下資料，將讀者回函卡直接寄回或傳真本公司，收到您的寶貴意見後，我們會收藏記錄及檢討，謝謝！如您需要了解本公司最新出版書目、購書優惠或企劃活動，歡迎您上網查詢或下載相關資料：http:// www.showwe.com.tw

您購買的書名：________________________________

出生日期：________年________月________日

學歷：□高中（含）以下　□大專　□研究所（含）以上

職業：□製造業　□金融業　□資訊業　□軍警　□傳播業　□自由業

□服務業　□公務員　□教職　□學生　□家管　□其它____

購書地點：□網路書店　□實體書店　□書展　□郵購　□贈閱　□其他

您從何得知本書的消息？

□網路書店　□實體書店　□網路搜尋　□電子報　□書訊　□雜誌

□傳播媒體　□親友推薦　□網站推薦　□部落格　□其他________

您對本書的評價：（請填代號　1.非常滿意　2.滿意　3.尚可　4.再改進）

封面設計____　版面編排____　內容____　文／譯筆____　價格____

讀完書後您覺得：

□很有收穫　□有收穫　□收穫不多　□沒收穫

對我們的建議：________________________________

____

____

____

請貼
郵票

11466
台北市內湖區瑞光路 76 巷 65 號 1 樓

秀威資訊科技股份有限公司 收

BOD 數位出版事業部

....

（請沿線對折寄回，謝謝！）

姓　　名：＿＿＿＿＿＿＿＿　年齡：＿＿＿＿　性別：□女　□男

郵遞區號：□□□□□

地　　址：＿＿＿＿＿＿＿＿＿＿＿＿＿＿＿＿＿＿＿＿

聯絡電話：(日)＿＿＿＿＿＿＿＿（夜）＿＿＿＿＿＿＿＿

E-mail：＿＿＿＿＿＿＿＿＿＿＿＿＿＿＿＿＿＿＿＿